rororo

Sofie Cramer stammt aus der Lüneburger Heide, geboren wurde sie 1974 in Soltau. Zum Studium der Germanistik und Politik ging sie zunächst nach Bonn, später nach Hannover. Nach ihrer Zeit als Hörfunk-Redakteurin machte sie sich selbständig. Heute lebt sie in der Nähe von Hamburg, schreibt Romane und Drehbücher und entwickelt Film- und Fernsehstoffe. Nach dem Bestseller «SMS für dich», der 2016 erfolgreich fürs Kino verfilmt wurde, hat sie diverse weitere Romane geschrieben.

«Ein Buch, das Fernweh hinterlässt, einen rührt und auch zum Lachen bringt. Also ein rundum schönes Buch.» (Der Nordschleswiger über «All deine Zeilen»)

«Eine richtig feine Mischung aus Herz, Humor und etwas Wehmut.» (Für Sie über «Herz an Herz»)

«Dieser Roman trifft mitten ins Herz.» (lovelybooks.de über «Herz an Herz»)

«Romantisch und spannend.» (Lisa über «Was ich dir noch sagen will»)

«Sofie Cramer schreibt flüssig und mitreißend.» (happy-end-buecher.de)

Sofie Cramer

i LOVE

Roman

Rowohlt
Taschenbuch Verlag

Quellenhinweis:
Die mit * versehenen Songtexte stammen von
Oliver Gies von der Band Maybeebob.
«Ich seh dich» (S. 208–209 und S. 275, Auszug)
stammt von dem Album «Das darf man nicht» (2015, Ellenberger).
«Lied vom Nicht-Verstehen» (S. 138, Auszug)
und «Mach dich frei» (S. 139, Auszug)
stammen von dem Album «Sistemfehler» (2017, Ellenberger).

Originalausgabe
Veröffentlicht im Rowohlt Taschenbuch Verlag,
Reinbek bei Hamburg, April 2018

Redaktion Anne Tente
Umschlaggestaltung FAVORITBUERO, München
Umschlagabbildung akindo / Getty Images
Satz Thesis Antiqua PostScript, InDesign,
bei Dörlemann Satz, Lemförde
Druck und Bindung bei CPI books GmbH, Leck, Germany
ISBN 978 3 499 26991 2

«Visitenkarten, Handy, Sonnenbrille, Füller, Notizbuch …», brabbele ich hektisch vor mich hin. «So ein Mist! Wo ist das verdammte Handy?»

Wie ich so was hasse!

Mir bleiben nur noch drei Minuten. Dann ist es bereits 9.00 Uhr, und mein Taxi steht hoffentlich wie vereinbart vor der Tür. Was für ein grausiger Montag. Nach einer schlaflosen Nacht bin ich schon seit vier Stunden auf den Beinen. Und trotzdem wird es hektisch. Dabei wollte ich doch wenigstens ein Mal generalstabsmäßig vorbereitet sein auf meine Geschäftsreise, die erste mit Flugzeug! Schließlich habe ich eine Scheißangst vor dem Fliegen. Aber was tut man nicht alles für *das* Event des Jahres? Meine ehemalige Klassenkameradin Sille, sorry, Silvana Estelle, wie sie sich seit neuestem nennt, heiratet einen Adeligen, und *ich* durfte die Hochzeit organisieren und werde den Akt selbst bezeugen. Doch nun finde ich nicht einmal mein nigelnagelneues Telefon, ohne das ich unmöglich meine Wohnung verlassen kann.

Jetzt fällt es mir wieder ein. Beinahe fege ich die Schwarz-Weiß-Fotos meiner lieben Mama von der Wand meines langen Flures, als ich eilig ins Badezimmer stürme. Tatsächlich! Da liegt es auf der Fensterbank. Das kommt davon, wenn man aus reiner Zeiteffizienz sogar während des Klobesuchs noch Nachrichten schreibt.

Wieso nur erledige ich immer alles auf den allerallerletzten Drücker? Das war schon bei meinem Seepferdchen mit immerhin acht Jahren und sogar der Vorbereitung auf die Abiprüfung so. Wieso ausgerechnet ich inzwischen Managerin von Riesenevents mit bis zu dreihundert Leuten geworden bin, obwohl ich es nicht einmal schaffe, mein eigenes Leben auf die Reihe zu kriegen, ist mir immer noch ein Rätsel. Wahrscheinlich weil mir damals nach dem Abi nichts Besseres eingefallen ist. Während all meine Freundinnen in die Republik ausgeschwärmt sind, um zu studieren, bin ich in unserem Nest vor den Toren Berlins hängengeblieben und habe eine Ausbildung zur Eventmanagerin gemacht. Konnte ja vorher keiner ahnen, dass die Agentur bloß langweilige Firmenjubiläen und fünfundsiebzigste Geburtstage abzuwickeln hat. Das habe sogar ich im Schlaf hinbekommen. Aber nun spiele ich in einer ganz anderen Liga, in der ich über mich hinauswachsen muss. Nein, ich will! Ich will verdammt noch mal die glanzvollste Hochzeit aller Zeiten über die Bühne bringen und es nicht schon beim Start versauen.

Es hupt! Wenigstens ist das Taxi pünktlich. Plötzlich merke ich, wie mein Hals allmählich trocken wird. Schon der Gedanke, in weniger als zwei Stunden im Flieger von

Berlin nach Frankfurt zu sitzen, macht mich fertig. Zur Beruhigung stecke ich lieber noch schnell den Piccolo ein, der schon seit meinem vorletzten Geburtstag verloren und einsam im Kühlschrank steht. Meine Handtasche quillt nun über. Schon das Notizbuch passte kaum rein, das in den letzten Tagen auf die doppelte Dicke angewachsen ist, weil ich es mit gefühlt hundert Post-its und To-do-Listen angefüttert habe. Wieso musste ausgerechnet jetzt, nur einen Monat vor dem großen Tag, mein altes geliebtes Handy von meinem Nachttisch purzeln und zu Bruch gehen?

Weil ich zu faul war! Hätte ich den Vibrationsalarm ausgeschaltet, statt mich im Bett noch einmal umzudrehen, wäre das Chaos um ein Vielfaches überschaubarer. Und hätte ich die Handydaten irgendwann einmal auf meinem Laptop gesichert, wie normale Menschen es machen, wäre es auch kein großes Problem gewesen. Nun muss ich demnächst wohl leider alles fein säuberlich ins neue iPhone tippen, das mir ohnehin ziemlich suspekt erscheint. Anders als mein vertrautes Uralt-Smartphone hat es Funktionen, von denen ich noch nie gehört habe, geschweige denn wüsste, was ich damit anstellen soll. Also müssen erst einmal die gelben Zettel herhalten.

Jetzt muss ich nur noch in meine für eine Flugreise mega-unpraktischen Highheels schlüpfen, mein Kleid von Guido Maria Kretschmer unfallfrei in den Koffer stopfen, und dann kann es losgehen. Wobei *mein* Kleid reichlich übertrieben ist. Aber es braucht ja niemand zu wissen, dass ich es für fünfzig Euro in einem Laden für Designerklamotten geliehen habe.

In Windeseile schließe ich die Tür meiner Zweiraumwohnung ab und drehe den Schlüssel sicherheitshalber mehrmals bis zum Anschlag rum. Man weiß ja nie in Pankow. Und ich werde zehn Tage nicht zu Hause sein. So lange war ich noch nie weg, und schon gar nicht privat, seit ich mich nach der Pleite meines Chefs vor zwei Jahren gezwungen sah, mich selbständig zu machen.

Hab ich auch den Herd und die Kaffeemaschine ausgemacht?

Ich stöhne auf und schließe genervt noch einmal auf, um in die Küche zu sprinten und nachzusehen. Erst jetzt fällt mir ein, dass ich vorhin weder den Herd noch die Kaffeemaschine benutzt habe. Ich vertrage nämlich kein Koffein, wenn ich aufgeregt bin. Sobald es sich in meinem Körper mit einer Überdosis Adrenalin mischt, kommt es unmittelbar unten wieder raus. Mit allzu gut funktionierender Verdauung im Flieger zu sitzen oder heute Abend beim Get-together mit den Brautleuten samt Eltern wäre sicher geschäftsschädigend. Einen Flop kann ich mir nicht leisten. Wenn diese Sache schiefgeht, kann ich einpacken, weil die Auftragslage in der letzten Zeit nicht gerade üppig war. Ich brauche dringend tadellose Referenzen, und was noch besser wäre: Referenzen der Schönen und Reichen, zu denen Sille mittlerweile gehört. Ich muss jetzt endlich den Durchbruch schaffen, sonst bleibt mir wohl nichts anderes übrig, als mir einen Zweitjob als Kellnerin zu suchen oder noch mal mit etwas anderem von vorn anzufangen. Doch es gibt eigentlich nichts, was ich besonders gut kann. Außer Schauspielern vielleicht. Schließlich braucht es schon etwas Talent, sich in besseren Kreisen zu bewegen, obwohl man eigentlich nicht dazugehört.

«O, shit!», entfährt es mir.

Weil ich nicht erwartet habe, wie schwer mein Riesentrolley ist, rutscht er mir beim Anheben im Treppenhaus doch glatt aus der Hand und rattert mit lautem Scheppern die Stufen bis ganz nach unten. Ich schwinge meine Handtasche über die Schulter und haste hinterher. Als ich sie abstellen will, um den Koffer wieder hochzuwuchten, rutscht die Tasche ab und knallt auf den Boden – mit einem Knacken und Zischen.

Das darf nicht wahr sein!

Die Flasche ist kaputt. In meiner schönen Louis-Vuitton-Kopie vergnügt sich nun eine blubbernde Prosecco-Papier-Suppe! Aber wo ist mein Handy???

Jedenfalls nicht im Seitenfach, wo es eigentlich hingehört. Bitte nicht!!!

Ah, ein Glück, mein sündhaft teures Smartphone liegt ganz unten, unter meinem Portemonnaie, und scheint nichts abgekriegt zu haben. Umständlich versuche ich, es in meine enge Hosentasche zu stopfen, und renne die Treppen runter und aus dem Haus. Die Sektsuppe muss noch warten.

Sofort eilt mir der dickbäuchige Taxifahrer mit Schnauzbart und Karohemd zu Hilfe. Wahrscheinlich hat er Mitleid, weil ich mit meinem Gepäck und dem gleichzeitigen Offenhalten der Haustür überfordert bin und mein Gesicht mal wieder genauso flamingofarben anläuft wie der Nagellack an meinen erstmals professionell manikürten Händen.

Ich bedanke mich, als er meinen Koffer erfolgreich, aber unter Stöhnen im Wagen verstaut. Er nickt freundlich. Als ich jedoch meine locker zugehaltene Handtasche noch schnell auf den Kopf drehe, um den Großteil der Flüssigkeit auf den Asphalt tropfen zu lassen, verzieht er, wie mir scheint, leicht genervt die Mundwinkel. Schnell entsorge ich noch die Scherben auf dem Bordstein. Glücklicherweise ist die Flasche nur in zwei Teile zerbrochen. Und immerhin, der von mir lange Zeit befürchtete vorzeitige Wintereinbruch Anfang September ist ausgeblieben. Dann endlich sitze ich hinten auf der Rückbank und sage, was ich immer schon mal sagen wollte: «Zum Flughafen, bitte!»

Boah, das zieht sich hier wie mein ausgelutschtes Kaugummi. Schon eine Stunde Verspätung, ich sitze am Gate und überall diese Klammeraffen um mich herum. Paare, die sich noch auf den gemeinsamen Urlaub freuen, bevor die große Ernüchterung kommt. Oder ganz fies, Männchen und Weibchen im Partnerlook! Er das atmungsaktiv-topimprägnierte Funktionsoutfit in Blau, sie das gleiche in Rot.

Krass!

Hätte ich letzte Nacht weniger Spaß und mehr Schlaf gehabt, hätte ich gut Bock, grinsend ein bisschen Schlechtwetterstimmung zu verbreiten. Wäre doch lustig, zum Beispiel bei der Dame in Rot einen auf Liebhaber vergangener Tage zu machen, ihr eine Nummer zuzustecken und so die Paarroutine ein bisschen in Wallung zu bringen. Aber ich bin ja kein Unmensch. Nur was tun gegen diese Langeweile? Ich blättere ein bisschen in der *GQ*. Die habe ich im Vorbeigehen im Duty-free-Bereich gezockt. Aber auch darin nur Männer und Frauen, die alle gleich aussehen. Wer bitte steht auf solche Mädchengerippe? Da lohnt sich das Hinterherschauen nicht mal, weil man eigentlich ein Mikroskop dafür bräuchte.

Ich schmeiße das Trash-Magazin dahin, wo es hingehört, und bemerke zu spät, dass ich den Mülleimer für Plastik erwischt habe. Passt schon, denke ich belustigt, ist ja auch bloß alles Kunststoff, wenn man sich heutzutage die Hochglanz-Möpse der Frauen so anguckt.

Ich liebe mich und meinen Humor!

Ich mache mir mal besser eine Dose Cola zum Wachwerden auf. Ein richtiges Frühstück war einfach nicht mehr drin. Während meine Jungs noch selig von der gelungenen Party träumten, musste ich zeitig los, um den Flieger zu kriegen. Sonst war's das mit meinem Job und seinen kleinen Annehmlichkeiten. Zum Glück lag mein wohlgeformter Riecher richtig. Der schnelle Abstecher nach Berlin hat sich gleich doppelt gelohnt. Meinem Kumpel hab ich die Klöten und roten Ohren klingeln lassen mit einem top-organisierten Junggesellenabschied, wie ihn die Welt noch nicht gesehen hat. Und auch mein Mandant wird voll auf seine Kosten kommen, weil ich im *Borchardt* gleich zwei Fliegen mit einer Klappe schlagen und seiner Bald-Ex auf den Zahn oder, besser gesagt, ihren Designerfummel fühlen konnte. Dabei ist diese Schickimicki-Welt überhaupt nichts für mich. Überall nur Fake statt Fakten!

Aber was tut man als Paragraphenjongleur nicht alles, um erfolgreich zu sein? Zum Beispiel übelst verkatert nach kurzem Zwischenstopp in Frankfurt gleich weiter nach New York zu fliegen. Eigentlich wäre ich ja lieber kurz nach Hause gefahren, um noch zu duschen oder wenigstens noch mein schräges Hemd zu tauschen. Aber aufgrund der Verspätung habe ich meinen Koffer vorsichtshalber gleich durchgecheckt. Ich bin ja nicht unschlau! Wenn du anderen immer und überall einen Schritt voraus sein willst, musst du halt besser gleich zwei machen. Und ich habe gute Nachrichten im Gepäck! Schon jetzt erfüllt mich der Gedanke an die Verhandlung über die Unterhaltszahlung mit einer gewissen Vorfreude. Harrison, mein Mandant, wird sich freuen, wenn ich ihm brühwarm berichten und sogar durch Fotos beweisen kann, mit welch dekadenten Luxusgütern seine gebotoxte Noch-Frau in Doppel-D sich in der Berliner Society präsentiert. Und das, obwohl sie behauptet, sie lebe unterhalb der Armutsgrenze und besitze gar keine Reichtümer. So sind sie, die Frauen!

Ich werde einen Teufel tun, mir eine ans Bein zu binden, auch wenn meine liebe Oma Gertrude es gern anders hätte. Aber ich habe einfach schon zu viele Scheidungen erfolgreich hinter mich gebracht. Als Alex' Trauzeuge bin ich eigentlich eine absolute Fehlbesetzung. Wäre er nicht mein bester Kumpel aus Schultagen, mit dem ich das Internat, eine Art Guantanamo in der Schweiz, überstanden habe, hätte ich seine Hochzeit boykottiert. Aber nun muss ich das Elend wohl oder übel hinter mich bringen und zusehen, wie mein alter Freund mit Lichtgeschwindigkeit in sein eigenes Verderben rennt. Die beiden kennen sich nicht einmal ein Jahr! Ich hatte noch keine Gelegenheit, seine Braut unter die Lupe zu nehmen, was, wenn ich so darüber nachdenke, durchaus an mir liegen könnte und meiner Einstellung zur Ehe. Konnte ja keiner ahnen, dass Alex plötzlich zum Spießer mutiert und die Sache so ernst wird.

Rüüüüüüülps.

Ups, das war mal ein anständiges Bäuerchen, das da durchs Terminal hallt! Sofort treffen mich strafende Blicke. Aber halt, oh, là, là!

Was ist das?

Wie können solch wunderschöne, braune Bambi-Augen nur so böse gucken? Ich grinse breit und nicke der dunkelblonden Dame in, na, ich schätze, 92–70–95 mit B-Körbchen zu. Ich persönlich finde es ja immer dämlich, sich an die Schlange am Counter zu stellen, obwohl es noch gar nicht losgeht. Demonstrativ setzt sie sich jetzt ihre Gucci-Gläser auf und wendet sich angeekelt wieder von mir ab. Auch gut, dann kann ich das Prachtexemplar mal von hinten scannen.

Auch ganz nett!

Der Arsch ist vielleicht ein bisschen flach. Aber die schlanken Beine sind hübsch verpackt in enge, weiße Jeans. Aber wieso nur sind solche Mädels immer in Highheels unterwegs, wo es doch auch Sneaker tun würden? Der Rest ist leider mit einem durchfallfarbenen Poncho verhüllt. Schade, dass ich nicht sehen konnte, wie sie durch den Nacktscanner geht. Scheint mächtig nervös zu sein, die Gute. Wedelt sich ständig mit einem Zettel Luft zu, obwohl sie doch viel besser ihr Alpakazelt ablegen könnte. Bei so einem Exemplar hätte ich gestern sicher nicht nein gesagt. Aber mir war einfach nicht danach, mit irgendeiner hohlen Durchschnittsschlampe rumzumachen. Mal ehrlich. Männer, die so etwas nötig haben, tun mir leid. Genau wie Alex, der sich im Auftrag seiner sogenannten Freunde die Finger schmutzig machen und das womöglich letzte Mal in seinem schon bald öden Leben Brüste x-beliebiger fremder

Frauen begrabschen musste, und die waren echt nicht nur A-Klasse.

Aber war trotzdem ein netter Abend. Wenn ich nur diesen fiesen Zwiebelgeschmack von den Mettbrötchen nicht noch im Mund hätte, die wir auf dem Ku'damm auf dem Weg zum Hotel vor nicht mal drei Stunden zu uns genommen haben, um dem Tequila nachträglich eine Grundlage zu liefern. Selbst schuld, dass mein Schädel jetzt brummt. Bin ja nicht im Training. Und ein messerscharfer Verstand und Alkohol vertragen sich nun mal nicht. Jetzt heißt es: atmen, den kurzen Flug zur Akklimatisierung nutzen und den langen, um Ressourcen wieder flottzumachen. Wird schon, wenn ich nicht noch immer solchen Kohldampf und diesen fiesen Nachdurst hätte!

O Mann, ist mir übel! Diese Luft hier drinnen macht es auch nicht besser. Kommt das jetzt von meiner unsäglichen Panik vorm Fliegen oder vom Gin Tonic, den ich vorhin noch zur Beruhigung gekippt habe? Diese Warterei am Gate hat alles nur noch schlimmer gemacht. Hoffentlich brauche ich die Spucktüte nicht. Sicherheitshalber fische ich sie schon mal aus der schmalen Ablage heraus. Man weiß ja nie.

Mir ist heiß und kalt gleichzeitig. Ich ziehe mich besser aus, um freier durchatmen zu können, so wie es mir Giovanni, mein esoterisch angehauchter Friseur, empfohlen hat. Obwohl es angeblich noch Sommer ist, musste ich vorhin schnell noch meinen sauteuren Cashmere-Poncho überwerfen. Ich kann ja schlecht bei Familie von Weidenfels mit meiner innig geliebten und tausendfach getragenen stonewashed Glücksjacke auftauchen, die temperaturmäßig besser gepasst hätte. Aber gut, alles läuft nach Plan. Ich sitze tatsächlich im Flieger! Wobei ich diesen Entschluss in der Sekunde bereue, als sich ausgerechnet der Proll aus der Wartehalle neben mich pflanzt.

«Hallöchen Popöchen!», sagt er offenbar gut gelaunt. Igitt, er hat eine Fahne, obwohl oder vielleicht weil er mit offenem Mund Kaugummi kaut. Auch sein breites Grinsen macht ihn nicht gerade sympathischer.

Ich nicke kurz mit einem schnell ersterbenden Lächeln und starre dann aus dem Fenster. Jetzt hilft nur noch heimliches Beten.

Lieber Gott, bitte mach, dass ich hier lebend und ohne Panikattacke wieder rauskomme! Bitte, biiiiitte! Amen!!!

Irgendwo habe ich doch meine Reisetabletten. Das Verfallsdatum ist zwar schon überschritten, weil mein letzter Urlaub irgendwann im letzten Jahrtausend war. Aber schaden können die sicher nicht.

«Entschuldigung, ich müsste bitte noch mal an mein

Handgepäck», sage ich zu dem Kerl neben mir, damit er aufsteht und mich durchlässt.

Eine gefühlte Ewigkeit starrt er mich regungslos an. Dann steht er umständlich auf und wühlt ungefragt im Gepäckfach über uns herum.

«Meinen Sie dieses stinkende ... Ding hier?» Mit angewidertem Blick hält er meine Handtasche in die Höhe.

Zugegeben, wegen des kleinen Missgeschicks mit dem Piccolo wirkt sie etwas mitgenommen. Aber muss man mich deshalb gleich so vorführen? Zumal ich vorhin eine halbe Ewigkeit auf der Flughafentoilette zugebracht habe, um sie wieder einigermaßen herauszuputzen.

«Na, hören Sie mal!», protestiere ich. «Das ist eine *Neverfull* von Louis Vuitton!» Ich mustere abschätzig sein indiskutables Hawaiihemd und die ausgetretenen Chucks. «Aber von gutem Geschmack haben Sie offensichtlich keine Ahnung!»

«O, Frau Verteidigerin ist aber schnell in ihrer Urteilsverkündung!»

Ich ziehe meine Augenbrauen in die Höhe und verlange wortlos mit ausgestrecktem Arm nach meiner Tasche.

«Mussten Sie dafür keine Übergepäckgebühr bezahlen?», stichelt er grinsend weiter und hält die Tasche so in die Luft, als würde er sie wiegen. «Was haben Sie denn dadrin? Goldbarren oder eine Kalaschnikow?»

«Ha, ha», entgegne ich entnervt, erhebe mich umständlich und will schon nach ihr schnappen.

«Das ist garantiert keine echte Louis Vuitton. Das sieht doch ein Blinder!»

Ich spüre die amüsierten Blicke der anderen Fluggäste.

«Wird's bald?!», ermahne ich ihn.

«Wie heißt das Zauberwort?»

«Arschloch!», zische ich.

«Ich sehe, wir verstehen uns!»

Na, das verspricht ja ein lustiger Flug zu werden. Es ist gerade mal Vormittag, und trotzdem verlangt Rehauge neben mir nach einem Wodka-O. Die Stewardess muss ihr den Wunsch leider abschlagen, wir stehen ja noch nicht einmal auf dem Rollfeld!

«Ist das nicht ein bisschen früh am Tag?», frage ich.

Statt einer Antwort schießt sie mit den Augen wieder Giftpfeile in meine Richtung. Dann kramt sie aus den unendlichen Weiten ihrer grässlichen Handtasche einen weißen Blister hervor.

«Tabletten sind aber auch keine Lösung.» Manche Frauen muss man ja vor allem vor sich selbst retten.

«Ich wüsste nicht, was Sie das angeht», schmettert sie mir entgegen.

«Na, wenn Sie mir in den Schoß kotzen, geht mich das sehr wohl etwas an.»

«Die Tabletten sind gegen Reiseübelkeit. Und da brauche ich ja wohl oder übel was zum Runterspülen.»

«Wohl mehr übel als wohl, oder? Obwohl ...» Ich grinse und beuge mich näher zu ihrem hübschen Gesicht hin. «Haben Sie ein Drogenproblem?»

«Bitte, was? Unverschämtheit!», erwidert sie patzig und weicht zurück, so als ob ich Mundgeruch hätte. Das ist mir dann doch etwas unangenehm.

«Berufskrankheit», scherze ich, «ich bin Privatdetektiv, also quasi.»

Das ist eigentlich nicht mal gelogen angesichts der, nun ja vielleicht nicht ganz legalen Aufträge, die ich als Scheidungsanwalt schon ausgeführt habe. Allein all meine Flirtkünste, mit denen ich so manche Dame der versuchten Untreue überführt habe.

«Ich bin sozusagen Magnum 2.0!» Schnell krame ich aus meiner Hosentasche den Schnauzbart von gestern Nacht hervor und klebe ihn mir ins Gesicht. Die Nummer wirkt garantiert.

Tatsächlich kann sich Zuckerschnute ein Grinsen nicht verkneifen. «Ach, und deswegen tragen Sie auch dieses peinliche Tom Selleck-Hemd?», fragt sie und rollt lässig mit ihren braunen Kulleraugen.

Doch als die Düsen des Jets plötzlich deutlich hörbar aufdrehen, erstarrt sie zur Salzsäule.

«Ruhig, Brauner! Statistisch gesehen sterben Sie eher

auf dem Weg zum Flughafen als in der Luft», versuche ich sie zu beruhigen.

Aber Mrs. Flugangst schließt demonstrativ ihre Augen.

Okay, ich habe verstanden. Ich bin gerade nicht gefragt und sehe mich mal lieber nach der Stewardess um. Ob ich vor dem Start noch eine Packung Nüsschen abstauben kann?

Dieses Knacken und Schmatzen macht mich wahnsinnig! Wir starten jeden Moment, und der Typ knabbert in aller Seelenruhe Pistazien, die er der Flugbegleiterin abgeschnackt hat. Und spuckt die Schalen einfach auf den Boden.

Ist das ekelhaft!

Dabei ist mir auch so schon schlecht.

Wenn er nicht so ein Oberproll wäre, würde ich mich am liebsten an seinen durchaus ansprechenden, weil gut trainierten Oberarm klammern. Aber das kommt überhaupt nicht in Frage. So viele Getränke kann ich gar nicht ordern, bis ich mir den akzeptabel getrunken habe.

Nein, ich werde das hier gelassen durchstehen und einfach an das Mantra denken, das mir Giovanni mit auf den Weg gab, nachdem er mich seelisch auf die bevorstehende Reise vorbereitet hat: Ich bin ausgeglichen in meiner Mitte. Ich bin ausgeglichen in meiner Mitte. Ich bin ausge…

Oh Gott, wir starten!

Der Flieger ist auf der Startbahn angekommen, die Maschinen heulen auf, und schon donnern wir los.

«Uuuaaaagggghhhh!», entfährt es meinem Mund, der irgendwie außer Kontrolle gerät. Mir wird schwindelig, so als hätte ich mitten am Tag schon zwei Longdrinks intus. Habe ich ja auch. War vielleicht nicht die beste Idee.

Mein Puls beschleunigt genauso schnell wie der Pilot das Flugzeug. Es fühlt sich an, als ob meine Gedärme mit Lichtgeschwindigkeit in die Rückenlehne gedrückt werden. Ich halte das nicht aus und kralle mich schreiend in den Unterarm meines Sitznachbarn.

Jetzt Augen zu und durch, bis wir im Himmel sind – tot oder lebendig.

Als der Starttornado nach einer gefühlten ewigen Ewigkeit vorbeizieht, blinzele ich erst mit dem linken und dann mit dem rechten Auge. Wir haben es tatsächlich nach oben geschafft, ohne zu explodieren und pulverisiert zu werden. Ungläubig sehe ich mich um. Alle anderen Reisenden wirken derart tiefenentspannt, dass vielleicht tatsächlich alles in bester Ordnung ist. Aber die Anschnallzeichen leuchten immer noch. Auch die Stewardessen lassen sich nicht blicken. Das sind doch eindeutige Hinweise darauf, dass da irgendwas im Argen …

«Machen Sie ruhig weiter. Tut fast überhaupt nicht weh», werde ich aus meinem Gedankenkarussell gerissen.

Ups!

Erst jetzt realisiere ich, dass ich meine künstlichen Fingernägel in das leicht behaarte Handgelenk meines Sitznachbarn bohre. Wie peinlich. Und außerdem hab ich einfach nicht das richtige Feeling mit diesen komischen Dingern. Ich löse meinen Eisengriff und beiße mir verlegen auf die Lippen.

«Entschuldigung», presse ich schließlich hervor, weil ich nicht weiß, was ich sonst sagen soll. Ich mustere ihn. Der Typ sieht eigentlich gar nicht so schlecht aus mit seinen kurzen braunen Wuschelhaaren, dem Drei-Tage-Bart und den grünen gewitzten Augen, die mich schon wieder ein paar Sekunden zu lang fixieren. Ich werde nervös. Man wird einfach nicht schlau aus ihm.

Wenn das ein Flirtversuch sein soll, stellt er sich ziemlich ungeschickt an.

«Beleidigung, Körperverletzung und sexueller Missbrauch können mit einer Freiheitsstrafe von bis zu zwanzig Jahren geahndet werden. Da soll ein einfaches *Entschuldigung* reichen?»

Er zwinkert mir mit einem Auge zu. Dann lächelt er wieder so seltsam. Der Mundgeruch will dabei so gar nicht zu seinen schönen Zähnen passen, zu seinem aufmerksamen Blick. Das Hemd allerdings auch nicht.

Man spürt einfach, dass an diesem Typen etwas faul ist. Ich meine, woher kennt der sich überhaupt mit dem Strafmaß für Gewalttaten aus? Der ist doch nie und nimmer Privatdetektiv. Höchstens ein gesuchter Hochstapler! Aber ich will gar nicht wissen, was er alles auf dem Kerbholz hat, und widme mich besser meiner Arbeit. Ich muss dringend noch meine To-do-Listen abfotografieren, bevor sich die Schrift vollends durch den Prosecco-Unfall auflöst. Außerdem macht es bestimmt keinen besonders professionellen Eindruck, wenn ich vor Ort mit hunderten vollgekritzelten Zetteln hantiere. Mein Bruder fand das auch und hat mir ungefragt das neueste aller neuen iPhones besorgt, als er hörte, das alte habe endlich seinen Geist aufgegeben. Zum Glück hat er es auch gleich startklar gemacht. Er ist ein richtiger Nerd und kann sogar Ikeamöbel und Überraschungseierspielzeug ohne Anleitung zusammenbauen. Ich vergesse bei so etwas immer die Hälfte, und das trotz Beschreibung. Und auch jetzt suche ich wieder einmal nach meinem Handy, das ich doch eigentlich in das sichere, weil trockene, Seitenfach gesteckt habe, gleich nachdem ich es auf Flugmodus gestellt hatte.

«Sagen Sie ruhig Bescheid, wenn Sie in den Tiefen Ihrer Fake-Tasche auf Öl oder Ähnliches gestoßen sind», witzelt Mr. Oberschlau nun mit vollem Mund, nur um gleich danach wieder ein Stück Pistazienschale mit einem gezielten Schuss in meinen leeren Getränkebecher zu pusten.

Fassungslos starre ich ihn an. Es ist sicher besser, jede Art der Kommunikation umgehend einzustellen.

Mit jeweils zwei spitzen Fingern falte ich vorsichtig die Gästeliste auseinander. Blöderweise ist sie zu groß, um sie auf dem ausgeklappten Tischchen vor mir auszubreiten.

Ist ja auch kein Wunder bei insgesamt zweihundertvierzig Hochzeitsgästen, neben den Freunden und Verwandten vor allem Geschäftsbekannte der zukünftigen Familie von und zu.

Allein die Vorstellung, dass ich in fünf Tagen am Samstag als Trauzeugin die Fürbitte vor so vielen Leuten mit Rang und Namen in der imposanten Frankfurter Justinuskirche vortragen muss, verursacht mir eine weitere hübsche kleine innere Panikattacke. Aber ich bin schließlich ausgeglichen in meiner Mitte. Ich bin ausgeglichen in meiner ...

«Was soll das denn sein?», fragt mein Sitznachbar nun.

«Besonders diskret ist Ihre Arbeitsweise ja nicht gerade!», beschwere ich mich, ohne meine Empörung auch nur im Geringsten zu unterdrücken.

Ich mache schnell mein Foto, reiße den Zettel in kleine Fetzen und stopfe sie in den leeren Trinkbecher, um ja keine weiteren dummen Fragen zu provozieren. Viel wichtiger als die Gästeliste ist ohnehin das Papier mit den gefühlt dreitausend Aufgaben, die ich noch vor der Hochzeit erledigt haben muss. Hoffentlich kann man die noch lesen. Sonst bin ich aufgeschmissen. Es muss alles wie am Schnürchen laufen, wenn dieses Mega-Event meine zukunftsweisende Referenz werden soll. Und ausgerechnet in der Vorbereitung hat sich auch noch mein Laptop verabschiedet, glücklicherweise nachdem ich die wichtigsten Dinge mit der Braut abgesprochen hatte und keine Riesendateien mehr senden musste. Und dann ist das Handy runtergefallen. Bei solchen Vorzeichen denke ich ja immer, das kann kein gutes Ende nehmen. Womöglich stehen meine Technikpleiten in einem Zusammenhang mit Silles Ehe, die genauso schnell vor dem Aus stehen kann wie meine äußerst unzuverlässigen Endgeräte. Da lobe ich mir das Altbewährte! Bis zu meinem Missgeschick mit dem Piccolo hat meine Zettel-und-Stift-Methode erstaunlich gut funktioniert.

Besorgt falte ich den Bogen auseinander. Ein Großteil der Aufgaben ist zum Glück noch lesbar:

Gleich nachher vor dem Get-together muss ich unbedingt noch die Blumendeko und das Menü absegnen, ich darf auch auf keinen Fall vergessen, den Anprobetermin mit Silles Designer zu bestätigen, und sollte mich um die etwa hundertfünfzig Gastgeschenke besser vor dem Junggesellinnenabschied am Dienstag kümmern, da ich nicht mit Sicherheit sagen kann, in welchem Zustand ich mich danach mental und physisch befinde.

Zum Glück ist vor der standesamtlichen Trauung am Donnerstag noch ein Tag Pause, an dem ich aber noch mit dem Pfarrer über die Traurede sprechen muss ...

Stopp, mein Hirn rotiert schon wieder!!

Mist, jetzt habe ich das labbrige Blatt mit meinen dummen künstlichen Fingernägeln eingerissen, sodass es in der Mitte einklappt und nicht zu lesen ist. Am liebsten hätte ich vier Hände, zwei zum Festhalten und zwei zum Fotografieren.

«Warten Sie!»

Dieser Langfinger greift sich ungefragt meine Liste. Aber das lasse ich nicht zu und schiebe seine Hand entschieden zur Seite. In derselben Sekunde reißt das Blatt komplett in zwei Hälften.

«Na toll, das haben Sie ja super hingekriegt!», beschwere ich mich.

«So wie Sie das machen, wird das sowieso nichts.»

«Und wieso nicht, bitte schön?!»

Dann klärt er mich in einem unnachahmlich überheblichen Ton darüber auf, dass ich schon das Blitzlicht einschalten müsse, wenn aus dem Foto etwas Leserliches werden soll. Kein Ding, denke ich siegesgewiss. Ich bin ja bereit, es zuzugeben: Technisch gesehen bin ich wirklich eine absolute Niete. Aber die Taschenlampenfunktion meines Handys habe ich schon mehrfach benutzt, wenn ich nach meinem Schlüssel gesucht habe. Ich bin doch nicht blöd!

O, mein Gott!

Wie dämlich ist die bitte?!!

Trotzdem irgendwie auch niedlich, wie sie mit ihren lackierten Krallen nervös auf dem Touch-Display rumtippt oder es zumindest probiert. Ich stehe ja nicht so auf manikürte Hände. Und ich verstehe auch nicht, wie Frauen mit solchen Säbeln überhaupt etwas essen, geschweige denn anfassen können. Aber es ist durchaus unterhaltsam anzuschauen.

«Sie wissen schon, dass das Ding auch einen automatischen Blitz eingebaut hat?!»

Statt einer Antwort beschießt Rehauge mich wieder mit ihren Giftpfeilen. Also fühle ich mich ermuntert, ihr etwas Nachhilfe zu erteilen.

Hält man ja echt nicht aus diese Unbeholfenheit!

Ich greife nach meinem Handy in der Hemdtasche, um zu zeigen, dass wir durchaus eine Sache gemeinsam haben, nämlich das gleiche Modell.

«Hier kann man die Blitzfunktion einschalten», erkläre ich und deute auf mein Display.

Doch das scheint dies Genie neben mir nicht zu interessieren, sondern ist weiter voll auf ihre Mission mit der Lampe konzentriert.

Alter, ich lach mich schlapp!

Jetzt versucht sie krampfhaft, ihre versifften Papierfetzen ins Licht zu halten und sie abzufotografieren, was schon daran scheitert, dass das Papier immer wieder in sich zusammenfällt.

Ein sehr kurzweiliges Entertainmentprogramm haben die hier an Bord.

«Nun geben Sie schon her», sage ich schließlich aus reinem Mitleid.

Ich halte ihr vorsichtig den ersten Lappen in die Höhe, damit sie endlich ihre Fotos machen kann. Was sie auch tut, ohne mir ein Lächeln zu schenken, versteht sich.

Kommentarlos reicht sie mir den nächsten feuchten Abschnitt und dann den übernächsten, bis sie alles dokumentiert hat. Wenn ich meinen Job so machen würde, wäre ich ihn schon los. Nicht dass mir das etwas ausmachen würde. Im Gegenteil, ich hasse es, Anwalt zu sein. Aber mein alter Herr besteht darauf, mindestens ein ganzes Jahr nach dem Studium diese überflüssige Familientradition aufrechtzuerhalten. Andernfalls wäre mein vorzeitiges Erbe pfutsch, und dann könnte ich meinen Traum vom Musiker begraben.

«Danke!», kommt es plötzlich aus ihrem durchaus schönen Mund.

Ich grinse mein breitestes Grinsen und riskiere mal einen unauffälligen Blick.

«Ist das die Liste mit den hundert Männern, die Sie vergrätzt haben?»

«Das geht Sie gar nichts an!», schimpft sie nun wieder empört und versucht, an den letzten, feuchten Papier-Lappen zu kommen. Aber mein Arm ist leider länger.

Kurze Arme, keine Liste!

«Geschenketransport klären, Großraumtaxen bestellen, Anprobetermin Brautkleid bestätigen ...?» Belustigt sehe ich sie an. «Jetzt sagen Sie nicht, Sie wollen unter die Haube!»

Noch so eine verpeilte Romantikerin!

«Ich wüsste nicht, was daran so komisch sein soll», zischt mir Madame gereizt entgegen und bekommt doch noch ihren Wisch zu fassen.

«Haben Sie sich das auch gut überlegt?»

Wieder nur ein genervter Blick. Aber ich kann an ihren Augen sehen, dass sie diese Frage trifft. Lohnt sich bestimmt, da noch mal nachzubohren.

«Ich meine ja nur. Sie wissen schon, dass mehr als jede dritte Ehe geschieden wird? Da brauchen Sie ja nur abzuzählen.»

Genüsslich zähle ich die Herrschaften in den beiden Reihen vor uns ab – eins, zwei, drei ... eins, zwei, drei ... bis ich bei uns ankomme und mit meinem charmantesten Lächeln bei zwei auf mich und bei drei auf sie zeige.

«Das soll also heißen, ausgerechnet *Sie* sind glücklich verheiratet? Das ist aber schwer vorstellbar.»

Momentchen!

Nur, weil ich nicht an die Ehe glaube, heißt das noch lange nicht, dass ich Frauen nicht durchaus glücklich machen könnte – zeitweise zumindest.

«Dass Sie einen Dummen gefunden haben trotz Ihrer Zickigkeit!», hole ich zum Gegenschlag aus.

Sprachlos guckt sie mich mit einem waidwunden Blick an, als würde sie gleich losheulen. Das sieht so hammerwitzig aus, dass ich lospruste. Unglücklicherweise landet dabei ein Stück Pistazie direkt in ihrem Ausschnitt. Ich grinse betreten und bin versucht, meine Hand auszustrecken, um ihr Dekolleté zu säubern. Doch ehe ich mich's versehe, schlägt sie mir volles Brett auf meine Hand.

Autsch!

«Okay, das war genug! Jetzt reicht's!», schnauft sie und fixiert mich mit einem Blick, der in seiner faszinierenden Mischung aus wütend, empört, aggro und fassungslos seinesgleichen sucht.

Nicht schlecht.

Temperament hat sie auch noch!

♀

Das darf nicht wahr sein!

Sogar so ein unterirdischer Obermacho ist verheiratet! Das ist wieder ganz typisch für mich. Es ist ja nicht so, dass ich verzweifelt auf der Suche wäre. Dazu habe ich viel zu wenig Langeweile. Aber wieder auf eine Hochzeit gehen zu müssen, auf der es nur glückliche Paare und Familien gibt? Und ich weiß, wovon ich rede, ich kenne die Gästeliste und die Sitzordnung. Außerdem kenne ich die Braut persönlich. Das macht es gleich doppelt hart. Von allen mitleidig angesehen zu werden, weil man auch noch mit Mitte dreißig Single ist, ist das Zweitschlimmste gleich nach Fliegen.

Schon bei dem Gedanken an die Landung dreht sich mir wieder der Magen um. Zum Glück habe ich es gleich geschafft. Und dann bin ich auch endlich diesen bescheuerten Typen los. Wieso nur kann man sich keinen Mr. Right backen? Ich wüsste genau, welche Zutaten zum Grundrezept für meinen Traummann gehören würden:

- 2 dunkle Augen, die mich anhimmeln
- 1 schöner Mund (mit gepflegten Zähnen), der gut küsst
- 2 starke Hände, die mich tragen
- 2 Beine in schönen Schuhen, die gut tanzen können
- reichlich Haare zum Wuscheln (ein paar davon an der muskulösen Brust)
- 1 große Portion Humor
- die doppelte Menge Hirn
- die dreifache Menge Herz
- viel ansprechendes Duftaroma

All das vermischt mit Spontaneität, Tatkraft und Optimismus – idealerweise nur eine Nacht stehenlassen und dann genüsslich verspeisen …

«Du bist viel zu anspruchsvoll und perfektionistisch», höre ich in Gedanken meinen Bruder Nick schon wieder schimpfen. Vielleicht hat er recht. Aber im Träumen war ich schon immer eine Eins. Wieso nicht groß denken, wenn in der Realität alles eine Spur zu klein ist? Meine Wohnung, mein Portemonnaie, meine Freizeit, meine Brüste, meine Auswahl an Freunden, die Anzahl glücklicher Ex-Beziehungen ...

Ich liebe es, mir mein Leben schön auszumalen. Diese wertvollen Momente am Tag, wenn gerade kein Anruf eines Kunden kommt, keine Rechnung eines Dienstleisters, keiner, der dich stört beim ...

«Wie isser denn so, der Glückliche?», holt mich mein Sitznachbar unsanft zurück.

«Wer?»

«Na, der Bräutigam, wer sonst? Oder ist der gar nicht glücklich mit seiner Wahl?»

Ich bemerke akute Kommunikationsprobleme zwischen Magen, Kopf und Mund. Mir ist immer noch sauschlecht.

«Er ist *sehr* glücklich! Warum auch nicht?», beschwere ich mich und atme tief durch.

Was denkt der Typ eigentlich?!

Er hebt nur skeptisch seine Augenbrauen.

«Er ist gebildet, wohlhabend und hat einen exzellenten Geschmack!»

«Ah, ja! Und wann ist der große Tag?», fragt Sherlock.

«Schon sehr bald, aber ich wüsste nicht, warum ich mit Ihnen über dieses Thema noch länger diskutieren sollte.»

Er sieht mir fest in die Augen. «Ich frage mich nur, ob Sie wirklich so krasses Muffensausen vor dem Fliegen haben oder aber vorm Heiraten.»

Was will der mir bloß anhängen?

Als meine Mama noch lebte, sagte sie immer, als Frau darfst du dir niemals in die Karten gucken lassen. Du musst immer ein kleines Geheimnis bewahren, wenn ein Mann dich dauerhaft interessant finden soll. Sie musste es wissen, sie war schließlich fast zwanzig Jahre sehr glücklich mit meinem Vater verheiratet, bis das Schicksal so grausam zuschlug.

Ich sollte das Spiel ohnehin besser mitspielen. Es wäre einfach zu erbärmlich, jetzt zugeben zu müssen, dass gar nicht ich die Braut bin.

«Es gibt absolut keinen Grund für krasses Muffensausen, wie Sie es nennen. Das ist reine Einbildung. Es ist alles in bester Ordnung!»

«Und warum sagt mir mein Instinkt, dass daran irgendetwas nicht stimmt?», bohrt er weiter nach und grinst wieder blöd.

«Was weiß ich denn, was mit Ihrem Instinkt nicht stimmt. Meine weibliche Intuition sagt mir jedenfalls, dass Sie viel zu neugierig sind.»

«Aufmerksam!»

Er schaut in seine geleerte Pistazientüte und deutet

mit einem Kopfnicken auf meine, die unberührt auf dem Klapptischchen liegt. «Darf ich?»

«Wir landen doch gleich», entgegne ich kopfschüttelnd.

Trotzdem greift Herr Unverschämt rüber und fegt dabei mein Smartphone vom Tisch.

«Hey!» Na, bravo! Wenn jetzt mein nicht mal abbezahltes, weil ratenfinanziertes iPhone-Display auch nur den geringsten Kratzer hat, dann kann er sich auf was gefasst machen.

Umständlich taste ich mit einer Hand den Fußraum ab, kann mein Telefon aber nirgends fühlen, geschweige denn sehen.

«Haben Sie es?», fragt er scheinheilig. «Ich würde ja zu gerne mal einen kurzen Blick auf Ihren Lover werfen.»

«Was?» Ich könnte platzen vor Wut. So viel Dreistigkeit!

«Jetzt kommen Sie mal wieder runter. Ist doch gar nix passiert», provoziert er mich weiter.

«Ich bin schon unten», gebe ich ungehalten zurück, während ich umständlich versuche, meine Tasche hochzuhieven, um weiterzusuchen.

Autsch!

O nein, das darf nicht wahr sein. Jetzt ist auch noch einer meiner Nägel abgebrochen, weil ich an irgendetwas Hartem hängen geblieben bin.

«Würden Sie sich bitte anschnallen und Ihren Tisch

hochklappen? Wir befinden uns bereits im Sinkflug», ermahnt mich die Stewardess streng.

Schuldbewusst nicke ich und gehorche – nach außen die Ruhe selbst, aber innerlich könnte ich durchdrehen!

«Tief einatmen!»

Ich halte der Panik-Braut die Kotztüte vor die Nase. Aber statt meinen klugen Rat zu befolgen, hyperventiliert sie lieber weiter.

«Los jetzt!», schnauze ich sie an. Manche Frauen stehen ja drauf, wenn man sie härter rannimmt.

Endlich greift sie sich die Tüte und gehorcht. Also wenn Alex' Braut nur halbwegs in die Richtung geht wie dieses Prachtexemplar hier, dann aber herzliches Beileid!

Warum drehen Frauen immer so ab, wenn es ums Heiraten geht? Das ist doch bloß ein einziger Tag im Leben. Und ehe sie es sich versehen, stehen sie ein paar Jahre später ohnehin vor dem Scheidungsrichter und kehren die Scherben ihrer zerplatzten Prinzessinnenträume zusammen.

Ich meine, in welchem Jahrhundert leben wir denn? Immer einen auf Emanze machen und trotzdem auf den Prinzen mit Schimmel warten. Und sich am Ende auch noch wundern, wenn der sie abwirft und sich im Galopp samt Prinz aus dem Staub macht.

«Geht's wieder?», frage ich.

Bin ja kein Monster.

Aber ihr Gesicht ist kreideweiß. Könnte an dem Seitenwind und dem wackelnden Flieger liegen.

«Noch einen kurzen Augenblick, dann fliegen Sie weiter in den siebten Hochzeitshimmel», muntere ich sie mit einem schiefen Lächeln auf.

«Wenn Sie denn bitte noch mein Handy ...»

«Weiteratmen!», befehle ich.

Ich schnalle mich ab und sehe im Fußraum nach. Das Ding kann ja nicht weit weg sein.

Mist, jetzt rutscht mir mein eigenes iPhone aus der hawaiigeblümten Hemdtasche und saust nach vorn. Denn der Pilot hat die Maschine soeben unsanft auf der Landebahn aufgesetzt und geht jetzt voll in die Eisen.

Als wir endlich zum Stehen kommen, tippe ich meinen Vordermann an, so ein Touri in besockten Sandalen und schlimmen Jack-Wolfskin-Klamotten, und bitte ihn, mal nachzusehen.

Er nickt kurz, beugt sich nach vorn und reicht mir mein Handy. Gerade als ich ihn fragen will, ob dort unten noch ein zweites liegt, taucht Grüngesicht mit Kotztütchen ebenfalls wieder auf und hält triumphierend ihr Telefon in die Höhe.

«Na, dann ist doch alles schick», sage ich und klatsche

in die Hände. «Sie haben den Flug überstanden, weil ich Sie erfolgreich abgelenkt habe.»

Ich löse den Gurt, stehe auf und suche in der Gepäckablage nach dieser hässlichen Wolldecke, hinter der Frollein Böser Blick ihr durchaus nettes Gestell versteckt.

Zuvorkommend, wie ich bin, reiche ich ihr den Umhang und finde es fast ein bisschen schade, dass sich unsere Wege hier trennen. Es war nicht langweilig mit ihr.

Sie kräuselt ihre süße Stirn. Dann endlich bekomme ich ein Lächeln.

«Danke», sagt sie. «Für ... alles. Wie heißen Sie eigentlich?»

«Ich bin Jo! Und Sie?»

«Mar- äh, Madelaine!» Sie streckt mir ihre zarte Hand entgegen.

«Na dann, Madelaine. Ein schönes Leben noch!», sage ich und setze mit einem Augenzwinkern hinzu: «Und alles Gute für Ihre Ehe!»

Dann beeile ich mich, aus dem Flugzeug zu kommen, um ja nicht meinen Anschlussflieger zu verpassen.

Na toll, eine Schlange vor der Damentoilette! Ist ja wieder typisch. Ob ich erst meinen Koffer abholen soll? Aber nein, das halte ich nicht aus. Das dauert zu lange.

Ich tippele von einem Fuß auf den anderen. Hab das Pipi schon viel zu lange angehalten, aber ich wollte diesen Jo keine Sekunde unbeaufsichtigt an unserem Sitz zurücklassen, der Schnüffler hätte womöglich noch alle meine Sachen durchsucht.

Was für ein seltsamer Kerl.

Was für ein seltsamer und attraktiver Kerl!

Wenn er etwas weniger durchgeknallt-prollig und ich vor allem etwas mutiger gewesen wäre, hätte ich ihm durchaus andeuten können, dass ich noch zu haben bin. Um nicht zu sagen, kurz vor der Verzweiflung stehe. Aber wieso hätte ich das Missverständnis mit der Hochzeit aufklären sollen? Was hätte das gebracht? Wieder nur eine dieser enttäuschenden Affären mit einem Mann, dessen Herz schon einer anderen gehört. Das finde ich mittlerweile nur noch erbärmlich. Außerdem: eine Weddingplanerin, die einer Frau den Ehemann ausspannen will und dann ohnehin doch leer ausgeht?

Ich will das alles nicht mehr! Ich will einfach einen *eigenen* Mann, ein schönes Wohlfühlzuhause, ein, zwei Kinder. Na ja, und dass mein Bruder und unser Papi dann auch noch ihr Glück finden. Das will ich auch. Ist das denn zu viel verlangt nach allem, was unserer Familie passiert ist?

O Mann! Ich bin erst die Überübernächste in der Schlange. Wenn das so quälend langsam weitergeht, kann ich für nichts garantieren.

Plötzlich erklingt die Titelmusik von *Magnum* als Klingelton auf einem Handy. Irritiert sehe ich mich um. Welcher Frau ist denn so ein testosterongesteuerter Geschmack zuzutrauen? Ich kenne diese alberne Männerserie auch nur, weil Nick auf schnelle Autos steht. Ich liebe meinen Bruder ohne Ende, aber mit seinen 80er-Serien wie *Ein Colt für alle Fälle* oder *Knight Rider* hat er mich schon früher genervt.

Keine der Damen fühlt sich zuständig. Ist ja auch ein bisschen peinlich. Das Klingeln verstummt, es herrscht eine seltsame Stille. In die ich gleich hineinschreie, weil meine Blase platzt!

Puh, nur noch eine Frau vor mir, dann kann ich endlich erleichtert aufatmen. Das heißt, so richtig aufatmen werde ich wohl erst, wenn ich die Hochzeit des Jahres hinter mich gebracht habe. Immerhin zwanzig Riesen kann ich dafür einstreichen. Die erste Hälfte habe ich bereits bei Vertragsschluss im vergangenen Herbst bekommen, und die zweite steht an, wenn die Hochzeit reibungslos über die Bühne gegangen ist. Davon wiederum gebe ich gleich die Hälfte an Nick und meinen Vater weiter. Sie hassen es zwar, wenn ich ihnen Geld zuschieße. Aber ich weiß, dass sie es brauchen, mehr als ich jedenfalls, weil mein Vater mit seiner Werkstatt kaum über die Runden kommt, seitdem er meine Mutter auf so tragische Weise verloren hat.

Ich stöhne auf, schon wieder dieser peinliche Klingelton. Die Frau vor mir dreht sich zu mir um, auch die fünf hinter mir starren mich an. Genauer gesagt, meine Tasche.

O Gott!

Tatsächlich: Es ist meine Tasche, die klingelt!

Verstehe ich nicht. Ich war doch so stolz, dass ich es geschafft habe, mir *Hello* von Adele als Klingelton einzustellen. Hektisch will ich nachsehen, was da los ist. Aber der grässliche Klingelton verstummt zum Glück wieder, und nun bin ich an der Reihe.

Ich stürze in die Kabine, befreie mich endlich aus meiner Jeans und lasse mich selig auf die Kloschüssel sinken. Das ist Rettung in allerletzter Sekunde.

Bestimmt war das Nick, der mich angerufen hat, denn nur er kann mir diese grässliche Melodie draufgeladen haben, als er mir das iPhone eingerichtet hat. Sein personalisierter Klingelton. Witzbold! Aber irgendwie ja auch süß, dann weiß ich immer gleich, wenn er sich meldet. Sobald ich meinen Koffer habe, rufe ich ihn zurück.

Ich will gerade nach dem Klopapier greifen, da ertönt schon wieder Magnum. Mist! Ich sollte besser rangehen. Vielleicht ist etwas passiert!? Panisch krame ich in meiner Tasche. Mit den dämlichen Fingernägeln gar nicht so einfach. Seltsam, die Nummer, die angezeigt wird, ist nicht die von Nick. Aber sie kommt mir irgendwie bekannt vor.

Mhm ...

«Ja?», frage ich so leise wie möglich ins Telefon. Auf

der Toilette zu telefonieren, ist beinahe noch erniedrigender als die alberne Klingelmelodie.

«Hier ist Jo.»

Mein Herz macht einen kleinen Hüpfer. Der Typ aus dem Flieger? Unglaublich! Seine Schnüffelfähigkeiten als Privatdetektiv sind nicht ohne, so schnell wie der meine Nummer rausbekommen hat. Hat er gleich Sehnsucht nach mir bekommen? Das wäre ja direkt romantisch, wenn er nicht so ein Ekeltyp wäre!

«Hallo», hauche ich, nur wegen der Romantik natürlich. Im Geiste sehe ich mich schon bei unserer eigenen Hochzeit, wie Jo vor all unseren Freunden und der Familie unsere süße Kennenlerngeschichte zum Besten gibt. Stopp! Er ist verheiratet und trägt Hawaiihemden.

«Wir haben ein kleines Problem, Lady. Wäre nett, wenn Sie zum Terminal 1, zum Security-Bereich kommen. Und zwar sofort!»

Der hat es aber eilig, denke ich noch. Dann fügt er hinzu: «Wir haben unsere Handys vertauscht.»

♥

Mann o Mann, wo bleibt die Schnecke denn? Ich hätte schon längst am Gate sein müssen. Boarding läuft seit fünfzehn Minuten. Und ich *muss* diese Maschine kriegen. Mein alter Herr reißt mir den Kopf ab, wenn ich seinen Freund Harrison noch ein weiteres Mal versetze. Erst letzten Monat wollte ich einen lang ersehnten Gig nicht verpassen: meinen ersten Auftritt als Sänger und Gitarrist in *Franki's Bar*, der Laden von einem guten Kumpel und Bandkollegen von mir. Es hat sich gelohnt, aber ich fürchte, mein Dad hat mir die akute Magen-Darm-Verstimmung nicht abgenommen, so rot wie der vor Zorn angelaufen ist, als ich ihm klarmachen musste, warum ich unmöglich da schon die neun Stunden im Flieger hätte verbringen können, um von Frankfurt nach New York zu fliegen.

Die einzig gute Nachricht für heute ist, dass die Ponchofrau vermutlich einfach zu blöd war, einen Sperrcode einzurichten, jedenfalls ist keiner drin, sodass ich mein Handy mit ihrem anrufen kann. Und zweitens, dass ich grundsätzlich nie auf Flugmodus schalte. Wer bin ich denn, das ist ja ohnehin alles Propaganda, dass das gefährlich sein soll. Sonst wäre unser Problem nun wesentlich größer. Aber wie bescheuert bin ich denn, dass ich nicht gleich nach der Landung einen Blick auf mein Handy geworfen habe, wie jeder normale Mensch es tut, und ich sonst auch. Aber ich stehe ja ohnehin wegen gestern Abend noch neben mir und die Taschenlampenexpertin hat mich einfach kirre gemacht mit ihrer Flugangst und ihrem zugegebenermaßen grandiosen Hintern, den ich ununterbrochen anstarren musste, als wir darauf warteten, dass wir an der Reihe waren mit

Aussteigen. Sonst hätte ich den Tausch gleich bemerkt. Das ist klar die schlechte Nachricht.

Ich rufe sie noch mal an. Kann ja wohl nicht angehen, dass Madame über zwanzig Minuten braucht, um hier anzutanzen!

«Bin sofort da», flötet sie freundlich ins Telefon. Ein bisschen *zu* freundlich für meinen Geschmack. Langsam wird es eng.

«Definieren Sie *sofort* etwas genauer!», zische ich.

«Na, Ihretwegen dreht mein Koffer gerade noch eine Extrarunde.»

Ich beiße mir in die Faust, um nicht ins Telefon zu schreien. Die hat sie nicht mehr alle!!

«Den Scheißkoffer können Sie doch auch später noch abholen. Ich muss weiter, und zwar *jetzt*. Das ist vor SOFORT!!!»

Das war hoffentlich deutlich.

«Ach, als Privatdetektiv haben Sie doch bestimmt auch einen Sportwagen so wie Magnum und holen das locker wieder raus.»

Sie kichert. Hat die etwa schon wieder getrunken?

Ich atme tief durch. «Sie haben ja keine Ahnung, was passiert, wenn ich meinen Anschlussflug verpasse!» Vielleicht zieht das.

«Was denn für einen Anschlussflug?»

«Na, Anschluss eben! Ohne lange Warterei, *eigentlich*! Ich stecke aber Ihretwegen im Transitbereich fest, und gleich ist es zu spät!!!»

«Dann nehmen Sie doch die Bahn! Oder Sie leihen sich einen Wagen, einen roten Ferrari vielleicht?»

Arrrgh! Die checkt es nicht!

«NEIN, DAS KANN ICH NICHT. ES FÄHRT SICH NÄMLICH SO SCHLECHT NACH AMERIKA!»

«Oh.»

Schweigen.

«Okay?! Und ... ähm, könnten Sie nicht umbuchen? Ich meine, das ist doch höhere Gewalt, das geht doch bestimmt auf Kulanz, wenn –»

«Ich würde Ihnen gerne mal zeigen, was höhere Gewalt ist. Bewegen Sie jetzt AUGENBLICKLICH Ihren süßen Arsch hierher!», befehle ich und drücke sie weg.

Ihr Zukünftiger tut mir jetzt schon leid. Der Typ ist sicher bald ein Mandant von mir. Vielleicht sollte ich ihr bei der Übergabe der Telefone auch schon mal meine Visitenkarte zustecken? Ich gucke auf die Uhr. Es ist 11:36 Uhr. Meine Maschine nach New York startet in zwanzig Minuten. Verdammt!

Zum Glück wurde mein Gepäck durchgecheckt. So kann ich mich am JFK-Airport wenigstens noch schnell umziehen, bevor Harrison mich in Empfang nimmt.

Wenn ich es denn noch rechtzeitig in den Flieger schaffe, bevor mein Koffer wegen Terrorgefahr wieder rausgefischt wird und ich dem BKA was vorheulen muss.

Ob ich mich sicherheitshalber an eine der hübschen Security-Damen ranpirschen sollte?

«Hallo, schöne Lady!», raune ich einem sehr ansprechenden Modell vor dem Durchleuchtungsschirm zu. Die rote Mähne geht ihr bis zum Knackarsch.

Sie dreht sich um. Bingo! Sie hat angebissen und erwidert mein Flirt-Lächeln, wobei sie einen Blick auf ihren Kaugummi freilegt und mich von oben bis unten interessiert mustert. Ich berichte ihr von meinem akuten Problem und frage, ob sie am Gate Bescheid geben kann, dass ich durchaus noch vorhabe, in die Maschine zu steigen, obwohl ich schon zwei Mal ausgerufen worden bin.

Ihr Lächeln erstirbt. «Dann müssen Sie sich jetzt bitte umgehend dorthin begeben!», entgegnet sie schmallippig.

Ich habe den Eindruck, sie ist ein bisschen enttäuscht, dass ich nicht mehr Zeit für sie habe. Ist ja auch schade, sich eine solche Gelegenheit mit einem so jungen Ding in sexy Uniform entgehen zu lassen. Mir fallen da durchaus ein paar nette Rollenspielchen ein, die man mit ihr proben könnte.

«Sie lassen mich einfach so gehen?», hauche ich. «Gibt es denn da nichts, was Sie für mich tun können?»

Sie verdreht ihre – mit falschen Wimpern verzierten – Augen und kaut in aller Seelenruhe weiter.

Mist!

Jetzt muss ich wirklich mal von meinem überdurchschnittlichen IQ Gebrauch machen, der sonst chronisch unterfordert ist, zumal die Leutchen hinter mir in der

Schlange vor dem Security-Bereich allmählich genauso ungeduldig werden wie ich.

Ich zeige ihr meine Bordkarte. «Könnten Sie wenigstens am Gate anrufen und sagen, dass ich sofort da sein werde?!»

Sie zieht ihre Augenbrauen skeptisch in die Höhe und sieht mich auffordernd an.

Worauf wartet sie nur?

Da steht doch, wie ich heiße und wo ich hinwill. Was braucht sie noch von mir? Oder erwartet sie etwa ...

Ach, so läuft hier der Hase!

Ich schaue mich kurz um, ziehe unauffällig einen zerknüllten 50-Euro-Schein aus meiner Hosentasche und reiche der Uniformierten die Hand, vermeintlich zum Abschied. Sie kapiert offenbar sofort, steckt den Schein weg und greift zum Telefon neben sich. Scheint die übliche Praxis zu sein, nicht nur bei den Schnüfflern in Hollywood oder auf Hawaii.

«Wird das heute noch mal was?», schimpft jetzt so ein Proleten-Touri am Scanner.

Meine Flughafen-Lady winkt den Herrn durch und hat parallel offenbar die Kollegen von Gate 16 an der Strippe. Sie erklärt, dass sich meine Ankunft noch um ein paar Minuten verzögert. Aber dann legt sich ihre Stirn in Falten, sie nickt und sieht zu mir. Ihr Gesichtsausdruck wirkt jetzt unentspannt. Genau wie ich mich allmählich fühle.

Das ist nicht gut!

Wann bitte schön kommt endlich Madame Madelaine angewackelt?! Wenn ich es nicht so eilig hätte, würde ich ihr glatt den hübschen Hals umdrehen, wenn sie hier auftaucht.

«Das Boarding ist bereits abgeschlossen», höre ich die Security-Schnepfe jetzt sagen. Schnepfe deswegen, weil sie nur gelangweilt mit den Achseln zuckt. Den Fuffi behält sie natürlich.

Ich krieg jetzt echt einen Hals und schnappe mir den Hörer. Doch am anderen Ende wurde offenbar bereits aufgelegt.

«Na toll. Und jetzt?», ranze ich sie an.

«An Ihrer Stelle würde ich einen Sprint hinlegen. Wenn es nicht eh schon zu spät ist.»

Verdammt!

Ich sehe mich noch mal vergeblich nach der verpeiltesten Braut der Welt um, dann renne ich los.

Typisch, erst macht er einen auf dringenden Notfall, und dann ist er nicht da! Ich marschiere noch mal alle Schlangen vor der Sicherheitskontrolle ab. Aber kein Jo zu sehen. Es wäre eine absolute Katastrophe, wenn ich mein Telefon nicht wiederbekomme.

Anrufen kann ich ihn auch nicht, da er auf seinem

Handy einen Sperrcode hat. War ja klar. Jetzt darf ich hier dumm rumstehen und darauf warten, bis er sich wieder meldet, während mein Koffer womöglich sonstwo landet, weil ihn keiner abholt. Was ist wichtiger? Koffer oder Handy? Gute Frage. Die Sachen aus dem Koffer sind ersetzbar, aber ohne Handy könnte ich die Hochzeit vergessen!

Wo steckt der Kerl nur?

Wir wären besser dran, wenn ich nicht so dringend zum Klo gemusst und das falsche Handy gleich weggesteckt hätte. Missmutig betrachte ich es. Das Display ist schrecklich verschmiert, und hier und da kann ich ein paar Kratzer am silberfarbenen Gehäuse erkennen. Aber ansonsten sieht es exakt aus wie meins. Vielleicht sollte ich versuchsweise einfach mal einen Code eingeben? So was wie «007 007»?

Oder lieber doch nicht. Nick hat mir erklärt, dass man nur drei Versuche hat, was auch der Grund ist, warum ich mich gegen seinen Rat entschieden habe, einen Code zu nutzen. Ich kenne mich doch – keinen Tag lang kann ich mir eine sechsstellige Zahl merken! Ich kann ja noch nicht mal meine eigene Nummer auswendig.

Nick würde bestimmt genervt die Augen rollen, wenn er wüsste, in welche Situation ich mich damit gebracht habe.

Ist aber trotzdem schon ein blödes Gefühl, dass der Typ sich jetzt ungestört bis in meine privatesten Dinge vorschnüffeln kann, während ich nicht mal bis zu seinem Homescreen durchkomme. Meine Diätpläne zum Beispiel. Oder – o Gott! – meine alten Duckface-Selfies, auf denen ich verzweifelt versucht habe, sexy zu gucken, um mich damit bei einem Online-Dating-Portal zu registrieren.

Da fällt mir was ein. Ich hab doch meine Visitenkarten mit meiner Telefonnummer dabei und könnte Jo über eine Telefonzelle anrufen. Gibt es so etwas überhaupt noch? Oder soll ich ihn ausrufen lassen? Oder lieber gleich 110 wählen?

Ich sehe mich um, und mein Blick fällt auf einen Imbissstand. Ich spüre, wie ich langsam Hunger bekomme, wo ich mich doch heute bislang nicht getraut habe, etwas zu essen. An dem Snackstand gibt es Pizza und Co. Es riecht auch verdammt lecker. Ich schaue mich nochmals vergeblich nach Jo um, dann husche ich schnell rüber, um ein Stück Salamipizza zu ordern.

Gerade als ich bezahlt und beherzt hineingebissen habe, ist sie wieder zu hören – diese peinliche und viel zu laut eingestellte Magnum-Melodie. Der Pizzaverkäufer mustert mich skeptisch, und ich nicke ihm schnell freundlich zu, während ich versuche, das Gespräch entgegenzunehmen und die Pizza nicht fallen zu lassen.

«Wo simp Se demm?», nuschele ich mit halbvollem Mund und versuche, dabei nicht allzu vorwurfsvoll zu klingen. Schließlich will ich ja auch was von ihm – und zwar mein Handy!

«Wo *ich* bin?» Er klingt gereizt. «Die Frage ist, wo waren *Sie* so lange?!!»

«Na ja, jetzt bin ich ja da», erkläre ich ruhig und versuche, meine Tasche und das Pizzastück in einer Hand zu balancieren, ohne dass Fettflecken aufs Leder kommen. «Aber *Sie* sind nicht da!»

«Nein, bin ich nicht. Das war nämlich ausnahmsweise kein Scherz, als ich sagte, ich muss meinen Anschlussflieger kriegen.»

Mir rutscht das Herz in die Hose. «Und was heißt das jetzt?» Da ich nie fliege, habe ich absolut keine Ahnung.

«Das heißt, ich sitze bereits drin.»

Ich höre die Worte, aber verstehe sie nicht richtig.

«Wo drin? In der Abflughalle?»

«Nein drin-drin. Im Flieger.»

Ich bekomme Herzrasen. «Ist nicht Ihr Ernst?»

«Yep!»

Hilfesuchend sehe ich mich um. Der verarscht mich doch bestimmt und feixt sich jetzt einen zusammen, während er mich heimlich von irgendeinem Versteck aus beobachtet.

Dort hinter den Säulen zum Beispiel oder hinter einer der Werbetafeln.

«Ich finde das wirklich nicht witzig. Ich brauche mein Handy zurück. Und zwar sofort!»

«Ganz egal, ob Sie nun *Ihr Sofort* oder *mein Sofort* meinen – es ist zu spät!»

«Was soll das heißen?!»

«Das Flugzeug steht bereits auf der Startbahn. Ich fliege nach New York. *Jetzt sofort.*»

«Aber doch nicht mit meinem Handy!», rufe ich entsetzt ins Telefon.

«Doch genau das!»

O, mein Gott.

Das ist der Super-GAU! Ich kann es nicht glauben. Es *darf* nicht wahr sein.

«Und wann bitte schön, sind Sie wieder da?!»

«Nächste Woche.»

«Nächste Woche!?», höre ich mich panisch schreien. «Wann genau nächste Woche???»

Das Telefon ist mein Leben! Darin stecken alle Kontakte, alle Infos, alle Hochzeitsvorbereitungen. Der kann damit doch nicht einfach abhauen!

«Am Wochenende. Je nachdem, wie es läuft. Meinen Sie, mir macht das Spaß? Ich brauche meins schließlich auch. Und jetzt muss ich leider Schluss machen. Die Stewardess –»

Er hat aufgelegt.

Mein Magen dreht sich um. Mir wird schlecht. Richtig schlecht. Wo sind hier die Klos?

Ich finde keins und kotze stattdessen in einen Papierkorb.

Mein Schädel dröhnt.

Scheißalkohol!

Der hat die Sache auch nicht gerade besser gemacht. So wie die blöde Braut ins Telefon gelallt hat, hatte sie doch bestimmt noch einen im Tee. Ich hab ein sehr feines Näschen für willige Weibchen innerhalb meines Radars. So sind sie eben, die Frauen im Allgemeinen und Bräute im Speziellen. Machen immer einen auf unschuldig und hilfsbedürftig, haben es aber faustdick hinter den Ohren. Und sobald sie am Prosecco nippen, zeigt sich ihr wahres Gesicht. Die wäre so ein leichtes Opfer. Nie und nimmer wird ihre Ehe bis ins verflixte siebte Jahr kommen. Und das wäre sogar noch eins vor dem Scheidungsjahr des Durchschnittsdeutschen.

Aber Madame Rehauge ist kein Mittelmaß. Eher unterdurchschnittlich schlau, aber dafür überdurchschnittlich durchtrieben! So ein Püppchen heiratet bestimmt nicht allein aus Liebe.

Mal sehen, wen sie sich als Opfer ausgesucht hat. Eine Sekunde zögere ich noch, ob ich es wagen darf. Aber es ist nur eine klitzekleine. Ich kann ja wohl mal einen kurzen Blick riskieren. Und schon klicke ich auf das Foto-Icon.

Ach du Schreck!

Die ist ja noch bekloppter, als ich dachte. Gleich einen ganzen Order mit dem Namen *Hochzeit* hat sie angelegt, darin 1379 Fotos, obwohl ihr großer Tag doch erst noch bevorsteht.

Wie krank ist das denn?

Und davon sind bestimmt allein fünfhundert Aufnahmen von weißen Brautkleidern, die alle gleich aussehen für meinen Geschmack.

Sehr seltsam und schade irgendwie, denn auf keinem der Bilder ist sie zu sehen. Entweder hängen die Tüll-, Spitzen- und Glitzerfetzen auf einem Kleiderbügel oder an einer Schaufensterpuppe.

Die alte Lady neben mir glotzt mir erst aufs Display und lächelt mich dann mit einem wohlwollenden Nicken an.

Nicht das auch noch!

«Ich bin nicht der Bräutigam, falls Sie das denken!», will ich schon sagen, stecke das Handy stattdessen aber schnell weg. Alles andere würde sicher eine Unterhaltung in Gang setzen, auf die ich nun echt keinen Bock habe. Ich bin nicht so der Smalltalker. Auf Flügen schlafe ich entweder oder ich esse, wenn ich nicht gerade dazu verdonnert bin, Sitznachbarinnen vor dem Untergang zu retten. Aber für Madame Madelaine ist es ja ohnehin zu spät. Wer den schönsten Tag im Leben so verherrlicht, provoziert die schlechten ja geradezu.

Ich muss schon zugeben, es macht mich mächtig nervös, dass die Lady mit meinem Handy unterwegs ist. Wie lange wohl ein Kurierdienst braucht, um es mir nachzuschicken? Sicher ein paar Tage. Da sehe ich doch lieber zu, dass ich meinen Job zügig abwickele und so schnell wie möglich nach Hause zurückfliege. Egal, ich versuche nicht dran zu denken.

Am besten, ich schaue mich um, welche Schnitten sich noch auf den Weg über den Atlantik gemacht haben. Von der Mittelreihe aus hat man einen guten Blick. Perfekt. Links die Dame zählt nicht. Die hat ihr Verfallsdatum schon seit fünfzig Jahren überschritten, so faltig und geschmacksbefreit, wie die aussieht. Typ Hausmütterchen, zu der ich jeden Blickkontakt unbedingt meiden sollte. Oder ich tue so, als würde ich Arabisch sprechen. Das hilft auch, um sich Menschen in Flugzeugen vom Leib zu halten. Mein rechter Platz ist zum Glück leer. Vor mir nur drei Glatzen, da also auch Fehlanzeige. In der Fensterreihe neben mir eine Mami, ein Papi und ein Säugling, der friedlich schläft.

Noch!

Essen gibt es erst später, an Schlaf ist nicht zu denken. Ich hätte mir vielleicht nicht so viel Red Bull, Kaffee und Cola reinziehen sollen, ich Idiot! Wenn ich in New York nach meiner Zeit abends ankomme, ist es dort leider erst 14 Uhr, weswegen mich Harrison unbedingt zum Lunch einladen will. Könnte also ein bisschen anstrengend werden. Ich sollte es daher unbedingt probieren mit dem Schlaf. Waren letzte Nacht ja nur drei Stunden, was ich wirklich nicht mehr so gut wegstecke mit meinen fünfunddreißig Lenzen. Also dann, Schlafbrille auf und an Brüste denken. Das hilft manchmal.

Noch immer starre ich fassungslos an die Wand meines kleinen Hotelzimmers. Es grenzt an ein Wunder, dass ich den Namen *Mainschlösschen* noch im Kopf hatte und nicht, wie alles andere, bloß auf meinem Handy oder auf den abfotografierten Zetteln! Wieso habe ich die Notizen nicht getrocknet, sondern zerknüllt und in die Kotztüte gestopft?!

Tausend Fragen wirbeln mir durch den Kopf, der wieder erstaunlich nüchtern ist: Was also ist als Nächstes zu tun? Wie finde ich die Handynummer von Sille heraus? Welche Dienstleister muss ich heute noch erreichen? Wie lange dauert eigentlich ein Flug nach New York?

Ein Overnight-Kurier kostet sicher ein Vermögen! Da wäre der Kauf eines neuen Handys bestimmt günstiger, allerdings eines ohne Daten, wenn ich es nicht irgendwie schaffe, an diese ominöse Cloud ranzukommen. Verdammt! Nun ist also der Ernstfall eingetreten, von dem Nick immer redet.

«Du muss dich entscheiden», hatte er mich ermahnt. «Office-Organisation funktioniert nur digital. Wenn du dich nicht mit Seniorenkränzchen zufriedengeben willst, musst du mit deiner kaufkräftigen Zielgruppe mindestens mithalten. Oder besser noch, sie beeindrucken!»

Solch große Reden schwingt mein kleiner Bruder zu gerne und lässt mich erst recht alt aussehen. Bislang hat mein alter Laptop gereicht, um Dateien hin- und herzuschicken mit Gästelisten und Fotos von Dekorationen oder Menükarten. Für die Zukunft reicht das natürlich nicht. Da brauche ich Animationen der Locations, wie sie mit der gewünschten Tischanzahl und Tischdeko aussehen werden und eine Funktion, die Termine meiner Kunden direkt in deren Kalender überträgt. So weit die Theorie. Wie das konkret funktionieren soll, davon habe ich null Ahnung. Deswegen hat man doch Brüder, damit sie sich um so was kümmern. Und jetzt erreiche ich ihn nicht! Weil ich seine Handynummer nicht auswendig kann und weil auf Papas Festnetzleitung niemand rangeht.

So ein Riesenmist!

Das ist nämlich die einzige Telefonnummer auf diesem gottverdammt hochvernetzten Planeten, die ich auswendig weiß, und das auch nur, weil sie vierstellig und damit eine Rarität ist. Wenigstens ein Vorteil, dass ich aus einem Provinznest in Brandenburg stamme.

Ich wähle noch mal die Rezeption an, um den lahmarschigen Typen da unten zu bitten, es ein weiteres Mal zu versuchen. Warum haben die hier überhaupt Telefone, wenn man mit denen nicht raustelefonieren kann?

Ich brauche jetzt aber wirklich dringend Handy-Hilfe. Und irgendwann muss Nick doch den AB abhören!

Ich weiß ja nicht mal, wo heute Abend das Get-together stattfindet. Aber mein Handy weiß es. Ebenso wie alles, was ich als Nächstes zu erledigen hätte. All diese überlebenswichtigen Daten fliegen gerade von Kontinent zu Kontinent, während ich hier planlos rumsitze, obwohl ich Arbeit ohne Ende hätte.

Nur welche?

Ich schwitze, und mir ist schwindelig, so aufgewühlt bin ich. Wie war noch mal das Mantra, das Giovanni mir eingeflüstert hat?

Erneut greife ich zu dem altertümlich anmutenden Zimmertelefon, das auf dem Nachttischchen steht.

«Ich bin es noch mal, von Zimmer, äh Zimmer Nummer ...»

«Zwölf!», antwortet der ältere Herr von der Rezeption.

Ich kann auch zwischen den Zeilen hören. Da schwingt ein Unterton mit, der mich wütend macht, wo ich doch fast zweihundert Euro pro Nacht hinblättere, obwohl mein Einzelzimmer in der hinterletzten Ecke des Ganges zur weitaus schlechtesten Kategorie gehört! Ich dumme Kuh habe nämlich Silles Angebot ausgeschlagen, im Gästezimmer ihres zweihundert Quadratmeter großen Penthouses zu übernachten. Ich dachte, es macht einen besseren Eindruck, wenn ich vor Ort wohne, also bei der angesagten Adresse, wo auch die Hochzeitsfeier stattfinden wird. Zugegeben, ich wollte auch Abstand zur Braut.

Schließlich ist Sille nicht gerade meine beste Freundin, auch nicht die zweit- oder drittbeste. Sie war in meinem Abijahrgang, hat aber kurz vor den Prüfungen hingeschmissen, weil sie kurzzeitig mit einem Filmproduzenten liiert war, der ihr eine große Karriere als Schauspielerin versprochen hat.

Dass Bräute reinste Nervenbündel voller Ansprüche und Perfektionismus sind, liegt ja auf der Hand. Sille ist da leider keine Ausnahme. Obwohl es mich natürlich gefreut hat, dass sie sich ausgerechnet an meine Agentur gewandt hat nach all den Jahren, muss ich ja nicht gleich bei ihr einziehen. Ich glaube, insgeheim ist es ihr wichtig, dass eine Vertraute aus ihrem alten Leben ihren Schritt in die Ehe begleitet, auch wenn wir beide inzwischen schon Anfang dreißig sind. Bereits vor einem Dreivierteljahr hat sie mich beauftragt, ihren großen Tag zu organisieren, und zwar gleich, nachdem Alexander Friedrich Alfons von Weidenfels ihr den Antrag gemacht hatte.

«Versuchen Sie die Nummer noch mal!», belle ich in den Hörer, um auf keinen Fall hilflos, sondern bestimmt zu klingen. Leider habe ich im Laufe meiner bescheidenen Karriere die Erfahrung gemacht, dass ich viel zu lange viel zu nett war, um etwas zu erreichen. Und ab jetzt soll doch alles anders laufen. Diese Hochzeit muss ein voller Erfolg werden, sonst kann ich einpacken. Aber gerade sieht es nicht so aus, als wenn das alles reibungslos geht.

Der Horst am anderen Ende der Leitung sagt doch glatt: «Ich bedauere!»

«Was soll das heißen?», empöre ich mich. «Dann will ich sofort mit Ihrem Chef sprechen!»

Ein bisschen Service wird man in einer Nobelhütte wie dieser ja wohl verlangen können.

«Der sitzt in München. Ich kann Ihnen gerne seine Nummer geben.»

«Sie wissen doch genau, dass ich hier nicht raustelefonieren kann.»

«Dann benutzen Sie doch Ihr Handy!»

«Das geht nicht. Ich hab's verloren. Deswegen sollen Sie es ja bitte noch mal bei der Festnetznummer versuchen, die ich Ihnen durchgesagt habe. Das ist ein Notfall!»

«Wieso versuchen Sie es nicht über eine Mobilnummer, wenn Sie Ihren Kontakt so dringend erreichen möchten?»

Das darf nicht wahr sein!

Ich bin kurz davor, einen hysterischen Anfall zu kriegen.

«Weil ich die Nummer nur in meinem Handy habe!»

«Und die haben Sie nicht auch in einem Notizbuch oder im Kopf?»

Okay, ich *habe* einen hysterischen Anfall. Ich schreie.

«Nein, habe ich nicht! Alles, was ich habe, ist Zeitdruck und Panik. Und deswegen werde ich leider nicht aufhören, Sie anzuschreien, bis Sie mir helfen!»

Stille.

Er wird doch nicht etwa aufgelegt haben?

«Hallo?!»

«Wie ist denn der Name? Vielleicht kann ich die Handynummer im Internet recherchieren.»

Plötzlich klingt der Horst wieder freundlich.

Geht doch!

Das Problem mit der Recherche ist aber: Mein Bruder ist ein totaler Nerd. Einer, der sich bestens auskennt mit Verschlüsselungstechnik und an Verschwörungstheorien glaubt und so. Er hat auch nur ein gefaktes Facebook-Profil und würde niemals Online-Banking machen. Ständig predigt er über all die üblen Machenschaften im Netz und würde seine Nummer garantiert nicht öffentlich preisgeben. Und das erkläre ich auch dem Mann von der Rezeption.

«Und wenn Sie ihm eine E-Mail schreiben?», bietet er an.

«Und wenn ich keinen Laptop dabeihabe?!»

«Für drei Euro die Stunde können Sie den Computer neben der Rezeption benutzen, sofern Sie sich auf diskrete Seiten beschränken, versteht sich.»

«Ist nicht Ihr Ernst?! Wollen Sie mir jetzt auch noch unterstellen, dass ich Porno-Seiten aufrufe?»

«Sonst kriege ich Ärger mit meinem Chef. Wenn Sie sich also beschweren möchten, melden Sie sich besser bei ihm in München ...»

Entnervt lege ich auf und versuche mich zu beruhigen. Mein Blick streift durchs Zimmer, was schon mal schnell erledigt ist, weil es kaum größer als zehn Quadratmeter ist. Ganz anders als in der schicken Hochzeitssuite, die ich für Sille gebucht habe, scheint in meinem Hinterzimmer noch alles original zu sein. Die Kirschholz-Möbel stammen bestimmt aus dem letzten Jahrtausend, die gemusterten dunkelroten Textiltapeten und der geblümte Teppich vermutlich auch. Ich traue mich kaum einen Blick ins Bad zu werfen, müsste aber schon wieder dringend, was eigentlich auch kein Wunder ist bei all der Aufregung.

Seufzend gehe ich ins Bad. Leider funktioniert das Licht nicht, typisch für Häuser mit mehr Schein als Sein. Die Suiten stecken mit Sicherheit voll feinster Technik und luxuriösem Komfort. Aber meine Kaschemme hat nicht mal eine Funzel im Bad. Also lasse ich die Badezimmertür weit offen stehen, damit ich mich nicht im Dunkeln auf die Klobrille setzen muss.

Erst jetzt bemerke ich, die Lampe überm Spiegel funktioniert sehr wohl. Sie ist aber derart schwach, dass ich mich hier unmöglich werde schminken können, wenn ich nicht unangenehm auffallen oder als Gruselclown verhaftet werden will.

Auch das noch!

Das erste Gebot für Weddingplanerinnen: *Du darfst niemals auffallen!* Weder negativ noch positiv, weil du womöglich hübscher bist als die Braut oder ein schickeres Kleid hast als die Schwiegermutter in spe. Das sind ohnehin die Schlimmsten. Die suchen förmlich das Haar in der Suppe. Das Gemeine an meinem Job ist ja auch, dass du nur wahrgenommen wirst, wenn etwas schiefgeht. Dann wirst du plötzlich von der ganzen Gesellschaft zum Epizentrum des Verderbens auserkoren und für das schlechte Wetter, den geschmacksverirrten DJ oder die miese Partystimmung verantwortlich gemacht.

Läuft aber alles wie am Schnürchen, interessiert sich kein Mensch für dich, und du stehst den ganzen Abend angespannt und regungslos in der Ecke wie die Soldaten der Queen bei der Wachablösung am Buckingham Palace.

Plötzlich falle ich vor Schreck fast ins Klo, weil in ohrenbetäubender Lautstärke Magnums Titelmelodie ertönt. Leider kann ich den Klingelton dank Sperrcode nämlich nur aus-, aber nicht leise schalten.

Mit einem Hechtsprung versuche ich halbnackt, das Telefon auf dem Nachttischchen zu erwischen. Aber es ist zu spät. *Verpasster Anruf: Gulia* ist auf dem Display zu lesen.

Gulia? Ist das ein Frauenname? Klingt nach osteuropäischer Escort-Dame. Na, das passt ja.

Leider ist auch noch etwas anderes auf dem Display zu sehen: ein roter Strich bei der Akkuanzeige. Panisch krame ich nach meinem Ladekabel in der großen Hoffnung, dass diese Geräte kompatibel sind. Ich bin zwar wahrlich kein Experte mit den Dingern, aber eines hat Nick mir eingebrannt: Wenn es erst mal ausgeht, bekomme ich es nicht wieder an. Jedenfalls nicht, ohne dass mir Tom Selleck seinen Code und SIM-Lock gibt. Das habe ich mir gemerkt!

Nachdem ich mich angezogen und das Handy mit Strom versorgt habe, gehe ich nach unten zur Rezeption. Wortlos knalle ich drei Euro auf den Tresen, verziehe demonstrativ meine Mundwinkel und lasse mir von meinem Lieblingsmitarbeiter zeigen, wie der antik anmutende Computer mit klobigem Monitor funktioniert.

Mit dem Betreff SOS!!!!!!!!!!!!!!!! schreibe ich Nick eilig eine E-Mail:

> Bruderherz, hab mein Handy verloren bzw. vertauscht!!! WAS MACHE ICH JETZT??? Brauche dringend meine Kontakte, Termine und vor allem Fotos aus der Cloud. Wie geht das??? Ruf mich bitte im Hotel Mainschlösschen in Frankfurt an. Nummer musst du googeln. SOFORT!!!!!!!!!!!!!!!!!!!!
> Küsschen von deinem Katastrophenschwesterherz

Ein bisschen erleichtert schicke ich sie an die Adresse, die mir zum Glück mein Mailpostfach vorgeschlagen hat. Dort finden sich auch gefühlt hunderte Nachrichten von Sille. Bei der letzten, in der es um die Traurede des Pastors ging, klicke ich auf antworten und ändere den Betreff in ACHTUNG: BITTE DRINGEND LESEN!!!

Liebe Sille,
leider hat sich mein Handy verabschiedet. Rufst du mich bitte im Hotel an? Dann können wir letzte Details für heute Abend absprechen. Herzlichen Dank & Gruß, M.

Bei Sille unterschreibe ich immer mit *M*. Sie ist zwar eine Kundin und sollte mich eigentlich nur mit meinem, nun ja, Businessnamen *Madelaine* kennen. So wie ich auch ihr versprechen musste, nie wieder auch nur an ihren früheren Namen Silke zu *denken*. Aber ich komme mir total blöd vor, mich von ihr Madelaine nennen zu lassen, auch wenn das auf meiner Visitenkarte geschrieben steht, weil die goldene Regel Nummer 2 in meinem Job lautet: *Gleich und Gleich gesellt sich gern*. Außerdem klingt der Name romantischer als Maren.

Hinter mir an der Rezeption klingelt es. Das ist bestimmt Nick! Ich will fast schon aufspringen und dem Rezeptionisten den Hörer aus der Hand reißen. Aber er ist schneller. Er sagt seine übliche Begrüßungsfloskel und dreht sich dann zu meiner großen Freude zu mir um: «Sehr gern, einen Moment bitte, ich stelle Sie durch!»

Gott sei Dank!

Ich laufe auf ihn zu, aber er schüttelt nur mit dem Kopf.

«Wie? Das ist nicht für mich?»

«Doch, ein Herr Niklas Schulz für Sie. Ich stelle zu Ihnen aufs Zimmer durch.»

Entgeistert starre ich ihn an. «Nun geben Sie schon her!», sage ich ungeduldig.

Doch Mr. Ich-mach-mich-wichtig will mir doch glatt weismachen, dass das nicht ginge, weil die Leitung zur Rezeption unbedingt freibleiben müsse.

Unglaublich!

Weil der Fahrstuhl in Gebrauch ist und ich den Dingern grundsätzlich misstraue, sprinte ich schnellen Schrittes die Treppe hoch bis ins zweite Stockwerk.

Und tatsächlich, als ich die Tür öffne, klingelt mein Zimmertelefon mit einem schrillen Ton.

«Nicki???», frage ich erleichtert, als ich abnehme.

«Hier ist die Rezeption ... Ich stelle Sie dann jetzt durch.»

«Danke.»

Es knackt in der Leitung.

«Nick?! Endlich, du musst mir helfen!»

«Du hast dir aber nicht dein Neunhundert-Euro-Handy klauen lassen, oder?»

Eilig berichte ich meinem Bruder von dem Missgeschick im Flieger und meinem Riesendilemma.

«Du hast doch gesagt, um alles zu synchronisieren, brauche ich diese Cloud, richtig?», vergewissere ich mich schließlich voller Hoffnung.

«Ja. Und ich hoffe, du hast sie auch freigeschaltet, so wie ich es dir gesagt habe.»

«Wie jetzt, freigeschaltet?!»

Es folgen ein langer Monolog über biometrische Zugangsschlüssel und ein Appell an meine Verantwortung auch oder gerade gegenüber sensiblen Daten im Allgemeinen und meine im Speziellen, dem ich nicht wirklich folgen kann.

«Das heißt, du kannst mir meine Daten nicht zurückholen?»

«Doch schon. Aber nur mit deinem Handy.»

Ich fasse es nicht!

«Und was soll ich jetzt machen?»

Ich bin den Tränen nahe.

«Das nächste Mal besser auf deinen kleinen Bruder hören», entgegnet Nick mit seiner unnachahmlichen trockenen Art.

Fuck!!!

Mist, pennen klappt nicht. Mein kleiner Hunger meldet sich auch schon wieder. Und meine Uhr verrät mir, dass ich noch sieben der neun öden Stunden Flug vor mir habe. Nach dem unterhaltsamen Trip von Berlin nach Frankfurt bin ich wohl etwas verwöhnt. Wenn ich wenigstens meine Musik dabeihätte. Oder meine Spiele. Ich bin zwar nicht süchtig danach, Pokémons abzuschießen. Aber es macht Laune, und die verlorenen IQ-Punkte hole ich mit Sudokus wieder raus. Ohne die hätte ich mein trockenes Jura-Studium niemals überstanden. Ob Madame Madelaine interessante Spiele geladen hat? Ich glaube, ich riskiere noch mal einen Blick in ihr Handy. Das ist sozusagen Notwehr, weil ich sonst eingehen würde vor Langeweile.

Krass!

Da ist NICHTS! Nicht ein einziges Game hat Fräulein Spießig auf ihrem Gerät. Wahrscheinlich passen Spiele und Spaß nicht in ihre perfekt inszenierte Schickimicki-Welt.

Ob ich den Bräutigam mal anrufe, wenn ich angekommen bin? Nur mal so, um ihn zu fragen, ob er sich das Ganze auch gut überlegt hat? Aber ich bin ja kein Unmensch. Und durchaus diskret, wenn es sein muss. Aber hier im so gut wie rechtsfreien Raum überm weiten Ozean muss ich es ja nicht unbedingt sein. Keinen Menschen hier interessiert, ob ich ein bisschen rumschnüffele. Außer vielleicht der neugierigen Dame neben mir. Sie sieht von ihrer *Bild der Frau* auf und mustert mich über den Rand ihrer goldenen Brille hinweg. Also setze ich mich seitlich auf meinen Sitz, sodass sie nicht wieder mitglotzen kann und stöpsel mir die Kopfhörer rein.

Als Erstes checke ich mal, welchen Musikgeschmack Madame so hat.

Nicht ihr Ernst?!!!

Celine Dion, Elton John, Helene Fischer? Und der Hochzeitsmarsch?! Hatte die kein Leben vor ihrer Hochzeit? Die Musik geht ja gar nicht und ist eine schlimme Beleidigung für mein absolutes Gehör. Welcher Idiot erlaubt so einen Scheiß auf seiner eigenen Hochzeit? Das kann nur ein Weichei sein! Ich gucke mal, unter welchem Namen sie ihren Zukünftigen gespeichert hat.

Doch bei der Liste mit den letzten Anrufen ist kein *Bärchen*, *Schatzi* oder *Hase* zu finden. Mal sehen, wer sich so im Adressbuch tummelt.

Auch da – niemand mit einem Herzchen gekennzeichnet. Vielleicht heiratet sie ja gar nicht, sondern hat sich das Ganze bloß ausgedacht, um sich einen zugegebenermaßen nicht ganz zurechnungsfähigen Sitznachbarn vom Hals zu halten? Sie hatte ja nicht mal einen Verlobungsring am Finger. So etwas sehe ich sofort. Und wer mit einer gefakten Tasche rumläuft, erschwindelt sich schnell schon mal unwesentliche Details wie den Familienstand oder eine Erfolgskarriere.

Was jemand mit dem Namen Madelaine wohl so macht? Vielleicht ist sie Grundschullehrerin, aber nee, dafür war sie zu garstig. Oder Sekretärin? Na, den Chef will ich sehen, der so eine Chaosqueen für sich arbeiten lässt. Also Braut ist ja wohl kein Beruf, denke ich kopfschüttelnd, als ich noch mehr Bilder von Tischdekorationen, Eheringen und sonstigem Gedöns entdecke. Wo bitte ist der Ehevertrag? Der eingespeicherte Kontakt zu einem Scheidungsanwalt? Wieso denken Frauen immer nur bis zum Happy End, wo das eigentliche Leben doch erst danach losgeht?

Wollen mal sehen, wie verliebt sich das ach so glückliche Paar schreibt. Das gibt vielleicht einen Hinweis darauf, wie lange das Elend schon läuft oder ob der Antrag eine Art Kurzschlusshandlung während der ersten Monate war, in denen noch alles rosarot ist.

Also WhatsApp scheinen die für ihre Turteleien schon mal nicht zu nutzen. Hier finden sich nur ein paar hässliche Frauen mit langweiligen Namen wie Tanja, Sille, Claudia ...

Ach, interessant, und eine Gruppe mit dem unsexy Namen *no sugar*. Das ist ja auch so was von typisch Braut. Bis zum Tag X hungern sie sich auf Größe Zero runter, und danach, vor allem wenn zwei, drei Vorzeigekids gezeugt sind, werden sie breit wie ein Pfannkuchen oder eine italienische Mama. Ich meine, ich hab nichts gegen kurvige Frauen, aber sehr wohl eine Allergie gegen Schein, der mehr als Sein sein soll.

Und was ist das hier?

Noch eine Gruppe. Ich lach mich schlapp, die heißt *Keine Panik*. Ob sich da wohl überspannte Bräute tummeln, die doch Skrupel und kalte Füße bekommen? Gespannt klicke ich mich durch die einzelnen Nachrichten der Gruppenmitglieder. Was Madelaine zuletzt gepostet hat, weckt ja fast meinen Beschützerinstinkt:

Leute, bitte betet für mich! Muss morgen nach Frankfurt fliegen und weiß nicht, wie ich das überleben soll.

Etwa zehn andere Damen haben ihr daraufhin tausend gute Wünsche und noch mehr dämliche Herzchen- und Küsschen- und Was-weiß-ich-nicht-was-Emojis geschickt. Ich finde, die Dinger sind ja nur was für Legastheniker oder Schwachmaten. Wenn man was zu sagen hat, soll man es einfach tun oder eben lassen.

Ach nee. Wen haben wir denn da?

Ganz unten tummelt sich ja doch noch ein männliches Wesen, jedenfalls wenn der Name *Giovanni* keiner Schwuchtel gehört. Das Profilbild, ein ansehnliches Sixpack, ist zwar extrem peinlich, aber eindeutig männlich.

Guten Morgen, mein hübscher Engel, ich wünsche dir einen guten Flug. Du schaffst das und wirst am Ende ja reichlich belohnt für deinen Mut. Love, G.

Puh, was für ein Gesäusel!

Und darunter noch ein Zwinker-Smiley und dann drei unvermeidliche Herzen mit Küsschen.

Alter!

Ich hätte Madame da wirklich mehr Geschmack und Niveau zugetraut. Aber da ist kein weiteres Bild im Chat. Auch kein Selfie vom Verlobungspärchen. Nur dieses peinliche verbale Rumgeschleime:

Wenn ich dich nicht hätte, mein Bester!! Ohne deinen Zuspruch würde ich den großen Tag niemals überstehen – Kuss, M.

Und ein Herzchen dran, natürlich!

Das hält man ja nicht aus. Der Typ trägt bestimmt weiße Slipper und blaue Sakkos mit goldenen Knöpfen. Irgend so ein Blender, der auf dicke Hose macht und Madelaine als Vorzeigepuppe braucht, um im Yachthafen von St. Tropez ein bisschen posen zu können.

Es muss doch irgendwo noch ein Foto von dem Schmierlappen geben, wenn schon sein Astralkörper nicht mal als Hintergrundbild oder Sperrbildschirm zu bewundern ist, sondern bloß irgendein elfenhaftes Muster.

Bingo!

Alles, was nicht zum erbärmlichen Hochzeitsthema gehört, hat Rehäuglein gänzlich unsortiert auf ihrem Handy. Auffällig ist allerdings, dass kein Foto älter ist als ein paar Wochen. Fast so, als hätte sie kein Leben vor der Verlobung gehabt. Na immerhin, so unsympathisch sieht der Glückliche gar nicht aus. Giovanni hat natürlich auch braune Augen, so wie sie. Seine Haare sind hellbraun, fast blond. Scheint auch gar nicht viel älter zu sein als sie. Aber verdächtig ist, dass er auf jedem Foto bloß alleine rumsitzt und sich nicht mit seinem «Engel» im Arm zeigt. Das lässt auf das Gardemaß eines waschechten Italieners schließen. Ist doch kein Geheimnis, dass die Latin Lover uns gerade mal bis zum Bauchnabel reichen. Der hat wahrscheinlich Riesenkomplexe, weil er so klein ist. Aber was soll's, geht mich ja nichts an, ist eh schon viel zu viel Information für mich.

Ich schiebe das Handy zurück in meine Hemdtasche. Ist ein seltsames Gefühl, so ein fremdes Ding am Herzen zu tragen. Ich hoffe nur, die Lady passt gut auf mein zweitbestes Stück auf! Sind eine Menge meiner Songtexte drauf gespeichert. Und das nur dort und nicht in der Cloud, die mir viel zu unsicher ist. Die Apps und Spielerankings kann man sich ja zurückholen. Aber die Fotos unserer Gigs? Und von dem netten Abend gestern? Ganz zu schweigen von meinem Beweismaterial dafür, dass mein Mandant sich von vorne bis hinten hat verarschen lassen. Na, aber das ist schon bald nicht mehr mein Problem, jedenfalls nicht mehr, sobald der Fall vor dem Gericht abgeschlossen sein wird.

«Ich muss noch mal an den Computer», sage ich mit Notizbuch bewaffnet in Richtung der Rezeption, ohne meinen Feind eines Blickes zu würdigen.

«Sie müssen sich aber erst neu einloggen», erklärt Herr Oberschlau.

«Gut, dann verraten Sie mir das Passwort.»

«Das macht drei Euro.»

Bitte?!

«Das ist nicht Ihr Ernst. Ich war doch keine zehn Minuten weg!», protestiere ich und fange vor lauter Zorn schon wieder an zu schwitzen.

«Tut mir leid, ich bin an die Vorschriften gebunden. Sobald ich ein neues Passwort rausgebe, muss ich Ihnen drei Euro berechnen!»

Jetzt reicht's!

Ich stampfe wütend auf den riesigen Empfangstresen zu und bringe mich in Position. So wie es mir mein früherer Chef beigebracht hat, wenn Dienstleister ihren Dienst versagten.

«Wissen Sie eigentlich, wer ich bin?!»

«Frau Maren Schulz», erklärt er, nachdem er im Computer nachgesehen hat.

«Eigentlich Madelaine Schön, aber lassen wir das. Allein mir ist es zu verdanken, dass in Ihrem ach so gastfreundlichen Haus eine große Hochzeit stattfindet. Ich nehme an, Sie wissen, wovon ich spreche?!»

«Ich bedaure.»

«Und ich bedaure, dass ich Ihnen zu einem guten Geschäft im fünfstelligen Bereich verholfen und die Hochzeit der von Weidenfels hierhergeholt habe!» Ich schreie fast.

Dass dieses Hotel bloß eine Notlösung war, weil Silles Wunschlocations bereits ausgebucht waren, brauche ich ihn ja nicht wissen zu lassen.

Er erstarrt. «Warum sagen Sie nicht gleich, dass Sie zur Hochzeitsgesellschaft gehören?»

«Weil ich nicht wusste, dass es hier Gäste erster und zweiter Klasse gibt!», fauche ich ihn an, auch wenn mein Puls allmählich wieder runtergeht.

Verlegen beiße ich mir auf die Lippe. So einen Auftritt habe ich noch nie hingelegt. Ich habe noch kein einziges Essen in einem Restaurant zurückgehen lassen oder mich je bei irgendeinem Kundendienst beschwert. Aber diese Zeiten sind jetzt ein für alle Mal vorbei. Eine Madelaine Schön lässt sich nicht mehr so leicht einschüchtern!

Zum ersten Mal blicke ich auf das Namensschild meines Kontrahenten in Uniform, der endlich ein bisschen lächelt: Martin Pollmann, Chief Concierge.

«Geheim», sagt er.

«Wie *geheim*?», frage ich irritiert.

«Das Passwort.»

Ich verstehe nur Bahnhof.

«Wenn Sie ins Internet wollen, müssen Sie das Passwort *geheim* eingeben!»

Nun huscht auch mir ein Lächeln über die Lippen.

«Danke.»

«Und wenn Sie vom Zimmer aus nach draußen telefonieren möchten, müssen Sie einfach zwei Nullen vorweg wählen.»

«*Zwei* Nullen?!»

Und ich dachte, das Ding sei kaputt, als ich es mehrfach vergeblich mit nur einer Null versucht habe.

Ich blicke ihn mit großen Augen an.

«Wenn Sie sich anrufen lassen möchten, geht das unter dieser Nummer», erklärt mir mein neuer Freund und Helfer plötzlich lammfreundlich, während er die Durchwahl auf einen Zettel schreibt und zu mir rüberschiebt.

«Geht doch», sage ich und krame drei Euro aus meiner Hosentasche hervor und drücke sie dem Herrn mit den übersichtlichen Haaren grinsend in die Hand.

Er grinst zurück, und dann mache ich mich an die Arbeit.

Regel Nummer 3 für Hochzeitsausrichter, die nach ganz oben wollen: *Du musst selbst in den schwierigsten Situationen immer den Überblick bewahren!*

Also schwinge ich mich schnell wieder an den PC, um sämtliche E-Mails der letzten Wochen aus meinem Account durchzusehen und Anhaltspunkte für meine To-do-Liste und die dafür erforderlichen Daten zu sammeln. Ein Glück, dass ich grundsätzlich nie etwas lösche.

Volltreffer!

Schon in der vorletzten Nachricht an Sille finde ich den Namen der Location *Casa di Roma*, in der heute Abend ein erstes Kennenlernen stattfinden soll. Ein angeblich zwangloses Treffen der Brautleute mit ihren jeweiligen Eltern – wobei Silles Vater schon verstorben ist – und den beiden Trauzeugen, also Alexanders bestem Freund und meiner Wenigkeit. Und ich google Lorenzo Lubin, den Designer, der das Brautkleid entworfen hat. Ich finde zwar keine Adresse, dafür aber die Nummer des Blumenladens, der sich um die Ausstattung der Kirche und des Festsaals kümmern soll. Und dann plötzlich suche ich nach Privatdetektiven in Frankfurt und wundere mich, wie viele es gibt. Aber wenn ich den Namen Jo dazunehme, lande ich keinen einzigen Treffer.

Schade eigentlich.

Aber was soll's. Der Typ ist ja angeblich eh glücklich verheiratet.

Ich werde all das hier schon überstehen, rede ich mir Mut zu. So wie ich die letzten acht Hochzeiten auch überstanden habe, obwohl ich weit und breit der einzige Gast ohne Partner fürs Leben war, geschweige denn ohne Tischpartner. Wäre es nicht so erbärmlich, würde ich ja Nick bitten, mich auf Pärchenevents zu begleiten. Schließlich sprechen die meisten meiner Auftraggeber auch eine private Einladung an «meinen Mann» aus, was ich jedes Mal mit einem gequälten Lächeln zur Kenntnis nehme. Aber Nick will nicht. Angeblich weil er es peinlich findet, falls jemand rausbekommen sollte, dass wir bloß Geschwister sind. Aber ich glaube, es liegt in Wahrheit daran, dass Nick im Rollstuhl sitzt. Acht lange Jahre schon, seit er und unsere Mutter einen Autounfall hatten. Allein der kurze Gedanke daran reicht, um mir die Kehle zuzuschnüren.

«Da ist eine Frau Lohmann für Sie», ruft Herr Pollmann freundlich und hält mir auch schon den Hörer vor die Nase.

Ich nicke ihn dankbar an und setze mein dienstfreundlichstes Lächeln auf, schließlich ist die Braut am Telefon: «Hallo Silvana!»

«Hallo, meine Liebe», flötet sie eine Oktave zu hoch.

«Und? Bist du schon aufgeregt?»

«Bitte? Aufgeregt ist gar kein Ausdruck, sage ich dir!»

Und dann folgt ein quälend langer Vortrag darüber, was Bräute so alles auszuhalten haben so kurz vor ihrem großen Tag: Pediküre, Maniküre, Coiffeurbesuch, Nulldiät, schlaflose Nächte, einzulaufende Schuhe, Betreuung der ersten Gäste, Besänftigen der Mutter, Abwehrversuche der Schwiegermutter ...

Ist das nervig!

Ich höre schon gar nicht mehr richtig hin und halte den Hörer ein Stück weg vom Ohr. Als ich sehe, dass mein Freund Pollmann sich darüber amüsiert, lächele ich verlegen zurück. Schade eigentlich, dass er nicht dreißig Jahre jünger ist. Okay, er hat mehr Haar im Gesicht als auf dem Kopf, Falten ohne Ende und eine Figur wie die meisten untersetzten Mitte-Sechzigjährigen seiner Generation. Aber selbst einen Mann dieser Liga an meiner Seite zu haben, wäre immer noch besser, als die Hochzeit als einsamer Single zu bestreiten.

Ach, wie ich sie hasse, diese hochsentimentalen Momente, in denen ich all meine Kraft darauf verwenden muss, nicht in Tränen auszubrechen. Regel Nummer 4: *Eine Weddingplanerin darf niemals emotional involviert sein!*

Dabei muss ich schon bei der *Merci*-Werbung und Siegerehrungen im Fernsehen heulen. Bei Trauungen kommt zur Rührung noch das Selbstmitleid hinzu. Sogar Sille, «die Zicke», wie sie früher in unserer Clique auf dem Schulhof genannt wurde, hat einen Mann abbekommen. Dazu noch einen schönen und reichen! Und ich? Meine letzte Beziehung ist schon so lange her, dass ich kaum noch seinen Namen weiß. Okay, Oliver hieß er. Und ich habe die Zeit mit ihm aktiv verdrängt, weil ich damals mein letztes bisschen Würde verloren habe. Unter Alkoholeinfluss, also versehentlich, habe ich ihm einen Heiratsantrag gemacht, obwohl wir erst fünf Wochen zusammen waren. Daraufhin ergriff er die Flucht und blockierte mich auf allen sozialen Kanälen.

Wie demütigend!

«Und dann musst du mich noch unbedingt beraten», schnattert Sille weiter, «ob ich die Perlen meiner Oma anlegen soll oder das Verlobungsgeschenk von Alexander, ein Collier von Tiffany!»

«Tja, am besten, wir entscheiden das morgen bei der Anprobe.»

«Sehr gut! Aber ich bin wahnsinnig nervös deswegen. Ich meine, ich hab bestimmt noch mal drei Kilo verloren! Und was, wenn das Kleid jetzt ...»

Ich bemühe mich, nicht mit den Augen zu rollen. Sonst denkt der Concierge meines Vertrauens noch, ich wäre womöglich neidisch. Aber nein, das bin ich nicht! Ich brauche keine Modelmaße, keine Millionen und einen Adelstitel erst recht nicht. Ich will doch bloß eine Familie. Ein Zuhause. Jemanden, zu dem ich gehöre.

«Das wird Lorenzo sicher hinbekommen», unterbreche ich Silles Redeschwall. «Deswegen habe ich den Termin ja extra so früh gelegt, damit noch Spielraum für mögliche Änderungen bleibt.»

Als wir endlich zum Ende kommen und uns bis zum Abend verabschieden, fällt Sille noch was ein: «Ach, und ... Zieh dir was Hübsches an, ja?»

Frechheit!

Ich ziehe mich doch immer hübsch an, denke ich beleidigt, als sie noch einen draufsetzt: «Ich platziere dich neben Alexanders Trauzeugen. Der ist auch Dauersingle wie du. Ciao, Ciao.»

Na, großartig!

Das hässliche Baby nebenan und ich haben etwas gemeinsam: Wir sind beide hellwach. Nur dass ich nicht so ein Geschrei darum mache.

Mann, wieso müssen diese Speckwanzen nur immer so plärren? Ich bin kein Kinderhasser. Wirklich nicht. Ich könnte mir sogar vorstellen, selbst eines Tages welche zu haben – sobald ich ein Alter erreicht habe, in dem ich schwerhörig bin. Nachts mit hundert Dezibel geweckt zu werden, ohne irgendeine Mute-Taste zum Abstellen zu haben, löst in mir irgendwie Panik aus. Auch jetzt kann ich hier nicht abschalten oder meine Musik aufdrehen. Zu dumm auch, dass man im Flieger kein Netz hat. Was könnte ich nicht alles erledigen mit Madames Handy. Ich würde als Erstes Gulia schreiben, sie soll Harrison kontaktieren und ihn bitten, unser Essen auf später zu verschieben, damit ich mich noch duschen und vor allem im Hotel umziehen kann.

Das wiederum dürfte aber natürlich mein Vater nicht mitbekommen. Der würde mir das bloß wieder als akute Arbeitsallergie auslegen. Aber ich habe eindeutig den besseren Draht zu der Empfangsdame in unserer Kanzlei als er. Dabei könnte ich wetten, dass er sie längst flachgelegt hat. Genauso wie hundert andere Frauen vor ihr. Kapiere einer, was im Hirn meiner Stiefmutter vorgeht und warum sie sich einfach nicht von meinem Vater trennt. Und das, obwohl die Ehe schon seit zig Jahren nur auf dem Papier existiert. Aber vielleicht ist das immer noch lohnender, als mit dem Unterhalt auszukommen, dessen Höhe mein Vater garantiert in einem gepfefferten Ehevertrag geregelt hat. Eine Villa könnte sich Charlotte davon bestimmt nicht leisten, ganz zu schweigen von ihrer Designer-Garderobe, ihrem Cabrio und ihren Pferden.

Ich meine, ich mag sie. Ehrlich. Ich mag meine gesamte Familie samt meiner jüngeren Halbbrüder sogar. Ich würde sie aber sicher noch mehr mögen, wenn sie nicht alle so spießige Geldsäcke wären! Keine Kohle der Welt ist es doch wert, dass man in einer Ehe ein fremdbestimmtes Leben führt und dass das Klo, wenn überhaupt, der einzige Ort auf der Welt ist, an dem man authentisch sein kann. Welchen Wert hat denn eine Partnerschaft, wenn beide Teile nur zusammenpassen, weil sie sich in eine bestimmte Form pressen lassen? Liebe kann doch nur echt sein, wenn es auch die beteiligten Personen sind.

Ach lassen wir das, ich rege mich nur wieder auf.

Die jungen Eltern sind jetzt derart überfordert, dass sie ihren Schreihals noch übertönen und sich gegenseitig angiften. Dabei würde ich jetzt wirklich gerne ein Nickerchen machen, nach diesem matschigen Geschnetzelten und dem Buttercremetörtchen aus der Bord-Küche.

«Woher soll *ich* wissen, wo *du* den Schnuller hingetan hast?!», brüllt die Mutter des Kleinen so laut, dass das Kind nun noch eine Oktave höher kreischen muss, um gehört zu werden.

«Jetzt werde nicht gleich wieder hysterisch!», brüllt der Vater hysterisch zurück.

«Na ganz toll, du machst Pascal-Benjamin noch Angst, wenn du so schreist!»

«Wie wär's, wenn du jetzt erst mal runterkommst?!»

Nun, zu viel Authentizität in der Ehe ist vielleicht auch nicht die Lösung. Vor allem nicht, wenn gleich siebenundneunzig Unbeteiligte mit hineingezogen werden.

«Äh, 'tschuldigung», sage ich und beuge mich zum Gang. «Falls Sie mal einen guten Scheidungsanwalt brauchen ...» Ich schiebe dem Vater meine Visitenkarte rüber.

Ungläubig starrt der Typ erst die Karte und dann mich an.

«Danke», sagt er überrumpelt.

Auch die Mutter macht große Augen.

Dann ist Ruhe, und ich kann endlich eine Mütze voll Schlaf nachholen.

Geht doch!

«Das ist Madelaine, eine meiner engsten Freundinnen! Wir kennen uns schon seit dem Abitur!», proklamiert Sille feierlich, als sie mich ihren Schwiegereltern in spe vorstellt.

Das sind ja gleich drei Lügen auf einmal!

Irritiert blicke ich zu Sille und dann umso freundlicher zu Alfons und Rosalie von Weidenfels. Sie passen allesamt wohlfrisiert und durchgestylt in dieses schicke Stammlokal, das ich mir irgendwie entspannter gewünscht hätte.

«Ich freue mich, Sie kennenzulernen», sage ich, ohne rot zu werden.

Alexanders Vater nickt mir zur Begrüßung förmlich-distanziert zu. Die Mutter reicht mir ihre knochige, mit reichlich Goldschmuck verzierte Hand, und als sie mir rechts, links und wieder rechts einen Bussi über die Wange haucht, vergifte ich mich beinahe an ihrem süßlichen Parfüm.

Sympathisch ist anders.

«Wir beide müssen uns unbedingt unterhalten über den Ablauf nach der Kirche.» Ihre gold gefärbten Haare erinnern mich stark an die niederländische Königsmutter Beatrix. «Ich habe nämlich eine ganz wunderbare Überraschung für das glückliche Paar, gell?», flötet sie serotonintrunken und zwinkert Sille bedeutungsschwanger zu.

«Äh ... wie nett», entgegne ich und gehe im Geiste die schlimmsten, weil ach so originellen Einfälle wohlmeinender Angehöriger durch. Denn der größte Feind perfekt abgestimmter Planung sind Gäste, die eine mühsam initiierte Hochzeitsstimmung durch Gruselreden, Folter mit Kinderfotos oder Glückwünsche in selbstgereimter Gedichtform in null Komma nix zerstören.

Dagegen sind Spielchen der Trauzeugen mit Tortefüttern oder Übereinstimmungsquiz ein echtes Highlight und bloß bei jeder zweiten Feier als absolut individuelle Bespaßung im Programm. Auch Trauzeugen muss man als Weddingplaner gelegentlich bremsen, sofern sie überhaupt anwesend sind.

Wo steckt eigentlich *die ach so gute Partie*?

Ich muss zugeben, ich bin schon etwas gespannt, ihn zu treffen. Mit meinem geschulten Auge checke ich die vornehme Hütte ab. Weit und breit ist allerdings kein Prinz zu entdecken, obwohl der Rahmen durchaus Schlossqualitäten hat: lange dunkle Vorhänge, weiß gedeckte Tische, Besteck in drei Reihen jeweils neben den goldenen Platztellern und darüber fette Kronleuchter.

Mit seinen Qualitäten als angeblich bester Freund des Bräutigams kann es ja nicht weit her sein, wenn der Kerl es nicht einmal für nötig befindet, pünktlich zu diesem Essen zu erscheinen. Es kann ja wohl nicht sein, dass ich eine Stunde lang versucht habe, mich im funzeligen Badlicht des Hotels aufzuhübschen, und der feine Herr nun einfach nicht auftaucht! Laut Alexander soll er extra am Morgen nach Frankfurt gereist sein, jetzt hat er aber schon über eine Stunde Verspätung. Also bleibt der Platz neben mir mal wieder leer. Oder er war da und hat von weitem gesehen, wer sein weibliches Pendant bei diesem Spektakel ist, und auf dem Absatz kehrt gemacht. Verdenken könnte ich es ihm nicht bei meinem Aufzug. Fühle mich total underdressed mit Jeans und Carmenbluse. Kann ja keiner ahnen, dass ein «zwangloses Kennenlernessen in unserer Lieblingspizzeria» übersetzt heißt «Nobelitaliener mit Dresscode».

Sille trägt ein seidig glänzendes Kostüm in der Trendfarbe Greenery, das ich sogar für das Standesamt als too much eingestuft hätte. Frau von Weidenfels hat für den Anlass ein elegantes Sommerkleid gewählt, mit dem sie locker beim Pferderennen in Ascot trumpfen könnte, wenn sie noch den passenden Hut dazu tragen würde. Ihr angestrengt freundlich dreinblickender Gemahl fügt sich perfekt ins Bild mit seiner klassisch dunklen Kombination. Und Alexander? Der trägt ein edles Jackett mit Einstecktuch zur Jeans und hat seine hellbraunen, kinnlangen Wellen gepflegt nach hinten gegelt. Mit anderen Worten absolut nicht mein Typ, aber durchaus heiratstauglich, soweit ich das beurteilen kann. Er hat immerhin ein ansteckendes Lachen, das ihm reichlich sympathische Fältchen um die braunen Augen beschert.

Ob es doch einen anderen Grund hat, warum Sille ihn mir so lange vorenthalten hat? Vielleicht hatte sie Angst, ich könnte ihr den Verlobten so kurz vor ihrem Ziel wegschnappen. Jedenfalls wurde er von ihr, so gut es ging, von den Vorbereitungen ausgeschlossen, was sie stets damit erklärte, er sei eben erfolgreich und daher vielbeschäftigt in seiner Dependance in München, und Details würden ihn ohnehin nicht interessieren. Jetzt aber denke ich, es ist klar, wer die Hosen anhat. Wahrscheinlicher ist, dass Sille keine Kompromisse machen wollte. Sie hat sich schon immer das genommen, was sie will. Während ich an meinem Aperitif nippe, beobachte ich sehr genau, wie Alex' Blicke immer wieder bewundernd zur Braut wandern. Sille unterhält die Versammelten gerade mit den vorhersehbaren Details über den Heiratsantrag unter der karibischen Sonne, Kniefall und bunter Drink inklusive.

Silles Mutter Regina steht etwas abseits und sieht mit ihrer schwarzen Hose und Bluse eher aus, als wäre sie auf einer Trauer- statt Traufeier.

Aber: Who knows?

Vielleicht ist das ein bewusstes Statement, denn so richtig will sie nicht in diesen Kreis passen. Früher zumindest hat sie in einem kleinen Supermarkt an der Kasse gearbeitet. Dass ich dort nach Schulschluss mein Taschengeld gerne für Süßigkeiten ausgegeben habe, lasse ich lieber unerwähnt.

«Hallo Frau Lohmann», sage ich, als wir uns wie zwei normale Menschen unter Außerirdischen begrüßen und für den Anlass angemessen herzlich umarmen.

«Ach, sach doch Regina zu mir, Maren», entgegnet sie lächelnd mit ihrer wohlvertrauten Berliner Schnauze.

Ich zucke kurz zusammen, aber lächele den vermeintlich falschen Namen einfach weg. «Ja, gerne», sage ich ehrlich erfreut. «Schön, dass wir uns mal wiedersehen.» Und dann plaudern wir über die vergangene Zeit und wo sie bloß geblieben ist.

«Ihr habt so Schweres durchjemacht. Det tat mir inne Seele weh!», erklärt Regina und legt mir tröstend die Hand auf die Schulter.

«Danke», höre ich mich sagen und wische den Gedanken an meine Familie schnell beiseite. Auch weil wir auf Silles Vater zu sprechen kommen, der schon vor über fünfzehn Jahren gestorben ist.

«Ja, det war wirklich 'n schwerer Schlag gewesen, als

Silkes Vater jestorben war», sagt Regina ernst. Doch als wir gemeinsam das Brautpaar betrachten, wie es eng umschlungen nebeneinander steht, lächelt Regina selig und ergänzt: «Deswegen freue ick mir umso mehr, dass meene Kleene ihr Glück jefunden hat, wa?!»

Ich schlucke ergriffen und nicke. Die beiden sehen tatsächlich aus wie ein perfektes Arsch-auf-Eimer-Paar und könnten sogar Kate und William Konkurrenz machen im Vorzeigeglück.

«Wat is 'n mit dir? Haste nie jemanden abjekriegt?»

Bitte nicht diese Frage!

Es sticht. Mal wieder. Ich weiß nicht, was ich sagen soll.

Zum Glück ergreift Alexander das Wort und hält eine kurze und sehr gekonnte Begrüßungsrede. Er dankt höflich, dass die Gäste der Einladung gefolgt sind, entschuldigt seinen Trauzeugen, der wohl aufgrund beruflicher Verpflichtungen kurzfristig verhindert ist. Dann bittet er alle Anwesenden, Platz zu nehmen, und wünscht allen einen guten Appetit.

Betreten blicke ich auf den leeren Stuhl neben mir. Wenn ich doch wenigstens eine To-do-Liste vorzuweisen hätte, mit der ich mich diskret zurückziehen könnte. Aber nein, Sille war es wichtig, dass ich als ihre Trauzeugin ein Mal nicht plane oder organisiere, sondern den Abend einfach nur genieße.

Als wenn das so einfach wäre ...

Pling, pling, pling …

Madames Handy hat aber einen starken Geltungsdrang, jetzt wo wir wieder am Boden sind und Netz haben. Neben den üblichen Tarifinfos kommt noch eine gute alte SMS von Kontakt «Omi».

Wie süß!

Aber was ist das? Ist Omi schon so tüdelig, dass sie den Namen ihrer Enkelinnen durcheinanderbringt?

«Liebe Maren, denkst du bitte …»

Den Rest könnte ich nur lesen, wenn ich die Nachricht anklicke. Aber das verstößt ja nun wirklich gegen das Briefgeheimnis. Also stecke ich das Handy wieder weg, während ich höchst ungeduldig darauf warte, dass endlich die Türen des Fliegers geöffnet werden.

Und wenn Omi in großer Not ist? Ist das nicht unterlassene Hilfeleistung, wenn ich ihre Nachricht einfach so ignoriere? Nicht dass sie in der Badewanne ausgerutscht ist und sich den Kopf angeschlagen hat. Da kann man schon mal die Notrufnummer vergessen und die Namen der Enkel verwechseln.

Mhm, mal sehen …

Liebe Maren, denkst du bitte daran, mir den Apfelwein mitzubringen? Ich drücke dir die Daumen, dass alles gutgeht, und sende dir liebe Grüße! Omi

Apfelwein? Daumen drücken? Na, wenn die eigene Oma schon davon spricht, dass sie fürs Gelingen der Ehe die Daumen drücken muss, kann das ja nichts werden! Und komisch, wieso kommt sie nicht mit zur Hochzeit? Eine Oma, die SMS schreiben kann, müsste doch fit genug sein, um an der Hochzeit ihrer Enkelin teilzunehmen. Oder ist die Nachricht gar nicht für Madelaine? Oder, stopp mal, könnte das sein, dass sie in Wahrheit eigentlich Maren heißt? Was wiederum ins Fake-Bild dieser Dame passen würde ... Meine Spürnase nimmt Witterung auf. Die Frau provoziert mich einfach irgendwie permanent. Keine Ahnung, warum.

Könnte sein, dass sie mich, nur was das Provozieren angeht, an Laura erinnert. Ist zwar schon eine Weile her. Aber ich weiß trotzdem noch sehr genau, wie es sich anfühlt, von der Frau deines Herzens verarscht zu werden. Hat mir echte Liebe geschworen und trotzdem mit einem Kommilitonen auf der Uniparty rumgeknutscht. Bei solcher Art von Frauen ist echte Vorsicht geboten. Und bei denen, die noch nicht einmal ihren echten Namen benutzen, läuten bei mir alle Alarmglocken. Bin ja mal gespannt, wie sie sich rausredet, wenn ich sie gleich an der Strippe habe.

Als ich spät am Abend vollkommen fertig wieder in meinem Hotelzimmer ankomme, habe ich endlich die nötige Ruhe, um genauer nachzusehen, was es mit den WhatsApp-Benachrichtigungen auf dem fremden Handy auf sich hat. Gleich vier verschiedene Frauennamen tauchen auf dem Sperrbildschirm auf.

Na, Glückwunsch!

Zu schade, dass ich die Nachrichten von Jeannette und Linda nicht ganz lesen oder gar beantworten kann.

Auf jeden Fall scheint Jo nicht nur für diese Ladys extrem wichtig zu sein. Gleich neun verpasste Anrufe hat man also als Privatdetektiv, wenn man mal ein paar Stunden nicht erreichbar ist. Zum Glück war das Handy auf lautlos gestellt, sonst hätte Magnum mehrfach das vornehme Essen gesprengt.

Huch, da ist ja auch meine Nummer mit dabei!

Er ist also bereits in New York gelandet und hat wieder Zugang zum Handy. Ich lasse mich aufs Bett sinken und wähle mit dem Zimmertelefon erst zweimal die Null, dann die Nummer meines Handys.

Es ist ein komisches Gefühl, sich selbst anzurufen, stelle ich fest. Und dann endlich, nach vielen ebenso seltsamen Geräuschen klingelt es, und ich warte gespannt. Nicht nur das, ich schwitze sogar schon wieder.

Wieso bitte bin ich aufgeregt?

«Na endlich!», werde ich unfreundlich begrüßt.

«Hallo erst mal», mahne ich mit Unterton.

«Wieso sind Sie denn verdammt noch mal vorher nicht rangegangen?», fragt er, als hätte ich ein schlimmes Verbrechen begangen.

«Weil ich gearbeitet habe! Außerdem darf ich Sie daran erinnern, dass ich nicht Ihre Sekretärin bin?»

«Was soll das nun wieder heißen?»

«Dass Ihr Telefon mich ununterbrochen gestört hätte, wenn ich jedes Mal rangegangen wäre!»

«Sie sollen ja auch gar nicht an mein Telefon gehen, verdammt!»

«Ja was denn nun? Erst beschimpfen Sie mich, dass ich nicht rangehe und jetzt soll ich es auch nicht?! Sie müssen sich schon entscheiden.»

Penner!

«Nun seien Sie mal nicht so arrogant. Wir sitzen im selben Boot und müssen jetzt das Beste aus der Situation machen.»

Ach!

«Ganz genau! Deswegen sehen Sie zu, dass Sie schnellstmöglich nach Deutschland zurückkehren!»

«Ja, aber bis dahin müssen wir kooperieren.»

«Und wie stellen Sie sich das vor?»

«Als Erstes müssen Sie bitte dringend einen Anruf für mich erledigen.»

«Moment mal! Ich muss gar nichts!»

Nun schnauft er derart ins Telefon, dass ich, wenn ich

es nicht besser wüsste, denken würde, er macht irgendetwas Unanständiges.

«Hören Sie ... wichtig ... Anruf!» Es knistert und knackt in der Leitung, und Jo ist nur noch abgehackt zu verstehen. Dann höre ich gar nichts mehr.

«Hallo? Wo sind Sie denn? Man versteht ja kein Wort mehr», schiebe ich hinterher und schreie automatisch, obwohl das sicher nichts bringt.

«Ich ... Flughafen. Es wäre sehr freundlich, wenn Sie jetzt bitte Folgendes tun.» Jetzt steht die Verbindung plötzlich wieder. «Sie müssen sich als meine Assistentin ausgeben und einem Mr. Harrison Parsons Bescheid geben, dass ich mich um eine Stunde verspäte, ja?»

Ich seufze. «O Mann, ich sagte doch schon: Ich bin nicht Ihre Sekretärin! Rufen Sie den Kerl gefälligst selbst an.»

«Ich habe seine Nummer aber nicht!»

«Gut, dann rücken Sie Ihren Sperrcode raus», befehle ich und freue mich schon, dass ich jetzt endlich wieder ein Handy nutzen kann, wenn auch nicht mein eigenes.

«Bitte?»

«Wie soll ich denn sonst eine Nachricht verschicken, Sie Witzbold?»

«Moment, ich mache hier keine Scherze. Das ist wichtig! Ein Notfall sozusagen. Sie sollen ihm keine SMS schicken, sondern ihn anrufen.»

Der spinnt ja wohl!

«Das ist wirklich ein bisschen viel verlangt. Wieso

sollte ich Ihnen einen solch Riesengefallen tun? Außerdem wissen Sie gar nicht, was ein Notfall ist. Fünf Tage vor der Hochzeit nicht über die nötigen Infos und To-do-Listen zu verfügen, das ist ... eine Katastrophe!»

«Apropos: Sie sollen den *Ebbelwoi* für Ihre Omi nicht vergessen!»

«Bitte was?!»

«Na, Omi schreibt, sie wartet auf ihren Apfelwein!»

Mein Magen krampft sich augenblicklich zusammen. «Jetzt sagen Sie nicht, Sie haben in mein Handy geguckt?!», empöre ich mich mit einer Mischung aus Wut und Panik. «Schicken Sie mir meine Listen, und dann machen Sie mein Telefon aus. ABER SOFORT!»

«Das *sofort*, das Sie meinen?», höre ich den Idioten plötzlich lachen.

«Ha, ha! Ich meine es ernst. Das ist Spionage und Eindringen in meine Intimsphäre.»

«Haben Sie denn etwas zu verbergen? Ihren richtigen Namen zum Beispiel?»

«Was soll das?»

«Das frage ich Sie, liebe Madelaine! Oder sollte ich lieber Maren sagen?»

«Ich zeige Sie an, wenn Sie sich weiter in meine Privatangelegenheiten einmischen!»

«Machen Sie nur! Aber glauben Sie mir, die Sache würde wegen Nichtigkeit niemals vor Gericht kommen!»

«Was soll das nun wieder heißen? Dass Ihre ach so

professionellen Schnüffeleien wichtiger sind als eine Hochzeit?»

Jetzt höre ich nur noch Rauschen.

«Hallo?»

«Shit!»

«Wie jetzt? Sind Sie noch dran?»

«Ich muss Schluss machen, sorry!»

«Nein, das können Sie mir nicht antun, ich –»

Stille.

«Hallo?»

Verdammt!

Der hat tatsächlich aufgelegt. Ich muss sofort noch mal anrufen. Es dauert wieder eine Ewigkeit, bis es klingelt.

Das gibt es doch nicht.

Drückt mich glatt weg.

Mistkerl!

Na bravo!

Hinterm Ausgang der Gepäckhalle steht ein kleiner Mann mit einem Schild in der Hand, auf dem *Mr. Johann Landenberg* steht. Er winkt schon zu mir rüber. Jetzt kann ich mich ja wohl schlecht verpissen. Wenn es mal schiefläuft, dann richtig! Erst diese dämliche

Handyverwechslung, dann eine nervige Kleinfamilie im Flieger, und nun muss ich erfahren, dass mein Gepäck aufgrund der Verspätung in Berlin nicht durchgecheckt werden konnte. Ich kann also nicht mal aufs Klo flüchten und mir frische Klamotten anziehen.

Wie peinlich ist das bitte, den früheren Mitbewohner seines Vaters am College das erste Mal persönlich zu treffen und dann wie ein müffelnder Magnum für Arme dazustehen? Der denkt doch, ich hab sie nicht mehr alle, und wird mir sofort das Mandat entziehen. So geschmacksbefreit bin ich noch nie rumgelaufen!

«Hi!», ruft Harrison mir schon aus zehn Metern Entfernung entgegen.

Ich bleibe perplex stehen. Auf den Fotos hat er deutlich anders ausgesehen, irgendwie schlanker und seriöser. Mein Dad hatte mich zwar vorgewarnt, dass er nicht gerade hochgewachsen ist und deswegen keinen Schlag bei den Mitstudentinnen hatte. Dass er aber aussieht wie Danny de Vito und ebenfalls ein abgrundtief hässliches Hawaiihemd trägt, muss eine Halluzination aufgrund des Schlafmangels sein.

«You are Johann, right? Welcome to New York!», ruft er und breitet seine kurzen Arm aus, um mir viel zu fest auf die Schulter zu klopfen. «You're looking great!» Er mustert mich anerkennend. «I think, we'll have a lot of fun!»

Mit einem gequälten Grinsen deute ich auf unsere

Klamotten und nicke. Dann schiebt Harrison mich auch schon zum Ausgang.

Direkt vor der Tür, im fetten Halteverbot, steht sein überdimensionierter SUV mit Monster-Wheels, was auf gewisse Komplexe schließen lassen könnte. Aber wenn ich ehrlich bin, mag ich Harrison, so auf den ersten Blick. Vielleicht kann ich ihm ja sogar ein paar Storys über meinen alten Herrn entlocken.

Auf der Fahrt über den East River ins West Village plaudern wir erst mal über meine Karriere. Schon seltsam. Harrison scheffelt Millionen mit seiner Firma, die irgendwelche Bauteile herstellt. Und doch hab ich gar nicht den Eindruck, ich müsste einen auf seriösen Anwalt machen. Als er mich fragt, was ich sonst neben dem Job so treibe, springt er sofort auf mein Lieblingsthema an, meine Band *Jetzt oder Nie* oder auch *Now or Never*, wie ich sofort übersetze.

Vielleicht wird dieser Trip ja doch keine Strafarbeit, denke ich, als wir schon längst Manhattan erreicht haben und ich mir vorkomme wie in einem Film. Eben noch war ich in Berlin, und nun bin ich hier, im Zentrum der Welt oder so.

Ein Jahr lang muss ich mich bewähren, um meinem Erzeuger zu beweisen, dass ich sein Erbe eines Tages wert bin. Und noch in der letzten Silvesternacht habe ich mir geschworen, das Beste aus dieser Erpressung zu machen, also mindestens 100 000 Euro, damit ich mich danach uneingeschränkt meiner Mucke widmen kann.

«What does it sound like, your music?», will Harrison offenbar ehrlich interessiert wissen. «Looking at you, I bet it sounds like Justin Bieber!»

Humor hat er auch noch!

Aber wie soll man einem Ami erklären, was gute deutsche Musik ausmacht? Wir einigen uns auf die Richtung von *Coldplay*, nur eben mit deutschen, nicht ganz so eingängigen Texten, und Harrison besteht darauf, dass ich ihm bei Gelegenheit etwas vorspiele.

Nach nur einer Stunde Lunch in einem Nobelschuppen, in dem wir dank Harrisons guten Kontakten ohne Reservierung Lobster verspeisen durften, finden wir uns mitten am Tag in einer schummerigen Karaoke-Bar wieder. Harrison ordert einen Drink nach dem anderen, und schon sind wir von einem Dutzend Frauen umringt, die ihn allesamt zu kennen und vor allem zu schätzen scheinen.

Ich bin durchaus beeindruckt und mache ihm Komplimente wegen seines Fanclubs. Vielleicht eine gute Basis, um endlich zum Punkt zu kommen: seine österreichische Frau Lucia, die in drei Tagen seine Ex mit Pflichtteil sein wird, wenn alles glattläuft.

Plötzlich verfinstert sich Harrisons Gesicht. «Don't even mention her name!»

Es ist unmissverständlich, dass er nicht gut auf sie zu sprechen ist. Ich versuche noch, gut Wetter zu machen, indem ich andeute, dass ich Beweismaterial gesichert habe, das zweifelsfrei belegt, wie wenig sie ihrer Ehe hinterhertrauert. Da springt er sofort darauf an und will gleich wissen, was Sache ist.

Fuck!

Ich kann ihm ja schlecht erklären, dass die für ihn und seine Scheidung so wichtigen Daten gerade in der Hand einer unzurechnungsfähigen und emotional labilen Braut in Frankfurt liegen.

Aber ich bin ein Meister der Improvisation und erkläre, ich müsse erst unsere Sekretärin anrufen. Die habe die Fotos archiviert und werde sie gleich morgen per Mail zusenden.

Da hört urplötzlich der Spaß für Harrison auf. Er blickt mich finster an. Wie ein sehr, sehr böser Stier, bevor er auf den Torero losgaloppiert und Hackfleisch aus ihm macht. «Are you kidding me? Tomorrow? Get it to me right now. And I mean *right now*.»

Heilige Scheiße!

«Äh ... Just one second!», sage ich und lege beschwichtigend meine Hand auf Harrisons fettgepolsterten Arm.

Dann sehe ich mich um, nach einer ruhigen Ecke, wo ich ungestört telefonieren kann.

O mein Gott!! Was ist das???

Wo bin ich überhaupt? Und warum ist alles finster?

So langsam gewöhnen sich meine Augen an die Dunkelheit. Ich erkenne allmählich schemenhaft das Hotelzimmer und begreife endlich, was der Lärm neben meinem Bett zu bedeuten hat.

Magnum.

Dieser Scheißklingelton! Bestimmt wieder so ein Luder, das nachts Telefonsex will, während unsereins brav im Bett liegt und schläft.

Ich taste nach dem Handy. O, es ist meine Nummer. Das glaube ich jedenfalls auf dem Display zu erkennen, obwohl ich aus dem tiefsten Tiefschlaf gerissen wurde und meine Augen noch total verquollen sind.

«Was?», begrüße ich meinen Lieblingshandytauschpartner genervt.

«120155.»

Hä?

Will er mich verarschen? Oder ist das etwa so eine automatische Ansage?

«Hallo?»

«Ja, hallo, hier ist Jo», sagt er auffallend freundlich.

«Ach», entgegne ich, «was gibt es denn so Dringendes um 2 Uhr nachts?»

Reiß dich zusammen, Maren Schulz!

«Ich brauche Fotos.» Er klingt wie ein Drogensüchtiger auf der Suche nach Stoff. Im Hintergrund ist wummernde Musik zu hören. Macht der etwa Party? «Fotos aus meinem Handy. Dringend. Die sind in dem Ordner mit dem Namen Harrison.»

Schwerfällig richte ich mich auf. «Nutzen Sie denn nicht die Cloud?», frage ich bemüht lässig, so als wäre es das Normalste auf der Welt, sich mit diesem technischen Kram auszukennen.

«Ist mir zu unsicher. So was mache ich grundsätzlich nicht. Ich speichere Daten nur lokal. Warten Sie, ich gehe nun doch mal raus, es ist so laut hier.»

«Aha!» Ich bemühe mich, nicht ganz so genervt zu klingen, wie ich bin. Ich sollte mich vermutlich besser lammfromm geben, wenn ich an meine Listen rankommen will. Aber nun ist es tatsächlich leiser. «Tja, ich könnte Ihnen die Fotos ja schicken, wenn ich endlich den Code –»

«120155.» Er seufzt. «Jetzt haben Sie ihn. Also schicken Sie mir jetzt sofort die Fotos aus dem Ordner und dann schalten Sie das Handy aus. Capito?!»

«Warum sollte ich das tun? Ich brauche es.»

Ich bemühe mich wirklich, einen hässlichen Unterton zu unterdrücken. Aber wenn ich schon ein Handy hier habe, das mir die extrem herausfordernde Arbeit deutlich erleichtern könnte, wäre ich doch bekloppt, es auszuschalten.

«Damit Sie nicht schnüffeln!»

«Keine Sorge, das wäre unter meinem Niveau.»

Yes, das hat gesessen!

Zumindest herrscht Stille am anderen Ende. Bis er mir droht: «Wenn Sie es nicht sofort wieder ausschalten, schmeiße ich Ihr Handy in den Hudson!»

Nein!!!

Aber ich bleibe nach außen hin cool. «Und was ist, wenn Sie mich kurzfristig erreichen müssen? Oder ich Sie? Es würde unsere Kommunikation enorm erleichtern, wenn wir *beide* ein Mobiltelefon nutzen könnten.»

Pause. Er scheint nachzudenken.

«Also gut», lenkt er schließlich ein. «Wir machen einen Deal: Sie dürfen mein Handy nehmen, aber nur für Notfälle.»

«Gut, aber dafür schicken Sie mir die Listen, die ich im Flieger abfotografiert habe.»

«Sie meinen, diese versifften Schmierzettel, mit denen Sie Ihr Leben ... *organisieren*?» Er lacht.

Frechheit!

«Und es versteht sich ja wohl von selbst, dass Sie Ihre Schnüffeldienste auf Ihren Job beschränken.» Ich versuche, sachlich zu bleiben.

«Was soll das nun wieder heißen?»

«Ich spioniere nicht in Ihrem Handy, und Sie verdammt noch mal nicht mehr in meinem!»

«Baby, glaub mir, da hab ich wirklich Wichtigeres zu tun.»

«Ich auch. Schlafen, zum Beispiel.»

«Aber vorher meine Fotos, wenn ich bitten dürfte!»

Ich knipse die Nachttischlampe an und schnappe mir mein Notizbuch. «Äh, wie war noch mal der Code?»

Nachdem er die Zahlen genervt ausgespuckt und ich

sie notiert habe, erkläre ich: «Ich will meine Fotos aber auch jetzt sofort.»

«Wie heißt das Zauberwort?»

«Das kennen Sie doch schon. Sie wollen nicht wirklich, dass ich das wiederhole, oder?»

«Kleiner Scherz! Bin schon dabei.»

Es raschelt in der Leitung, und ich denke schon, er legt auf. Aber er fügt noch hinzu: «Und schlafen Sie schön!»

Das werde ich!

«Und halt!», krächze ich schnell noch in den Hörer, bevor er auflegt.

«Was denn noch?»

Nun höre *ich* einen Unterton.

«Wann gedenken Sie nun zurückzukommen? Damit das Elend bald ein Ende hat?»

«Sobald ich mit meinem Job hier fertig bin.»

«Und wann wäre das bitte schön?»

«Wenn Sie mich jetzt noch länger aufhalten, kann ich für nichts mehr garantieren.»

«Na toll, gute Nacht!»

Ich lege kopfschüttelnd auf. Dieser Typ ist echt schräg, aber immerhin bin ich jetzt einen riesigen Schritt weiter. Wenn es denn klappt.

Gespannt gebe ich den Sperrcode ein und warte, was geschieht. Ein grauer Schriftzug taucht auf, der aussieht, als sei er mit Bleistiftstrichen gezeichnet: *Jetzt oder Nie.*

Vielleicht ist das sein Lebensmotto?

Aber doch etwas zu tiefgründig für einen, der nur Fitness- und Spiele-Apps auf seinem Handy hat. Ich meine, ist der Kerl nicht ein bisschen zu alt, um Pokémons zu jagen oder in Rollenspiele einzutauchen?

Am liebsten würde ich ja schnell mal einen Blick in seine WhatsApp-Kontakte und auf seine Frau werfen, wenn er denn wirklich eine hat. Aber nein, ich begebe mich nicht auf dieses Niveau! Ich halte viel von Integrität und Ehrlichkeit. Außerdem interessiere ich mich ja auch eigentlich gar nicht für diesen Proll.

Andererseits wäre es vielleicht ein Dienst für die Liebe und Frauensolidarität, wenn ich ihn der Schwerenöterei überführen würde. Ich glaube nie und nimmer, dass der Kerl ein treuer Ehemann ist. Die Monogamie hat er bestimmt nicht erfunden. Aber nein, es geht mich nichts an. Ich bewahre mir den Glauben an die große Liebe und lasse mir meine Träume und die meiner Bräute von niemandem zerstören!

Der Ordner *Harrison* ist gleich ganz oben zu finden. Da brauche ich gar nicht lange zu suchen. Schade eigentlich.

In Filmen haben Privatdetektive doch immer eine High-End-Kamera mit langem Teleobjektiv, um sich wie ein Paparazzo unbemerkt an das auszuspähende Objekt ranzupirschen und es später gegebenenfalls mit messerscharfen Aufnahmen erpressen zu können. Aber heutzutage arbeitet ein Magnum für Arme offenbar bloß mit einem stinknormalen Smartphone.

Die Aufnahmen sind überraschend langweilig. Auf jedem Bild ist dieselbe gebotoxte und garantiert brustvergrößerte Tussi zu sehen, mit aufgespritzten Lippen und platinblonden Extensions bis zum gepolsterten Kim-Kardashian-Hintern. Mal hält sie feierlich einen Cocktail in die Höhe, mal liegt sie in den Armen eines alten Schnösels.

Was das wohl für ein dubioser Fall ist? Womöglich ist sie eine Edel-Prostituierte, die mit einem millionenschweren Russen Menschenhandel organisiert. Oder der Opa ist ein altehrwürdiger Mafiaboss und Jo sein als Privatdetektiv getarnter Auftragskiller?

Plötzlich poppt eine WhatsApp-Nachricht auf. Ich sage es ja, hier ist bestimmt eine Spy-App installiert, und ich werde jetzt wie bei *Homeland* von zwei konkurrierenden Geheimdiensten gleichzeitig ausgekundschaftet.

Ach nee, die Nachricht ist von mir:

Nachricht von 0049176 ...

??? Wird das heute noch was?

Mann, ist der ungeduldig!

Alter, ist das eine Schnarchnase!

Wie lange braucht die denn, um ein paar Fotos zu versenden? Das ist doch ziemlich verdächtig, wenn es länger als fünf Minuten dauert. Entweder ist sie zu blöd fürs iPhone oder zu neugierig. Wusste ich doch, dass sie erst mal in aller Seelenruhe in meinen Alben rumstöbert.

Okay, dann tue ich es eben. Aber nur ein einziges Mal. Und nur, weil ich echt keinen Bock und auch keine Zeit habe, hier lange Reden zu schwingen: Ich schicke den Smiley, der genervt mit den Augen rollt.

Und warte ...

Na immerhin, *Chaosqueen* schreibt zurück – unter diesem Namen habe ich sie jetzt in ihrem Handy eingespeichert. Sie schickt: einen Smiley, der rot anläuft vor Wut.

Wie jetzt?

Und die Fotos? Kommt da jetzt noch was oder nicht?

Diese Frau treibt mich in den Wahnsinn! Ich weiß wirklich nicht, wie ihr Verlobter das aushält. Vielleicht haben sie aber auch noch nie mehr als drei Stunden zusammen verbracht, geschweige denn eine Nacht. Jedenfalls ist es doch etwas seltsam, dass die Braut offenbar allein schläft. Sie hat jedenfalls nicht geflüstert oder sonstwie Rücksicht genommen auf den Mann an ihrer Seite. Würde mich auch wundern. Es war auch kein männlicher Protest im Hintergrund zu hören. Aber dafür ist ein Typ, der diese Kratzbürste heiraten will, vermutlich eh zu weich. Vielleicht haben die beiden auch so ein «no sex until marriage»-Ding laufen, weil sie streng katholisch sind.

Es ist zwar vollkommen unerheblich, aber wenn ich mir den Glücklichen noch mal so ansehe auf seinem WhatsApp-Profil, muss ich leider feststellen, der sieht überraschend nett aus. So nett, dass er mir schon richtig leid tut, sich so eine falsche Schlange angelacht zu haben. Manche Männer erkennen gefakten Designerfummel und falsche Nägel eben nicht. Ob er wohl genauso viel Kohle hat wie Harrison? Irgendeinen Grund muss es ja geben, warum diese oberflächliche Braut sich auf ihn gestürzt hat.

Das Handy zeigt eine neue Nachricht an.

Na endlich!

Wer sagt's denn? Geht doch! Alle zwanzig Fotos da. Mit prüfendem Blick scrolle ich die kompromittierenden Aufnahmen nochmal durch, um so bestens gewappnet zu sein für das anstehende Gespräch mit Harrison. Ich weiß nicht, wie oft mein Vater mir in den Ohren gelegen hat: Noch wichtiger, als Harrison so schnell wie möglich zu scheiden, sei es, ihn davon zu überzeugen, auf seinen Ehevertrag zu pochen, den mein Vater damals sozusagen als Verlobungsgeschenk für ihn ausgehandelt hat. Denn Harrison lief zwischenzeitlich wohl Gefahr, sich von seiner Lucia derart blenden zu lassen, dass er sie noch für ihren Seitensprung mit einem Wiener Schlagersänger reichlich belohnen wollte. Angeblich hat sie all ihre Schauspielkunst aufgeboten, um glaubhaft zu machen, dass der Musiker ihr K.-o.-Tropfen verabreicht hat und der Sex nicht freiwillig war. Jedenfalls hat Harrison auf Drängen meines Vaters dann doch die Scheidung eingereicht. Dennoch kann es gut sein, dass er noch einen Rückzieher macht, weil Lucia sich nach wie vor als Opfer stilisiert und ihrem Noch-Ehemann angeblich nur für eine Herz-OP ihrer dreijährigen Nichte Geld abgeluchst hat.

Also hat mein Dad mich beauftragt, dieser Schlampe inkognito auf den Zahn zu fühlen und Beweise zu sammeln, dass sie in über sechstausend Kilometer Entfernung in der Berliner Szene alles andere als ein verarmtes Vergewaltigungsopfer mimt und infolgedessen also keinerlei Grund für Harrison besteht, weiter an seiner angeblichen Liebe seines Lebens festzuhalten.

Ich hoffe nur, die Bilder sprechen für sich und wir können die Sache so schnell wie möglich durchziehen, damit der Fun nicht zu kurz kommt, schließlich ist das hier New York, verdammt.

♥

Super, jetzt bin ich hellwach.

Hätte ich bloß keinen Blick auf meine To-do-Liste geworfen! Immerhin weiß ich nun, was ich heute hätte machen müssen und nicht getan habe: den Anproben-Termin bei Lorenzo bestätigen oder, besser gesagt, mich vergewissern, dass er auch wirklich persönlich anwesend sein wird, wenn Sille und ich da morgen früh antanzen. Und mit Herrn Pollmann noch mal alle Übernachtungsgäste fürs Wochenende durchgehen, um sicher zu sein, dass auch alle wie geplant untergebracht sind. Um die «Überraschung» habe ich mich auch noch nicht gekümmert. Und wie soll ich in dieser fremden Stadt innerhalb von nun noch vier Tagen bloß hundertfünfzig weiße Regenschirme organisieren, so wie Frau von Weidenfels beim Essen drauf bestanden hat? Ob das Wetter wirklich so schlecht wird, wie sie sagt?

Ein Privatdetektiv hat doch sicher eine Wetter-App installiert, oder? Das ist ja wohl erlaubt und fällt nicht unter «Schnüffeln». Außerdem wäre es ein Notfall, falls fünfzehn Grad und Dauerregen drohen, den großen Tag zu vermiesen.

Ach du Schreck!

Die Aussichten fürs Wochenende sind tatsächlich nicht gerade sonnig. Vor allem für den Empfang im Garten des Hotels und für das Feuerwerk am Abend wäre das verdammt blöd. Trotz Hunderter weißer Regenschirme.

Bei dem Gedanken an eine verregnete Hochzeit fröstelt es mich. Unwillkürlich ziehe ich mir die Decke über mein geblümtes Nachthemd, das ich nach jedem Waschen gleich wieder benutze, weil es meiner lieben Mama gehörte.

Ach, wenn sie mich so hier sitzen sehen könnte, ganz allein und einsam in einem fremden Hotel in einer fremden Stadt, um eine Hochzeit zu veranstalten, die nicht meine ist, obwohl ich längst eine Familie hätte gründen wollen ... So wie sie es vor vielen Jahren getan hat. Sie war gerade mal zwanzig, als sie meinen Papa kennengelernt hat. Es war Liebe auf den ersten Blick. Sie haben sich bei einem Tanzkurs getroffen, als sie jeweils ohne ihre damaligen Partner da waren, weil beide an dem Abend versetzt worden waren. Schicksal oder Fügung? Auf jeden Fall waren beide zur richtigen Zeit am richtigen Ort. Aber ihr Glück war nicht für die Ewigkeit gemacht ...

Was ist eigentlich schlimmer – die große Liebe zu finden und sie nach der Hälfte des Lebens wieder zu verlieren? Oder die Liebe seines Lebens erst gar nicht kennenzulernen? Ich weiß genau, mein Vater würde mir jetzt liebevoll über den Kopf streicheln und sagen, er sei jeden Tag dankbar dafür, dass er Mama überhaupt getroffen hat und sie ihm zwei so tolle Kinder geschenkt hat. Aber ich weiß einfach, sein Herz ist für immer gebrochen. Er zeigt und sagt es nie direkt. Aber ich beobachte ihn, wenn er Mamas Bilder wehmütig betrachtet, oder sehe seine feuchten Augen an Weihnachten. Selbst wenn er jemals eine andere Frau kennenlernen sollte, was ich ihm von Herzen wünsche, würde ihm seine Ehe heilig bleiben. Und genau das will ich auch. Einem Mann mein Eheversprechen geben, das für immer gilt.

Ob Sille das genauso sieht? Eigentlich erkennt man als Weddingplanerin die guten und die schlechten Brautpaare auf Anhieb. Bei den sieben Hochzeiten, die ich bislang organisiert habe, würde ich wetten, dass drei Paare davon schon bald getrennte Wege gehen werden, weil sie sich entweder zu sehr ähneln oder zu sehr unterscheiden. Die beste Chance haben nach meiner Einschätzung die, die sich als Einheit mit zwei Individuen verstehen. Sille und ihr Alexander sind sicher auch zwei Individualisten. Aber irgendwie erscheint mir das Bild zu perfekt zu sein. Die Echtheit fehlt. Während des Essens habe ich das ganz genau beobachtet. Es gab kein Händchenhalten, keinen wissenden Blick, keinen Kuss auf den Mund. Vielleicht gehört sich das in diesen Kreisen einfach nicht. Aber wenn das so ist, dann würde ich nicht dazugehören wollen.

Ob Jo wohl seine große Liebe geheiratet hat, diese Gulia? Sie taucht jedenfalls nicht in seinen WhatsApp-Kontakten auf. Und es gibt auch keinen Ordner mit ihrem Namen.

Allerdings stehen hier ohnehin nur so seltsame Kürzel wie «Kleiner GS», «Großer GS» oder «Großer Arsch» und «Dicke Dinger». O Mann! Der scheint es ja wirklich faustdick hinter den Ohren zu haben. Jo hat zwar behauptet, seine Ehe werde nicht scheitern. Aber von Treue hat er nichts gesagt.

Pling!

O mein Gott, hab ich mich jetzt aber erschreckt. Jo, oder auch *Magnum*, wie ich ihn gespeichert habe, schickt eine Nachricht:

Magnum
na, sind wir auch brav?

Scheiße. Die Spy-App! Ich muss unbedingt Nick fragen, ob so was technisch möglich ist. Nicht, dass Jo mich am Ende hier auch so sehen kann, in dem ausgetragenen Nachthemd. Am besten, ich reagiere gar nicht. Ist bestimmt ein Test.

Magnum
brauche bitte noch die kontaktdaten
von einem freund!

Er lässt nicht locker. Na gut, wenn es denn sein muss.

welcher denn?

Magnum
also doch!! sie glotzen in mein handy!

Bitte?

Magnum
warum sonst antwortet man mitten in der nacht?

Weil Sie mich darum gebeten haben, vielleicht?! Außerdem wäre ich ja wohl kaum so blöd, zurückzuschreiben, wenn ich eigentlich vertuschen will, dass ich angeblich spioniere.

Magnum
schon gut, war nur ein kleiner test ...
... ob sie auch erreichbar sind, wenn ich was brauche.

sehr witzig.

Magnum
bb

???

Magnum
den kontakt – ich brauche den von bb!

Wieso haben Sie so komische Abkürzungen in Ihrem Adressbuch?

Magnum
sie haben also doch reingeguckt. ich wusste es!

Wer im Glashaus sitzt ...

Magnum
also, wenn die diva dann so freundlich wäre ...

Okay, schicke ich. Und dann lassen Sie mich endlich schlafen, verstanden?!

Magnum
wäre mir auch sehr recht. sonst kommt ihr hübscher kopf noch auf dumme gedanken

Boah, mein Kopf brummt.

Erst der Alkohol beim Junggesellenabschied, der Jetlag, dann eins in die Fresse und jetzt auch noch schlaflos auf der unbequemsten Matratze überhaupt in diesem drittklassigen Loch.

Statt entspannt mit Harrison in seinem Strandhaus in den Hamptons zu sitzen und bei ein paar Drinks über die Alimente seiner Ex zu plaudern, darf ich jetzt zusehen, wie ich aus dieser Scheiße wieder rauskomme, für die ich eigentlich gar nichts kann.

Ich wollte ihm doch nur so zweifelsfrei wie möglich beweisen, dass seine ach so große Liebe alles andere als reumütig und mittellos ist. Aber statt den Tatsachen ins Auge zu blicken, sah er rot. Offenbar dachte er, ich hätte was mit ihr. Dabei haben wir nur ein bisschen rumgeshakert im *Borchardt*. Lucia war das willkommenste Junggesellenabschiedspartygirl. Wir hatten unseren Spaß mit den angeklebten Magnum-Bärten – und ich meine Beweisfotos mit ihrem schmierigen Begleiter, der sie den ganzen Abend umgarnt hat. Wie konnte ich denn ahnen, dass Harrison das gleich in den falschen Hals kriegt?

Also irgendwie habe ich mir meinen Trip nach New York echt anders vorgestellt. Ich dachte, den Scheidungsfall könnten wir schnell abschließen und ich sehe mich in der *City that never sleeps* ein bisschen um, ehe ich morgen von JFK nach Frankfurt zurückfliege, um pünktlich am Donnerstag bei Alex' standesamtlicher Trauung dabei zu sein. Aber nein, ich hänge mit Veilchen am Auge in irgendeiner billigen, lauten Absteige in der East 38th Street fest, es riecht nach Bratfett von draußen, das Air-Conditioning rattert wie bescheuert, die Rollladen gehen nicht zu, und die rote Neonbeleuchtung draußen blinkt ohne Ende. Und all das ohne mein Handy und ohne meinen Koffer. Ein Worst-Case-Szenario, weil da alle wichtigen Unterlagen der Akte Harrison drin sind, die mir mein Vater anvertraut hat. Und weil ich fauler Hund es hasse, in der Kanzlei zu arbeiten, kann ich auch Gulia nicht bitten, mir alles einzuscannen und rüberzuschicken.

Ich brauche unbedingt Alex' Hilfe.

Der Blick auf meine noch nicht umgestellte Uhr verrät, dass es in Frankfurt halb zehn Uhr morgens ist. Hoffentlich geht er ran!

Nachdem sich endlich die Leitung aufgebaut hat, klingelt es.

«Ja?»

Volltreffer!

«Hi! Ich bin's. Jo!»

«Jo? Das ist aber nicht deine Nummer?!» Er klingt nicht gerade erfreut.

«Lange Geschichte. Kannst du mir einen Gefallen tun?»

«Wieso sollte ich, du Penner. Du hast mich gestern Abend hängenlassen!»

Autsch!

«Äh … Ich hab doch gesagt, diese Familienfeiern sind nicht so mein Ding. Außerdem musste ich dringend nach New York.»

«Bitte was?» Er ist wirklich sauer.

«Ist 'ne wirklich lange Geschichte. Sag mal, kannst du in meine Wohnung fahren und mir von meinem Rechner aus ein paar Dateien schicken?»

«Was soll ich? Tickst du noch richtig, Alter?»

Mist.

«Ich hab hier echt ein Riesenproblem, Alex. Mein Koffer ist verschollen. Da sind aber wichtige Unterlagen für einen Gerichtstermin drin. Ist echt ein Notfall, Mann!»

«Hast du vergessen, dass ich voll und ganz mit meiner Hochzeit beschäftigt bin? Das ist total stressig! Stressiger als dein Scheißnotfall, das kann ich dir sagen.»

Verdammt. Jetzt wird es heikel.

«Richtig … Wo du es gerade ansprichst. Gäbe es vielleicht jemanden, der für mich … äh, einspringen kann beim Standesamt?» Ich versuche, genau die richtige Dosis Zerknirschtheit in meine Stimme zu legen. Aber ich hatte doch keinen Schimmer, dass ich vielleicht einen No-Show hinlegen muss.

«Wie jetzt? Sag nicht, du lässt mich jetzt auch noch als Trauzeuge hängen!»

«Ich versuche zu kommen, ehrlich! Aber ich kann es

dir nicht hundertpro garantieren. Mein Mandant hier in New York ist aktuell gar nicht gut auf mich zu sprechen, weswegen sich die Sache vielleicht noch etwas hinziehen –»

«Weißt du was?», unterbricht Alex erschreckend kühl. «Ich bin auch nicht mehr gut auf dich zu sprechen. Such dir einen anderen Deppen, der dir deine Sachen hinterherräumt!»

«Aber –»

Tuuuuut. Er hat aufgelegt.

Shit!

♥

«Hallö-höchen! Welch hoher Besuch, ihr hübschen Prinzessinnen!» So werden Sille, ihre Mutter und ich gleich am nächsten Morgen überschwänglich von Lorenzo Lubin begrüßt.

Ach du Schreck!

Ich muss mich zusammenreißen, dass ich nicht mit offenem Mund vor ihm stehen bleibe und ihn betroffen anstarre, als sei er ein Unfallopfer. Wobei, vielleicht ist er das ja auch mit seinem operierten Gesicht und dem schlimmen Haartoupet. Der könnte glatt als Zwillingsbruder von Harald Glööckler durchgehen und verhält sich auch entsprechend affektiert.

Nachdem wir die obligatorische Vorstellungs- und Bussi-links-rechts-links-Begrüßungsnummer hinter uns gebracht haben, klatscht er begeistert in die Hände.

«Ich bin ja so aufgeregt!» Dann geht seine künstliche Piepsstimme ein paar Oktaven runter. «Du hast dich aber nicht an meine Vorgabe gehalten, nicht noch mehr Pfunde zu verlieren, meine Schöne!»

Er wedelt mit erhobenem Zeigefinger vor Silles Gesicht herum, nur um kurz darauf mit großen Gesten in einen Nebenraum zu verschwinden.

«Ich sage doch, er ist ein Goldstück», flüstert Sille uns verschwörerisch zu.

Ich nicke nur und werfe Silles Mutter einen Blick zu, der hoffentlich nicht allzu gequält aussieht.

Schon kommt Lorenzo mit einem Sektkühler, einer Flasche Veuve Clicquot und vier Gläsern zurückgetänzelt. Er füllt den Schampus in die Gläser und hält uns je eins ungefragt vor die Nase.

«Stö-hößchen!»

«Stößchen!», flötet Sille zurück und sieht mich auffordernd an.

Ich proste in die Runde und leere das Glas auf ex, soll ja wach machen, das Zeug. Und nach der kurzen Nacht kann ich gut ein legales Aufputschmittel vertragen.

Dann nehmen Regina und ich auf dem rosafarbenen Plüschsofa Platz, während Sille mit ihren Brautschuhen in der Hand Lorenzo hinter einen großen schwarzen Samtvorhang folgt.

Am liebsten würde ich gleich noch ein Glas Champagner runterspülen. Normalerweise begleite ich Bräute in lokale Läden, in denen die Kleider von der Stange von rundlichen Damen um die fünfzig angepriesen werden. Da hat meine Stimme durchaus Gewicht. Aber hier in dieser Glamour- und Glitzerwelt fühle ich mich wie ein Fremdkörper. Ein Fremdkörper mit Makeln, wie Gefühlen zum Beispiel.

Auch Regina rutscht etwas verlegen auf dem Sofa herum und lächelt mich hilfesuchend an.

Es ist gemein, aber ich bete fast, dass Silles Kleid aussieht wie ein Disney-Albtraum, damit ich ja nicht neidisch werde. Ich hasse Neid! Und ich hasse mich, wenn ich etwas will, was andere haben. Bislang hat Sille nur verraten, dass sie ein echtes Prinzessinnenkleid an ihrem großen Tag tragen wird. Das Brautkleid bildet ja immer so etwas wie den Mittelpunkt der Feierlichkeiten. Mit einem kurzen Etuikleid auf einem Schloss zu feiern, wäre genauso unpassend, wie als Stoff-Baiser mit fünf Meter langer Schleppe aufs Standesamt zu gehen.

«Und sind wir bereit?», fragt Lorenzo und linst hinter dem Vorhang hervor. Seine großen Augen scheinen in diesem Moment unter den künstlichen Brauen regelrecht zu leuchten.

Nein!, würde ich am liebsten losschreien. Aber ich bin schließlich hier, um meinen Job zu machen. Und zwar besonders gut.

Ich schaffe das! Ich werde dieses Event erfolgreich und würdevoll hinter mich bringen.

Lorenzo zwinkert uns verschwörerisch zu. «Geht gleich lo-hos!» Dann verschwindet er wieder hinter dem Vorhang.

«Der Laden macht ja ordentlich wat her, wa?», flüstert Regina mir beeindruckt zu und betrachtet anerkennend die schwarz-weiß gemusterten Tapeten und die ungewöhnlichen Klamotten, mit denen die kopflosen Schaufensterpuppen gekleidet sind. Sie hat recht: Nicht ein einziges Stück aus seiner Kollektion würde ich freiwillig in der Öffentlichkeit tragen wollen. Weder den Hosenanzug mit pink-schwarzem Karomuster noch die silberne Robe mit asymmetrischen Rüschen im Stil der 80er.

Sille wollte nicht, dass ihr jemand bei der Wahl des Brautkleides reinredet. Auch ich sehe es jetzt zum ersten Mal. Und ich kann nur hoffen, dass es nicht nach meinem Geschmack ist und ich meine privaten Befindlichkeiten wieder einmal professionell hintanstellen kann. So oder so heißt es also, mit höchster Schauspielkunst aufzuwarten, um Sille ein gutes Gefühl zu vermitteln, wenn sie gleich auf den Laufsteg tritt.

«Kann dit sein, dass der Fritze vom andern Ufer is?», will Regina nun wissen.

Ich muss grinsen. «Ja, das würde ich nicht ausschließen», antworte ich im Flüsterton.

Und dann lässt Regina sich noch einmal darüber aus, wie froh sie ist, dass ihre Silke einen so ordentlichen Mann wie Alexander von Weidenfels abgekriegt hat und dass sie sich schon auf ihre Enkelkinder freut. Und dass sie das ja nicht könnte, wenn ihre Tochter auch vom anderen Ufer wäre.

Ich lächele ihr tapfer zu.

«Ach herrje, ick bin aber och eene Jiftnudel!» Regina schlägt sich betroffen die Hand vor den Mund.

«Wieso?»

«Na, du hast ja och keenen Kerl. Und ick weeß ja nich, ob du ...»

O mein Gott, sie hält mich für lesbisch! So weit ist es also schon gekommen. Nicht dass ich was gegen Lesben hätte, aber trotzdem. Ich lächele sie gequält an und schüttele den Kopf. «Nein, daran liegt es nicht. Es ist nur –»

In diesem Moment tritt Lorenzo aus der Kabine und rettet die Situation. Er kündigt die Braut an, als sei sie der Superstar einer Samstagabend-Show mit Millionenpublikum.

Regina und ich tauschen einen verheißungsvollen Blick und halten gebannt die Luft an. Nun wird es ernst.

Und zwar verdammt ernst.

Denn da steht sie plötzlich vor uns, mit einem selig lächelnden Blick und diesem verzückten Glänzen in den Augen: die schönste Braut, die ich je gesehen habe. Sille wirkt wie eine göttliche Erscheinung und präsentiert uns ein Gesamtkunstwerk aus eng anliegender Korsage mit abertausend kleinen, funkelnden Swarovski-Steinen, einem ausladenden Rock aus schimmerndem Satin, darunter mehrere Lagen Tüll, und einer langen Schleppe.

«Und? Was sagt ihr?», will Sille wissen und betrachtet sich voller Bewunderung im Spiegel.

«Kind!», ruft Regina und springt auf, «du bist wunderschön!»

«Mo-homentchen!», empört sich Lorenzo gespielt und verschwindet nochmals im Nebenraum, während Regina und ich fasziniert beobachten, wie Sille sich wie ein kleines, verzücktes Mädchen hin- und herwiegt.

«Hier kommt noch das Krö-hönchen für unsere zauberhafte Prinzessin!», proklamiert Lorenzo und schwebt mit einem langen Schleier ein, den er in Sekundenschnelle an Silles heute noch etwas improvisiert hochgestecktem Haar drapiert.

Ich will schon etwas sagen, doch Lorenzo legt bedeutungsschwanger den Zeigefinger auf seinen Mund, um mir zu signalisieren, ich solle den heiligen Moment nicht zerstören.

Dann holt er aus einer kleinen weißen Schachtel etwas offenbar sehr Kostbares und erinnert mich dabei an Mr. Bean in meinem Lieblingsfilm *Tatsächlich ... Liebe*, als dieser mit zahlreichen übertriebenen Gesten und abgespreiztem kleinen Finger ein simples Weihnachtsgeschenk in ein monumentales Kunstwerk verwandelt.

Zum Vorschein kommt ein silberfarbenes, reichlich glitzerndes Diadem. Als er es ihr behutsam wie bei einer Thronbesteigung aufsetzt, ist sie eine wahre Prinzessin.

«Voilà-hà!», ruft er aus, weicht drei Meter zurück und klatscht begeistert in die Hände.

«Du hast dich selbst übertroffen!», schwärmt Sille, zu Tränen gerührt. «Und, was meint ihr?»

«Ick kann es jar nich globen – meene Kleene!» Auch Regina ist tief ergriffen. Sie steht auf und wagt sich – etwas unsicher – auf den Laufsteg, um ihr Mädchen ganz fest in den Arm zu schließen.

Das werde ich niemals haben ... dass meine Mutter mich so sieht.

Mein Herz brennt, und mein Mund zittert, als Sille sich aus der Umarmung löst und in meine Richtung schaut. «Und, gefällt es dir auch?»

Ich nicke eifrig und bekomme wieder mal keinen Ton raus, wie immer, wenn ich an Mama denke.

Aber Sille und nun auch Regina und Lorenzo starren mich so erwartungsfroh an, dass ich nicht anders kann, als ehrlich und offenherzig zu sagen, was mir in den Kopf schießt. «Es ist perfekt.» Dann laufe auch ich auf Sille zu und drücke sie fest an mich. «Du bist wunderschön. Und ich freue mich sehr für dich», sage ich aus tiefstem Herzen und fange mit einem Mal so stark an zu schluchzen, dass ich heilfroh bin, als plötzlich die Titelmusik von Magnum ertönt.

Nun geh schon ran!

«Ja?» Schnief ...

Was ist denn jetzt los? «Heulen Sie etwa?»

«Nur ein bisschen.»

«Ist Ihnen der Prinz davongaloppiert oder was?», versuche ich Maren ein bisschen aufzumuntern.

Stille.

Dann schnäuzt sie sich lautstark. Direkt in mein Handy! Iiiiiiiiieeeeeh!

«So ähnlich. Was gibt's?», fragt sie mit schwacher Stimme. Fast tut sie mir ein bisschen leid.

«Ich brauche Ihre Hilfe. Und ich weiß, Sie haben jetzt andere Sorgen. Aber ich muss Sie bitten, in meine Wohnung zu gehen. Ich brauche dringend ein paar Unterlagen.»

Erneutes Schnäuzen. «Wie ich schon sagte, ich bin nicht Ihre Sekretärin!» Sie scheint wiederhergestellt zu sein, der emotionale Anfall vorüber.

Plötzlich ist im Hintergrund Gekicher zu hören. Frauen! Immer diese Gefühlsschwankungen ...

«Wo sind Sie eigentlich?», frage ich verunsichert.

«Ich wüsste zwar nicht, was Sie das angeht. Aber ich bin gerade bei der Brautkleidanprobe.»

Ich beiße mir auf die Lippen, um ja nicht loszuprusten.

«Aha. Das ist bestimmt … aufregend», versuche ich mich elegant von dem Thema wegzubewegen. «Hätten Sie denn vielleicht trotzdem eben ein Stündchen Zeit, um mir diesen Gefallen zu tun?»

Stille.

«Was ist denn mit Ihrer Frau? Kann die das nicht machen?»

«Welche Frau?»

«Sie sagten doch, Sie seien verheiratet.»

Moment, das wüsste ich aber!

«Ich? Eher lasse ich mir ein Einhorn auf die Stirn tätowieren, als jemals zu heiraten!»

«Sie sind gar nicht verheiratet?»

«Hab ich nie behauptet.»

Wieder Stille.

«Also … wir hoffen doch beide auf Ihre zügige Rückkehr nach Frankfurt!?», fragt sie.

«Ich tue mein Bestes, zumal ich am Wochenende dort einen wichtigen Termin habe.»

«Sehr gut! Dann werden Sie die paar Tage ja wohl ohne Ihre Unterlagen auskommen. Hätten Sie eben vorausschauender packen sollen.»

Ach, was ist sie wieder schlau heute!

«Falsch gedacht! Ein Ausdruck meiner Unterlagen liegt fein säuberlich in meinem Gepäck, das nur leider irgendwo zwischen Berlin, Frankfurt und New York stecken geblieben ist. Ich brauche die Akten aber, und zwar hier. Andernfalls verzögert sich alles.»

«Was alles?»

«Na, alles. Meine Rückkehr. Mein Erbe. Mein ganzes Leben!» Ich hätte die Worte beinahe gebrüllt, kann mich aber in der Lautstärke gerade noch mäßigen. Soll ich ihr etwa noch meine ganze Lebensgeschichte erzählen, bevor Madame ihren Hintern in Bewegung setzt? Geht die Alte einen Dreck an, was für einen Deal ich mit meinem Vater habe.

«Also gut», sagt sie schließlich. «Ich besorge Ihnen die Unterlagen. Aber Sie müssen am Wochenende zurück sein und mir dann auch einen Gefallen tun.»

«Ich muss was?»

«Sie *müssen* gar nichts. Aber dann muss *ich* auch nicht!»

Seufz. Pure Erpressung. Und das mitten in der Nacht, wie unfair. «Also gut, was soll ich tun?»

«Das sage ich Ihnen, wenn es so weit ist.»

«Quid pro quo, verstehe.» Lieber einlenken, bevor sie wieder einen Heulkrampf kriegt, und schließlich will ich ja auch etwas von ihr. Fix erkläre ich der Chaosbraut noch den Weg in meine Butze in Nordend.

Als sie sich beschwert, das ginge ihr alles zu schnell und sie müsse erst einen Stift suchen und alles in ihr Notizbuch schreiben, beiße ich mir in die Faust, um nicht laut aufzustöhnen.

Reiß dich zusammen, Johann Vincent Landenberg!

Letztlich vereinbaren wir, dass ich ihr die Adresse und den Namen von meiner Nachbarin, Frau Seislinger, die einen Ersatzschlüssel hat, per WhatsApp schicke. Sonst verirrt die Gute sich womöglich noch über den Main. Dabei wohne ich total zentral. Und zum Glück so bescheiden, dass sie da kein Unheil anrichten kann, denke ich, als mir plötzlich einfällt, dass bestimmt noch jede Menge getragene Socken und erotische Heftchen rumliegen könnten.

Aber egal, die Akte Harrison geht vor.

Was mache ich hier eigentlich?

Ich irre durch ein mir vollkommen fremdes Stadtviertel, mit einem fremden Handy, um in die Wohnung eines Fremden einzudringen. Na, wenigstens war es nicht allzu weit von Lubins Showroom, und der Bummel über die Frankfurter Zeil bot mir eine willkommene Abwechslung von dem Gefühlschaos, in das mich diese Hochzeit allmählich verstrickt.

Angefangen hat es ja schon in Berlin mit diesem schrecklichen Flug, der mich Wahnsinnsnerven gekostet hat. Und das bloß, weil ich diese blöde, selbstauferlegte Mutprobe unbedingt meistern wollte. Statt einfach 2. Klasse mit der Bahn zu fahren, wollte ich den Start in mein neues, erfolgreiches Leben als Eventmanagerin für die High Society standesgemäß mit dem

Flugzeug bewältigen. Ich wollte mir beweisen, dass ich es schaffen kann, wenn ich nur will. Dass ich bereit bin, meine Ängste zu überwinden. Seit dem Unfall meide ich, so gut es geht, alles, wovon Gefahr ausgeht. Niemals würde ich mich an Bungeejumping, Heißluftballons oder Achterbahnen auch nur heranwagen. Schon Bus- oder U-Bahn-Fahrten bereiten mir arge Probleme. In ein Taxi steige ich nur, wenn es unbedingt sein muss. Ich habe einfach Angst, dass mir was zustößt und mein Bruder und mein Vater dann ganz allein auf der Welt zurückbleiben und noch einen Schicksalsschlag verkraften müssten.

Wenn ich nicht in den Flieger nach Frankfurt gestiegen wäre, hätte ich jetzt außerdem einen Haufen Probleme weniger. Mein Handy wäre bei mir, und ich müsste meine kostbare Zeit nicht mit Dienstbotengängen für halbseidene Privatdetektive verschwenden.

Aber eine Madelaine Schön lässt sich nicht unterkriegen! Anders als Maren Schulz weiß sie aus jeder Situation das Beste zu machen. Ich werde es den Leuten schon zeigen. Ich bin nicht auf Almosen-Tischpartner angewiesen! Wenn Alex' Trauzeuge auf der Hochzeit auftaucht, stehe ich jedenfalls nicht als Trostpflaster für ihn bereit! Und ich bin auch nicht länger gewillt, als schwer vermittelbarer Dauersingle oder Lesbe abgestempelt zu werden. Eine Madelaine kommt selbstverständlich in Begleitung eines vorzeigbaren Mannes. Braucht ja keiner zu wissen, dass der Typ nicht mein

Traummann ist. Hauptsache, er sieht gut aus und benimmt sich nicht daneben – was bei Jo allerdings ein gewisses Risiko birgt. Aber ansonsten finde ich meinen kleinen spontanen Plan nahezu genial. Und ich freue mich schon auf Jos Gesicht, wenn er erfährt, was er mir schuldet für diesen Gefallen.

Als ich in seiner Straße ankomme, bin ich überrascht, wie bodenständig die Gegend wirkt. Sie hält dem Vergleich mit der vornehmen Westendgegend, in der Sille seit kurzem residiert, zwar nicht stand, denke ich ein bisschen neidisch. Und das mit dem Sportwagen war wohl auch bloß eine im Raum stehengelassene Behauptung. Der fährt nie und nimmer einen Ferrari! Das Mehrparteien-Haus, in dem Jo lebt, ist ein derart unscheinbarer Sechziger-Jahre-Bau, dass ich fast an der Hausnummer 7 vorbeigelaufen wäre.

Wie hieß die Nachbarin noch? Ich suche nach meinem Spickzettel mit dem genannten Namen in meinen eindeutig zu vielen Notizzetteln, als eine drahtige, sehr kleine alte Dame aus der Haustür geschossen kommt und mir beinahe ihr Wischwasser vor die Füße geschleudert hätte.

«Was mache Sie'n da?», herrscht sie mich an.

«Sind Sie Frau Seislinger?»

Sie nickt, zum Glück!

«Ich bin eine ... ähm, eine Bekannte von Ihrem Nachbarn Jo», erkläre ich kleinlaut und komme mir vor wie auf der Anklagebank.

«Momendemal!», entgegnet sie und tritt ganz dicht an mich heran, um mein Gesicht ausgiebig zu mustern. «Isch kenn kaan Jo!»

«Doch, doch, er wohnt hier. Und er sagt, Sie haben einen Schlüssel für seine Wohnung», sage ich freundlich und lächele charmant.

Die Dame, die selbst mir gerade mal bis zur Schulter geht und geschätzte neunzig Jahre alt ist, starrt mich mit zusammengekniffenen Augen an. «Isch hab mer jede der Dame immer ganz genau aageguckt, die hier als rin- und rausgange sin. Sie warn aber net debei!», stellt sie entschieden fest und widmet sich wieder ihrem Feudel.

«Das stimmt», gebe ich zu, «aber wir kennen uns ... aus, äh, Berlin. Und er hat mich gebeten, etwas aus seiner Wohnung zu holen.»

«Ach, dann sache Se mir mal ebbes über Ihrn angeblische Bekannde: Wie haastn der iwwerhaupt mit Nachname?»

«Ich ... ähm, also», hilfesuchend schaue ich in Richtung der Klingelschilder und entdecke zum Glück nur ein einziges J vor einem der Nachnamen. «Landenberg!», sage ich selbstsicher, in der Hoffnung, dass das *J.* auch für Jo steht.

«Und was dud der beruflisch mache?» Ungeniert mustert sie mich weiter von oben bis unten.

«Er ist Privat-»

Ich stocke, weil ich nicht weiß, ob Jos Nachbarin wissen darf, dass er Privatdetektiv ist. Wenn ich es jetzt vermassele, muss ich am Ende doch allein zur Hochzeit. Und das gilt es um jeden Preis zu verhindern!

Die an sich sehr niedliche Omi in ihrem hellblauen Kittel hält inne und fasst sich an das schmale, silberne Kreuz um ihren Hals, wobei ihr der Feudel aus der Hand rutscht.

«Warten Sie, ich mach das», sage ich und bücke mich, um nach dem Wischlappen zu greifen, ihn vorschriftsmäßig auszuwringen und dann den Rest des Wischwassers im Gulli zu entsorgen. Genau so, wie meine Omi es früher auch immer getan hat. Dann breite ich den Feudel zum Trocknen über dem Eimer aus und gebe ihn mit einem Strahlen zurück.

«Sie sin also tatsäschlich dem Johann sei Freundin?», fragt Frau Seislinger und sieht mich herausfordernd an, sodass mir keine andere Wahl bleibt, als zaghaft zu nicken.

«Na endlisch, Gott sei Dank!» Begeistert klatscht sie in die Hände und drückt mich zu meiner vollkommenen Überraschung fest an ihre Brust. Dann schiebt sie die Haustür auf und bittet mich mit einem Wink ins Haus hinein.

«Da habbe Sie en gude Fang gemacht!», sagt sie, tätschelt mir mit wohlwollendem Blick die Hand und verschwindet dann gleich nach links in eine offen stehende Wohnungstür.

Vom Flur aus erklärt sie mir lautstark sämtliche Vorzüge meines vermeintlichen Freundes, die ich bisher nicht im mindesten erahnt hätte: Er sei sehr höflich und hilfsbereit. Auch die Miete zahle er pünktlich, soweit sie das wisse. Er singe außerdem sehr gut. Nur die Sache mit der Treppenhausreinigung und seine laute Musik – das sei manchmal ärgerlich.

«Un so schee wie de Roy Black ist er aach, gelle?», schließt sie ihren Vortrag, als sie wieder ins Treppenhaus tritt und mir den Schlüssel in die Hand drückt.

Ich kann mir ein Grinsen nicht verkneifen und nicke ihr verschwörerisch zu. «Ich werfe den Schlüssel dann später in Ihren Briefkasten, wenn ich wieder gehe», sage ich, um die Sache hier etwas zu beschleunigen. Nicht dass die Frau es sich am Ende noch einmal anders überlegt.

«Den könne se auch behalde, isch hol ja bloß dem Johann sei Post raus, wenn er uff Tour is. Plümscher hat er ja kei», lacht sie. Doch dann wird ihr runzeliges Gesicht plötzlich wieder ernst: «Des, was isch förn arme Bubb due ka, is em ebbes Gudes zu koche.»

Armer Junge?

«Wie meinen Sie das?», hake ich vorsichtig nach.

«Wo er doch ohne sei Mudder groß worre is, wie foschba! Un er hat immer nur zerrissene Zeusch a. Isch bring em manschesmal dick Supp oder grie Soß hoch, wenn er ma daheim is. Da freut er sisch immer so.»

Mir wird ganz warm ums Herz.

Sie schiebt mich nach oben. «Aber jetzt is er ja zum Glück net mehr allaans!», sagt sie, lächelt wieder und tätschelt mir nochmals den Arm mit ihren knochigen Fingerchen.

Erst jetzt merke ich, dass ich Jos Wohnungsschlüssel vor lauter erwachendem Beschützerinstinkt eng an meine Brust gedrückt halte. «Haben Sie vielen Dank.»

Als ich die Treppe hochgehe, spüre ich, dass Oma Seislinger mir hinterhersieht. Ich winke ihr noch einmal zu und mache mich dann auf die Suche nach dem richtigen Klingelschild.

Erst ganz oben unterm Dach findet sich eine Tür, die im Gegensatz zu den anderen Wohnungen kein Schild hat und vor der, anders als bei denen im Erdgeschoss und im 1. Stock, keine Schuhe oder bunten Fußmatten einen Hinweis auf die Bewohner preisgeben.

Ich komme mir vor wie eine Einbrecherin, als ich vorsichtig den Schlüssel in das Schloss schiebe. Und tatsächlich, er passt!

Der muss man einfach etwas Feuer unter den Hintern machen.

Ich meine, für mich ist es ja noch sehr früh am Tag, ich hänge hier wartend in einem überfüllten Starbucks in der *morning rush hour* rum und hab schon den dritten Iced Chocolate Cappuccino intus.

Aber bei Madame müsste es jetzt kurz nach 13 Uhr sein. Sie dürfte also genug Zeit gehabt haben, um aus ihrem Brautkleid zu schlüpfen und ihren süßen Arsch in meine Wohnung zu schieben. Von mir aus kann sie den Auftrag auch mit Schleppe und Schleier ausführen. Hauptsache, sie holt Frau Seislinger nicht aus dem Mittagsschlaf. Dann kann die an sich liebeswürdige alte Lady auch schon mal arg knatschig werden. Ich weiß noch, wie sie einmal mit dem Kochlöffel an meine Tür gehämmert hat, als ich dachte, sie sei noch einkaufen und ich könnte meine Bässe ein bisschen ausreizen.

Am besten, ich klingel noch mal durch.

«Bin gerade da!», sagt Maren etwas außer Atem, als sie endlich rangeht.

«Definieren Sie *da*», scherze ich.

«Na, in Ihrer Wohnung. Oder sollte ich besser sagen … Dreckbude?»

«Äh … ja, ich hatte es ein bisschen eilig, als ich aufgebrochen bin», gebe ich kleinlaut zu.

«Ich hab ein bisschen aufgeräumt», kriege ich zu hören.

«Bitte was?»

Ich glaub es nicht! Die soll nicht den Staubsauger schwingen, sondern die Unterlagen besorgen. Mir schwillt der Hals. «Fassen Sie bloß nichts an!»

«Na ja, die Schimmelpilze im Pizzakarton brauchen

Sie wohl nicht mehr, oder? Und um Ihren Gummibaum ist es auch nicht gut bestellt.»

O Mann, sie klingt schon wie Frau Seislinger! Die findet auch nie ein Ende.

«Und von den herumliegenden Unterhosen will ich gar nicht erst anfangen. Das ist –»

Ich bemühe mich, nicht auszuflippen. «Vergessen Sie die Unterhosen, und konzentrieren Sie sich bitte auf meinen Schreibtisch!»

«Haben Sie denn nie Damenbesuch?»

Ich krieg die Krise bei der Vorstellung, dass die Braut da in meinen heiligen Hallen rumgeistert. Ich meine, so sind die Frauen doch: Kaum lässt man sie in sein Leben, stellen sie gleich alles auf den Kopf.

«Ich wüsste nicht, was Sie das angeht!» Ich werde nun doch lauter, als ich es beabsichtigt habe.

«Sie haben mich doch hierhergeschickt! Freunde haben Sie wohl auch keine, die das übernehmen könnten?!»

«Schon. Aber mein Kumpel hat gerade andere Sorgen.»

«Ach, Sie haben genau *einen* Kumpel? Wundert mich nicht, dass die Auswahl etwas begrenzt ist.» Darin ist sie Meisterin: mal eben eine abschätzige Beleidung einstreuen.

«Meine zahlreichen anderen Kumpel brauche ich vor Eintritt der Dunkelheit gar nicht erst anzurufen. Die haben einen etwas anderen Rhythmus und sind deutlich entspannter als gewisse andere Menschen, mit denen Sie vielleicht verkehren.»

«Ich bin also unentspannt?!», kriege ich jetzt mit schnippischem Unterton auf die Ohren.

Mein Gott, man wird ja wohl noch mal die Wahrheit sagen dürfen! Aber ich belasse es lieber dabei und frage ungeduldig: «Sind Sie endlich am Rechner?»

«Äh ... Sobald ich mir den Weg dorthin gebahnt habe.»

«Haha. So schlimm ist es ja wohl auch wieder nicht.»

Ich erkläre der spießigen Tante, wie sie meinen PC hochfährt und wo sie Harrisons Ehevertrag und all die anderen Dokumente findet. Dann gebe ich ihr meine E-Mail-Adresse und ersuche sie höflichst, meine Wohnung sofort wieder zu verlassen, sobald sie die Sachen verschickt hat. Danach mache ich mich zügig auf die Suche nach einem Internetcafé oder Copyshop, um die Dokumente auszudrucken.

♂

Eineinhalb Zimmer, spartanisch eingerichtet, nicht unsympathisch, aber furchtbar unordentlich und ganz schön verdreckt, kleine Küche, Duschbad ohne Fenster, kein Balkon – keine Frau und keine Mutter! Und womöglich wirklich keine echten Freunde, wenn kein anderer ihm mal eben den Gefallen tun kann, etwas in seiner Wohnung zu erledigen. Oder muss ein Privatdetektiv vielleicht *undercover* leben, um unentdeckt zu bleiben?

Die Wirkungsstätte eines Detektivs hätte ich mir aber trotzdem irgendwie anders vorgestellt. Im Fernsehen nutzen solche Typen doch verschiedene Outfits, um sich zu verkleiden, und an den Wänden hängen riesige, chaotische Collagen von Zettelchen und Fotos, um das Ergebnis kleinteiliger Recherchearbeit voll im Blick zu haben.

Aber sein offen stehender Kleiderschrank im Schlafzimmer beherbergt nur ein paar Jeans und verwunderlicherweise jede Menge durchaus schicker Anzüge. Zumindest optisch wird er mich am Samstag also standesgemäß auf die Hochzeit begleiten können. Und das erwartete Chaos ist nicht an den Wänden, sondern auf dem grauen Teppichboden. Zwischen all den herumliegenden Shirts, Socken und Shorts finden sich Unmengen handgeschriebener Zettel.

Die Küche wiederum scheint nicht zum Kochen genutzt zu werden, sondern nur zur Ablage dreckigen Geschirrs. Irgendwie traurig. Der arme Kerl hätte ein bisschen mehr Zuwendung verdient, als ab und an den Eintopf der Nachbarin oder Kartoffeln mit grüner Soße. Was wohl mit seiner Mutter passiert ist, dass er ohne sie aufwachsen musste?

Gedankenverloren beuge ich mich zu einem der

Papierbögen auf dem Boden und riskiere einen Blick. Nicht, dass das hier alles Erpresserbriefe sind oder Bekennerschreiben oder die letzten Worte eines Suizidgefährdeten ...

Warum gibt es unsere Erde?
Warum kreist um sie der Mond?
Warum dreht sie um die Sonne ihre Bahn?
Warum hat der Mensch das Glück,
dass er auf dieser Erde wohnt?
Ist das Zufall, oder folgt es einem Plan?
Warum fühl'n wir inn'ren Frieden,
wenn wir Kinder schlafen seh'n?
Warum ist ein Tag am Meer so tröstlich schön?
Warum rührt Musik uns oft zu Trän'n?
All das würde ich so gerne mal versteh'n
So viel kann ich mir nicht recht erklär'n
All das würde ich so gerne mal versteh'n *

Wow! Ob Jo das geschrieben hat? Wohl kaum. Einem Proll, der mit Alkohol- und Zwiebelfahne in den Flieger steigt und in aller Öffentlichkeit ungeniert mit Pistazienschalen um sich schießt, mit einem Sportwagen herumprotzt und den Obermacho raushängen lässt, aber eigentlich ein armer Schlucker ist ... Dem ist das doch nicht zuzutrauen, oder?

Also, ich weiß nicht. Oder sind das Songtexte? Hat die nette Frau Seislinger nicht etwas von Musik gesagt?

Vielleicht spielt Jo diese Lieder mit einer seiner Gitarren nach? Ich verstehe von Instrumenten ja nichts. Aber ich kann immerhin eine akustische von einer elektrischen Gitarre unterscheiden. Und von letzteren stehen hier gleich zwei Exemplare in silberfarbenen Ständern rum. Und die Boxen lassen garantiert selbst schwerhörige Omis zwei Stockwerke tiefer aus den Latschen kippen.

Ich hocke mich auf den Boden und ziehe einen anderen handschriftlich verfassten Text unter einer Sporthose hervor.

Komm, mach dich frei
Denk dein Leben neu
Und mach dich frei
Pfeif auf jede Scheu
Und mach dich frei
Denn die Warterei ist jetzt vorbei
Werd dir treu und mach dich frei *

Gerade will ich einen weiteren Zettel aufnehmen, als das Handy eine WhatsApp ankündigt. Hoffentlich kein neuer Auftrag!?

Magnum
so, und jetzt aber hübsch raus aus der bude!

Hilfe! Kann er mich etwa sehen? Ist die Wohnung videoüberwacht? Hat Nick am Telefon nicht etwas von einer Spy-App erwähnt? Ich muss ihn sofort anrufen.

♥

Ha, erwischt! Also, wenn das nicht verdächtig ist: so zu tun, als hätte man die Nachricht noch gar nicht gesehen. Schade eigentlich, dass ich keine Handyortung nutzen kann. Sonst würde ich ab und an mal checken, wo Madame Maren sich so rumtreibt. Oder doch Madame Madelaine?

Ich meine, ist doch wirklich seltsam: Da gibt es noch ein paar andere Nachrichten, in denen sie mit Maren angeschrieben wird. Aber da ist auch eine Silke, offenbar ihre Trauzeugin, die ihre Nachrichten immer beginnt mit *Liebste Madelaine* ...

> ... du glaubst es nicht. Für den Junggesellinnenabschied stellt uns meine Thermomix-Freundin eine Stretchlimo zur Verfügung. Freu!

O Mann, ’ne Stretchlimo!? Das nenne ich mal originell. Und davor gibt es bestimmt noch eine Dessous- oder Dildoparty mit reichlich Schampus, und danach geht es angeshakert ins *Hooters* in Sachsenhausen.

Andererseits sind wir in Berlin auch mit einem Nobelschlitten unterwegs gewesen. Das gehört zu einem Junggesellenabschied wohl einfach dazu. Und auch wir hatten ein paar schräge Party-Begegnungen.

Ich lege das Handy zur Seite und begutachte mein Gesicht ein weiteres Mal im Spiegel. Das blaue Auge, das Harrison mir verpasst hat, ist mittlerweile grün-gelb. Egal, ich wage mich jetzt trotzdem auf die Straße, nachdem ich mich den ganzen Vormittag durch die Akten und den Ehevertrag gewühlt habe, um bestens vorbereitet zu sein für den Showdown mit Harrison. Nur leider erreiche ich den Kerl nicht! Trotz mehrfacher Versuche, ihn zu kontaktieren, lässt er mich einfach abblitzen. Vielleicht will er mich nur ein bisschen schmoren lassen? Da bleibt mir ja quasi gar nichts anderes übrig, als meinen kurzen Aufenthalt hier bestmöglich zu nutzen und mich in der Zwischenzeit ins spannende Stadtleben zu stürzen.

New York, here I come!

Das erste und letzte Mal im Big Apple war ich vor fast dreißig Jahren. Ich kann mich natürlich kaum noch daran erinnern, da war ich fünf oder sechs Jahre. Dabei war es der einzige richtige Urlaub mit meinen Eltern. Sechs Wochen lang sind wir mit dem Wohnmobil von der Ost- bis an die Westküste gefahren. In New York sind wir damals gestartet. Ich weiß nur noch, dass wir vom Dach des Empire State Buildings auf den Central Park geblickt haben und dort am nächsten Tag spazieren gegangen sind und die grauen Eichhörnchen gefüttert haben. Und dass mein Vater mit mir ins Naturkundemuseum gegangen ist, um Dinosaurierskelette zu bewundern, während meine Mutter sich bestimmt ihrer Leidenschaft hingegeben und Kunstausstellungen besucht hat.

Eigentlich ist mein Dad früher ein ganz entspannter Typ gewesen, denke ich, als ich die 38th Street Richtung Midtown hochlaufe. Erst seit er die Kanzlei meines Opas übernommen und Charlotte geheiratet hat, ist er immer mehr zum Spießer und Antreiber mutiert. Nur wenn er sich herablässt, einen meiner Gigs zu besuchen, lässt er den coolen Typen wieder raushängen. Nur kommt das leider nicht oft vor.

Aber ich werde ihm beweisen, dass auch in mir ein erfolgreicher Kerl steckt. Ein Musiker, der davon leben kann. Zur Not auch ohne sein Erbe! Alles, was ich will, ist, in diesem verschenkten Jahr als Anwalt genügend Kohle zu machen, um mit *Jetzt oder Nie* voll durchzustarten. Franki, Tom und ich brauchen bloß einen neuen Proberaum, denn unser alter Bunker ist der Gentrifizierung zum Opfer gefallen. Und ein Studio, um ein neues Album aufzunehmen, oder wenigstens ein Demo, mit dem wir endlich einen Fuß in die Tür eines Musiklabels bekommen. Kann doch nicht so schwer sein bei den guten Vibes, die wir untereinander haben. Tom kenne ich schon seit dem Kirchenchor, dem wir im Internat angehört haben. Irgendwas musste man ja machen, bis es an verlängerten Wochenenden oder in den Ferien endlich nach Hause ging. Und wenn ich dann dort war, bei Charlotte und meinen kleinen Halbbrüdern, wollte ich auch gleich wieder zurück. Denn mein Vater hatte eh kaum Zeit für mich, weil er viel zu sehr mit dem Aufbau der Kanzlei beschäftigt war. Franki habe ich erst kennengelernt, als ich aus der Schweiz nach Frankfurt zurückgekommen bin, um Jura zu studieren. Er hatte damals einen kleinen Club, und ich hab dort manchmal den DJ gegeben, weil ich ein nächtliches Kontrastprogramm brauchte zur spießigen Welt der Jura-Studenten. Ich wäre sonst eingegangen unter all den schnöseligen Schlipsträgern, die sich bei ihren Weinverköstigungen mit einer Stoffserviette den Mund abtupften und zum Pupsen aufs Klo gingen. Okay, es gab auch entspannte Kommilitonen. Aber die waren rar gesät.

War das eine schlimme Zeit!

Das einzig Gute an den öden Vorlesungen in Zivil- und Strafrecht war, dass ich in Ruhe Songtexte kritzeln konnte. Das habe ich damals schon leidenschaftlich gemacht und dabei immer die Zeit nach Examen und Referendariat herbeigesehnt, in der ich endlich abhängen, hier und da jobben und mich ganz der Musik würde hingeben können.

Über all die Semester hat sich ein ganzer Ordner voller Texte angesammelt. Und jedes Mal, wenn ich endlich nach Hause kam, habe ich mir meine Gitarre geschnappt und Akkorde für die neuesten Zeilen ausprobiert. Da kommt schon einiges zusammen in fast fünf Jahren Uni. Letztlich gibt es eben nichts Inspirierenderes als Gegensätze wie Knast und Freiheit. Da kann man ja gar nicht anders, als zu sich zu finden.

Und das ist es auch, was mir so an New York gefällt. Überall diese kreativen, lebendigen Menschen, die für ihren Traum kämpfen und bereit sind, alles zu geben. Zumindest ist es das, was man immer von New York so liest. Und bei Starbucks habe ich einen Typen getroffen, der dort im Akkord Lattes aufschäumt, um sich die Schauspielschule leisten zu können.

Und Harrison? Der hat eine Firma geerbt, ist rund und satt und braucht offensichtlich eine halb so alte Frau an seiner Seite, um sich halbwegs lebendig zu fühlen.

Ich würde ihm ja zu gerne mal verklickern, dass nicht ich der Buhmann in diesem Spiel bin, sondern er mit seiner eigenen Blindheit. Denn seine vermeintlich große Liebe interessiert sich allein für sein Geld.

Bloß wie soll ich es ihm stecken, wenn er alle meine Anrufe weiterhin wegdrückt und meine Nachrichten ignoriert?

Ich brauche einen Plan. Einen verdammt guten Plan.

Diesmal dachte ich wirklich, ich hätte alles richtig gemacht. Schließlich wollte ich nicht schon wieder aus dem Rahmen fallen und als Einzige underdressed auf Silles Junggesellinnenabschied auftauchen. Deshalb hab ich mir auf dem Rückweg von Jos Wohnung (*mission accomplished*, Dateien gesendet) extra noch ein dreihundert Euro teures Outfit besorgt. Und nun stehe ich hier in einem flamingofarbenen Zweiteiler mit passenden Peeptoes. Und was ist? Alle sechs Mädels, einschließlich der Braut, tragen Designer-Jeans, Edel-Sneaker und ein weißes Shirt mit pinkfarbenem Aufdruck: *Germany's Next Topwife*.

Das hätten die Mädels mir vorher doch mal stecken können! Aber sie sind gnädig und winken mich kreischend näher zu sich heran, nachdem die riesige weiße Stretchlimo vor meinem Hotel vorgefahren ist, um mich einzusammeln.

Als ich einsteige und mich auf die nicht so begehrte Sitzbank quetsche, die mich rückwärts fahren lässt, stellt Sille, die offenbar schon ein paar Gläschen Champagner intus hat, mir die fünf Mädels vor. Es ist irgendwie seltsam, aber ihre Freundinnen tragen nicht nur das Gleiche, sondern sehen sich auch sonst sehr ähnlich. Und sie scheinen eine feste Clique zu bilden: Da sind die beiden Blondinen, Annabelle und Lilly, die

Sille aus dem Tennisclub kennt und die wiederum mit Louisa und Constanze, zwei Brünetten, über drei Ecken verwandt sind. Letztere sind ebenfalls Mitglieder im Lions Club und mit Freunden von Alex verheiratet. Und als Letztes werde ich von Michelle, einer platinblonden Endzwanzigerin, mit dem unvermeidlichen Bussi hier, Bussi da und noch mal hier begrüßt. Sie ist die «Thermomixfreundin», aber offiziell eigentlich eine Cousine von Alex. Von ihr wird Sille überall mit hingeschleppt, um sie in die Frankfurter Gesellschaft einzuführen oder sie an exklusiven Verkaufsveranstaltungen teilhaben zu lassen, die kein Mensch braucht.

Jede der Mädels scheint selbstverständlich einen Body-Mass-Index unter zwanzig zu haben – und nach dem ersten Eindruck zu urteilen auch einen IQ in dieser Größenordnung. Oder ist es dem Alkoholgehalt geschuldet, dass hier in diesem Wahnsinnswagen nur durch hysterisches Kreischen kommuniziert wird? Würde mich nicht wundern, wenn die Runde schon ein paar Stunden vorgeglüht hat.

Zum Glück konnte ich Sille ausreden, ihre Mädels auf der Hochzeit in amerikanische Brautjungfern zu verwandeln und sie in pastellfarbene Kleider zu stecken. Das hält ja keiner aus!

Oder hatte ich einfach nur Angst, sie könnten allesamt viel hübscher aussehen als ich? Überhaupt kämpfe ich wieder einmal mit meinem Gewissen, als ich neidisch zu Sille rüberblicke, die einfach nur strahlt vor Glück.

Reiß dich zusammen, Maren!

Nur weil Sille bald unter der Haube ist, habe ich nicht das Recht, über sie oder ihre Freundinnen zu urteilen oder schlecht zu denken.

Ehe ich mich's versehe, wird mir der Flamingo-Blazer ausgezogen und eines dieser Shirts, leider in Kindergröße, übergestreift. Tapfer muss ich eingestehen, dass es bei mir als Einzige über den Hüften spannt.

Als die Limousine anfährt, dreht auch Ed Sheeran mit *Shape of You* auf, wird aber von Sille mit einem knappen Befehl zum Schweigen gebracht, weil sie offenbar noch etwas Wichtiges zu sagen hat.

«Mädels, ich möchte gern einen Toast aussprechen – auf meine älteste Freundin und Trauzeugin! Madelaine hat eine eigene Firma und ist als erfahrene Eventmanagerin meine absolute Traumbesetzung für die Ausrichtung meiner Traumhochzeit mit meinem Traumprinzen und all meinen traumhaften Freundinnen. Prost!»

Und wieder Kreischalarm.

Wo immer nur Traum zu hören war, kommt in meinem Hirn stattdessen *Albtraum* an.

O Mann, *diesen* Albtraum überstehe ich definitiv nur, wenn ich jetzt ein bisschen Gas gebe und den Vorsprung der Mädels einhole.

Ich hoffe, mein Lächeln sieht nicht allzu gequält aus.

Als auch ich ein bis zum Rand gefülltes Glas Champagner bekomme, um mit den anderen anzustoßen, leere ich es auf ex.

Gigantisch – was für eine Aussicht!

Da bin ja selbst ich sprachlos. Der Moment wird aber sogleich durch ein junges Pärchen zerstört, das ein Kleinkind im Schlepptau hat und mich bittet, ein Foto von ihnen zu machen. Familienidylle vor Sonnenuntergang über Manhattan auf dem Empire State Building.

Ich schieße das Bild und gebe das Handy mit einem kurzen Nicken zurück, ohne den Blick von der atemberaubenden Skyline abzuwenden. Kurz bin ich verleitet, meinem Dad ein Selfie zu schicken. Und dazuzuschreiben, dass zwei auf diesem Foto fehlen.

Als wir damals hier oben standen, gab es noch die Twin Towers vom World Trade Center. Das war mir damals als Kind natürlich egal. Vermutlich habe ich die gar nicht richtig wahrgenommen. Heute ist alles anders.

Zum zweiten Mal zerstört die Happy Family die Idylle durch das Klingeln ihres Handys. Mann, es nervt. Können die Leute denn nicht mal einen Moment ohne die Dinger auskommen? Die verpassen noch ihr Leben, weil sie ständig –

Nein, *mein* Handy klingelt! Oder besser gesagt, Adele trällert schon wieder ihr *Hello.*

Ich sehe schnell nach, ob es Harrison ist. Fehlanzeige!

Womöglich ist es noch mal dieser Fuzzi, der auf die Mailbox wirres Zeug über eine verspätete Lieferung für irgendwelchen Blumenschmuck gefaselt hat. Oder der Lieferant, der wissen will, wohin mit den ganzen ominösen Präsenten.

Wenn das Thema Hochzeit nicht so entsetzlich überbewertet und langweilig wäre, würde ich ja glatt ein bisschen Starthilfe für das junge Eheglück leisten und den persönlichen Assistenten spielen.

Aber ich unterstütze doch niemanden, der sehenden Auges in sein Verderben rennt! Mag ja sein, dass Maren und ihr Giovanni zu den wenigen Paaren gehören, denen der Scheidungsrichter erspart bleibt. Aber mir fehlt der Glaube daran bei einer Frau, die so viel Gewese um den angeblich wichtigsten und schönsten Tag im Leben macht. Was hat dieser ganze Orga-Overkill mit wahrer Liebe zu tun?

Ich sehe mich um. Hier sind etliche Paare, die es genau richtig machen: die Aussicht genießen und den Moment feiern. Denn *das* ist das wahre Leben.

Aber wie viele von denen zerstören ihr Glück später noch durch eine freudlose Ehe, weil für Sonnenuntergänge kein Platz mehr ist?

Wegen des penetranten Klingelns, das hier im Windschatten leider gut zu hören ist, ernte ich jetzt irritierte Blicke. Also, wer stört?

Ah, es ist die Chaosqueen persönlich, die anruft. Ich geh aber nicht ran. Ich will mir diesen Moment nicht vermiesen lassen. Erst recht nicht mit ach so dringenden Anliegen einer Braut.

Ton aus!

Hier oben wird man echt sentimental. Selbst ich. Dabei bin ich überhaupt nicht empfänglich für Romantik und rosarotes Gesäusel. Ich verspüre auch keine Sehnsucht danach, jemals eine Frau zu heiraten, und kann Alex kein Stück verstehen. Braucht doch kein Mensch, diesen ganzen zeremoniellen Zirkus. Meine Eltern waren der beste Beweis: Wenn es wirklich die große, echte Liebe ist, braucht man keinen Trauschein, um glücklich zu sein. Über zehn Jahre waren sie zusammen. Mein Vater hat meiner Mutter wohl ein paar Heiratsanträge gemacht. Aber meine Mum wollte und brauchte diesen Beweis auf Papier nicht. Sie wollte sicher frei sein, als Frau und als Malerin, und sich das auch von der Liebe nicht nehmen lassen. Das eine schließt das andere ja auch nicht aus. Das verstehen nur die meisten nicht, denke ich – mit Blick auf die Freiheitsstatue, die von hier aus richtig klein wirkt.

Meine Mum war eben eine echte Künstlerseele und wollte sich nicht über einen Ring oder einen gemeinsamen Familiennamen definieren. Deshalb waren ihre Gefühle zu meinem Vater ja nicht weniger stark. Und wenn es stimmt, was Oma Gertrude immer sagt, war auch ich ihr Ein und Alles.

Ich schlendere weiter die Brüstung entlang zu der gegenüberliegenden Seite, von der aus man in Richtung Norden blicken kann. Zum Glück sind um diese Uhrzeit nicht mehr ganz so viele Touristen hier oben. Ich erwische eine Lücke und lasse das echt krasse Panorama auf mich wirken. Der Central Park liegt wie ein grüner Teppich vor mir, auch das berühmte Chrysler Building erkenne ich sofort. Genau hier müssen wir damals gestanden haben, als das Familienbild entstanden ist. Auch wenn es sicher bloß das Foto ist, das meine Erinnerung in all der Zeit nicht vollständig hat verblassen lassen. Ich hole mein Portemonnaie hervor, in dem ich es Tag für Tag mit mir rumtrage, und betrachte die Aufnahme.

Keine Ahnung, warum ich gerade so emotional drauf bin. Vielleicht ist es der Abstand zu Deutschland? Oder einfach zum Boden bei so luftiger Höhe?

Beim Betrachten des Bildes muss ich schmunzeln. Denn mein Dad trägt, typisch Achtziger, Koteletten und einen echt peinlichen, türkisfarbenen Trainingsanzug aus Ballonseide. Mum einen knallroten Blazer mit krassen Schulterpolstern und eine Dauerwelle. Und ich einen olivgrünen Parker und eine Zahnlücke. Was mir besonders gut gefällt an dem mittlerweile etwas vergilbten Bild, ist, dass wir total happy und kein bisschen spießig aussehen.

Was die Zeit doch aus einem machen kann!

Ob ich wohl selbst eines Tages hier mit meiner eigenen Familie stehe? Ich meine, ich hab ja nichts gegen Kids. Im Gegenteil. Die kleinen Leute sind die ehrlichsten Menschen überhaupt! Joshua, der Enkel von Frau Seislinger, zum Beispiel ist mir inzwischen richtig ans Herz gewachsen. Obwohl er erst fünf ist, habe ich sogar schon ein paar Songs mit ihm performt und ihm im Hinterhof das beidfüßige Kicken und Kopfbälle beigebracht.

Auch wenn es albern ist: Ich muss diesen Moment unbedingt mit einem Selfie festhalten.

Als ich das Handy zücke, sehe ich, dass Madame gleich drei Nachrichten geschickt hat. Muss ja wirklich ein Notfall sein. Schließlich ist es in Frankfurt gerade mitten in der Nacht, wenn meine Rechnung stimmt.

Chaosqueen
Darf ich Sau eigendllich auhc mal was
Persönliches fragn?

Wie jetzt *Sau*? Wovon redet sie?

Chaosqueen
Entschuldigung. Ick meinte mit Sau
natprlich Sie.

Was geht da ab? Was hat die denn genommen?

Chaosqueen
Äh, egal. Also darf ich?

Was will sie denn jetzt? Verstehe einer die Frauen.

Ha, zwei blaue Häkchen! Oder ist da doch nur eins, und ich sehe sie doppelt aufgrund meines Alkoholpegels zu dieser sehr fortgeschrittenen Stunde? Wenn er die Nachrichten also gelesen hat, muss er ja wohl antworten. Ich weiß, morgen werde ich mich wieder gedanklich dafür auspeitschen, dass ich mich mal wieder so weit vorgewagt habe. Aber man lebt doch nur einmal. Und ich will jetzt und hier wissen, wer sich hinter diesem an sich ja wirklich ganz hübschen Pokerface verbirgt.

Ha, es macht «Pling»! Und das nicht bloß in meinem Kopf. Das Handy kündigt tatsächlich den Eingang einer Nachricht an. Sprungartig richte ich mich im Bett auf.

Hui, es dreht sich alles ...

Magnum
wie persönlich isses denn?

Typisch Mann. Immer noch eine Gegenfrage.

Meine Finger bewegen sich beim Tippen seltsam unkoordiniert.

Das komnt auf die Antwort druaf an.

Ob er mir folgen kann? Ich kann es ja selbst kaum.

Aber die Antwort kommt prompt:

Magnum
also, meine schuhgröße ist 44, ich
bin widder und würde ’ne partei
wählen, die das bedingungslose
grundeinkommen einführt. reicht das?

Sehr witzzig! Dann vergessn Sau es
einfach

Magnum
ist dieses vergessen-sie-es wirklich
gemeint oder dieses frauen-sagen-das-
gegenteil-von-dem-was-sie-eigentlich-
meinen?

Sie ssind aba komplizziert!

Magnum
sagt ja die richtige. also, ich muss dann
mal weiter ... hab zu tun.

Wo sin Sau denn grade?

Magnum
ist das jetzt schon die persönliche
frage?

Ha, ha!

Er schickt ein Foto.

Wie krass ist das denn? Ein Bild von einem attraktiven Typen, lässiges weißes Shirt und Jeans – und im Hintergrund die Skyline von New York!

Wow!!!

Schnell, ich muss jetzt was hinterherschicken. Sonst kriege ich nichts über ihn raus. Mal sehen.

Vielleicht ein Schnappschuss von heute Abend?

O ja. Auf dem einen Gruppenfoto sehe ich gar nicht so übel aus. Immerhin lache ich herzhaft, und man sieht mich nicht im Profil, sondern wir stehen alle in einer Reihe. Allerdings ohne Sille. Die hat das Foto gemacht, wenn ich mich richtig erinnere. Also «Jetzt oder Nie». Oder wie war das noch? Ich gehe auf Senden.

Warten.

O nein. Jetzt kommt nichts mehr. Ah doch, *Magnum schreibt*, wie auf dem Display angekündigt wird. Mein Herz macht einen kleinen Hüpfer.

Magnum
das hooters? was spannenderes ist der
trauzeugin wohl nicht eingefallen.

Was wär den spanenender gewesen
Ihrer Meinnug nach?

Magnum
franki's bar z.b. aber egal. sie hatten
doch ihren spaß, werden 'ne schöne
hochzeit feiern, und alles ist toll.

Was soll das jezt wider heißn?

Magnum
sie schließen jetzt ihre hübschen
äuglein und schlafen ihren rausch aus.
gute nacht!

War das jetzt ein Kompliment?

Wie süß!

Aber Shit, er denkt noch immer, ich bin die Braut! Ob ich das Missverständnis einfach aufkläre? Besser nicht, sonst unterstellt er mir noch, ich will was von ihm.

Das geht auf keinen Fall.

Oder doch?

Mir ist schwindelig.

O Mann, er ist echt schnuckelig mit seinem dunklen Wuschelkopf, den grünen Augen mit diesem gewissen Etwas und dem durchtrainierten Körper. Wer braucht schon einen Akademiker, wenn man auch einen sportlichen Detektiv haben kann?

Oder doch nicht? Da war doch noch was: Zwiebelatem und Hawaiihemd.

Und allein diese vielen Frauen in seinem Adressbuch ... Aber ich *muss* ihn einfach auf diese Texte in seiner Wohnung ansprechen.

> Also die Frage, die mich wirklih
> sehr beschäeftigt is: Was hat diesr
> wundervole Text zu bedeutn? Sorry,
> abr er is mir buchstäbich vor die Fürße
> geallen?!!

So und jetzt noch das Foto vom Zettel hinterherschicken.

Gott, bin ich aufgeregt!

Denk' ich an dein Lachen,
weine ich mit.
Erinner' ich deine Wärme
Frier' ich am Stück.
Du liebtest die Regenbogen,
sie bringen mich um.
Lieblingsblumen die Rosen,
ich steche mich dran.

Weil du fehlst, weil du fehlst,
bin ich taub, stumm und blind
weil du fehlst, weil du fehlst,
bleibe ich lieber Kind.

Seh' deine liebenden Augen,
hör' deine Stimme dazu,
will es einfach nicht glauben,
nie mehr bist du.
Streichelst den Kopf zärtlich mir,
fühl' mich geborgen und leicht.
Aber du bist nicht hier,
sondern im Himmelreich.

Weil du fehlst, weil du fehlst,
bin ich taub, stumm und blind
weil du fehlst, weil du fehlst,
bleibe ich lieber Kind.

♥

«Harrison, please! Call me back. I have to talk to you, bye!»

Das war jetzt bestimmt die zehnte Nachricht, die ich Harrison auf die Mailbox gequatscht habe. Bei seiner Sekretärin ist auch kein Durchkommen. Ich hoffe nur, es gab noch keine Klagen bei meinem Dad! Dieses Mal bin ich ja wirklich unschuldig. Da will man nur das Beste für seine Mandanten und ist am Ende der Arsch.

Ich hasse diesen Job!

Eigentlich kann ich direkt nach Hause fliegen. Dann

wäre ich wenigstens pünktlich zu Alex' Feier da. Sonst hab ich womöglich einen Kumpel weniger, denke ich, als ich über den Times Square laufe. Hier wimmelt es von jungen Touristen. Schätze, die meisten sind mit ihren Freunden hier. Ich setze mich mit meinem Burger auf eine Tribünentreppe ganz oben, von wo ich das bunte und laute Treiben auf mich wirken lassen kann an diesem schwül-warmen Septemberabend, das hat schon was.

Schade nur, dass ich das mit niemandem teilen kann, denke ich, als ich mein Selfie mache, damit ich diesen coolen Moment nicht vergesse.

O nee, die durchgeknallte Braut hat noch mal angerufen. Die geht mir langsam echt auf den Sack. Wenn ich mein Handy nicht wiederhaben wollte, würde ich sie einfach blockieren. Schade, dass ich keine Spy-App installiert habe. Dann könnte ich sie kommentarlos abpassen, wenn ich in Frankfurt bin, und dieser ganze Quatsch hier wäre endlich vorbei.

Ob sie unverschämterweise wohl auch mit meiner Siri spricht? Jemand, der meine Texte ungefragt zitiert, bedient sich bestimmt auch bedenkenlos meiner persönlichen Assistentin.

Aber die weiß ja nicht mal, wie ihre Handykamera funktioniert. Und ihre drei Apps lassen auch nicht gerade darauf schließen, dass sich die Investition für ein High-End-Gerät gelohnt hat. Das ist doch genauso, als wenn ein Neunzigjähriger mit einer fünfhundert PS starken Corvette mit dreißg km/h durchs Dorf tuckert.

Mal hören, was ihre Siri zum Thema Hochzeitsgeschenk sagt.

«Was schenkt man zur Hochzeit?»

«Hier sind ein paar Vorschläge zu Hochzeit», antwortet Siri und zeigt bloß ein paar Filme.

«Welche Aufgaben hat man als Trauzeuge?», frage ich weiter.

«Das ist eine interessante Frage, Madelaine!»

«Was macht ein Trauzeuge?»

Dem dämlichen Handy fällt nichts weiter ein, als mir einen Wikipedia-Eintrag zu zeigen. Vielleicht sollte ich Madame mal ein bisschen ausquetschen. Woher soll ich denn wissen, was Alex da überhaupt von mir erwartet? Ich hatte echt gehofft, mein Engagement in Sachen Junggesellenabschied wird schon reichen. Aber wenn ich jetzt auf der Feier auftauche, weil ich wohl kaum eine plötzlich auftretende und schlimm ansteckende Krankheit vortäuschen kann, sollte ich besser nicht mit leeren Händen kommen.

Puh!

Vielleicht sollte ich ihm schnell noch anbieten, seinen Ehevertrag zu optimieren. Oder ich schenke ihm und seiner Alten eine Shoppingtour in Mailand. Dann ist es bestimmt schnell ausgestanden mit den beiden. Ich kenne sie ja nicht einmal. Aber wenn es stimmt, was sein Bruder in Berlin verraten hat, ist die wie alle vor ihr nur auf den Adelstitel aus.

Frauen!

Ich sage es ja. Fragt sich nur, was dieser Giovanni hat. Egal, ich will es gar nicht wissen. Sondern konzentriere mich jetzt darauf, Harrison vor dem Bankrott zu bewahren. Und dann kümmere ich mich um Alex. Irgendwie werde ich das schon hinbiegen.

«Darf ich Martin zu Ihnen sagen?», nuschele ich mit gesenktem Kopf über den Empfangstresen.

«Selbstverständlich! Sie sind aber spät dran heute. Das Frühstücksbuffet ist bereits abgeräumt. Aber ich kann Ihnen gerne etwas aufs Zimmer bringen lassen.»

Bloß nicht. Schon beim Gedanken ans Essen wird mir übel ...

Und erst recht, wenn ich mir bewusst mache, dass ich nicht nur verschlafen habe, sondern auch eine weitere geschlagene Stunde unfähig war, mich aus dem Bett zu bewegen, obwohl es bereits mittags war und ich noch nichts von meiner To-do-Liste heute abhaken konnte.

«Nein, danke, kein Essen! Aber haben Sie vielleicht eine Kopfschmerztablette?»

Ist das peinlich.

Immerhin, Martin grinst. Ich glaube, er ist wirklich einer von den Guten.

«Natürlich. Einen Moment.»

Er verschwindet in der Tür nach hinten ins Büro und ich schaue mich vorsichtig mit meiner Sonnenbrille um, ob Rosalie von Weidenfels nicht schon irgendwo auf mich lauert. Am liebsten würde ich den Termin ja verschieben. Aber heute Nachmittag muss ich mich dringend um die Gastgeschenke kümmern. Schließlich ist morgen schon die standesamtliche Trauung. Dabei lautet Regel Nummer 5 eigentlich: *Eine perfekt organisierte Hochzeitsplanerin hält den Tag vor dem großen Event grundsätzlich frei für unvorhergesehene Ereignisse oder emotionale Anwandlungen beteiligter Hauptpersonen.*

«Danke, Sie sind meine Rettung!»

Martin stellt mir sogar ein Glas Wasser bereit und schiebt die Tablette diskret zu mir rüber.

«Dann war die Damenfeier gestern also gelungen?», fragt er mit diesem verschmitzten Lächeln.

«Soweit ich mich erinnern kann, schon. Aber ich hätte mich niemals so unkontrolliert gehen lassen dürfen», sage ich zerknirscht.

«Wieso dürfen Sie nicht auch Ihren Spaß haben?», flüstert er zu mir rüber.

Wenn es bloß das wäre ...

«Also ich hab jetzt nicht auf den Tischen getanzt oder so. Aber ich fürchte, ich habe was anderes Schlimmes getan.»

Typisch, und schon kämpfe ich mit den Tränen.

Und dann bittet mich der gute Martin ins Büro, bietet mir dort einen Platz an, und ich lasse einfach alles raus. Diese bescheuerte Sache mit dem Handytausch und dass ich quasi genötigt wurde, in Jos Wohnung zu gehen. Und dass ich so ergriffen war von diesem Gedicht und gar nicht anders konnte, als es abzufotografieren. Und wie bescheuert ich war, Jo damit zu konfrontieren.

«Und was ist so schlimm daran?», fragt er und guckt ehrlich interessiert mit seinen gütigen Augen. Irgendwie erinnert er mich an den unerschütterlichen Retter von Julia Roberts, den Hotelmanager Barney in *Pretty Woman*.

Ich zucke hilflos mit den Schultern.

«Er hat sich jedenfalls nicht mehr gemeldet.»

«Aber Sie werden ihn doch wiedersehen, wenn Sie Ihre Telefone zurücktauschen, oder nicht? Dann können Sie die Sache klären.»

«Schon, aber ich dachte ...»

Ich unterbreche mich, weil das Telefon klingelt. Ich spüre sofort, dass Barney mit sich ringt, ranzugehen.

«Schon gut», sage ich und erhebe mich, «ich muss eh weiter. Vielen Dank für die Tablette!»

Wir nicken uns noch einmal zu, ehe ich das Büro verlasse. Der Blick auf meine Uhr verrät mir, dass ich zum Glück noch gut zwanzig Minuten Zeit habe, bis Silles Schwiegermonster hier auftaucht. Also beschließe ich, noch einmal auf mein Zimmer zu gehen.

Oben angekommen – ich traue dem Fahrstuhl immer noch nicht über den Weg – geht mein erster Blick aufs

Display. Aber da ist nichts, außer einem Anruf für Jo von «Paps».

Ob ich auch mal zu Hause anrufen sollte?

Was würde Nick mir jetzt raten? Erst beim letzten Treffen hat er mir amüsiert vorgeworfen, ich würde mich immer nur im Katastrophenfall melden. Und jetzt ist wieder einer passiert. Egal, ich rufe ihn an. Auch wenn ich eigentlich als große Schwester wissen sollte, wo es langgeht, er hat immer einen Rat.

Gerade als ich seine Nummer in der Gesprächsliste suche, kommt eine WhatsApp.

Von Jo!

Mein Herz setzt für einen kurzen Moment aus. Jetzt ist es so weit. Er wird mich zusammenscheißen. Mir vorwerfen, dass ich mich in seine Privatangelegenheiten mische. Ich bin einfach zu blöd, nein, zu direkt und zu emotional. Ich werde niemals einen Kerl abkriegen. Nicht mal einen wie Jo.

Ach, ich sollte das Handy wegpacken und mich auf meinen Job konzentrieren und darauf, wie ich am diplomatischsten die Ideen der Schwiegermutter abblocken kann, ohne dass sie merkt, dass ich es tue. Wenigstens das will ich richtig machen. Aber ich muss natürlich erst die Nachricht von Jo lesen. Ich muss wissen, was er mir zu sagen hat. Also nehme ich das Handy, lasse mich mit weichen Knien aufs Bett sinken und mache mich auf das Schlimmste gefasst, als ich die Nachricht öffne:

Magnum
können sie mir bitte den kontakt von «lucia parsons» schicken? und zwei, drei fotos aus dem ordner «von lohnen vs. von lohnen». ist wichtig UND dringend, danke!

♥

Ich bin ein Genie! Ich meine, ich hatte ja schon immer die Ahnung, dass ich mehr Grips habe als die meisten Menschen um mich herum. Aber heute Morgen unter der Dusche hatte ich mal wieder einen meiner grandiosen Einfälle. Das beste Kampfmittel ist immer noch, seine Gegner mit ihren eigenen Waffen zu schlagen!

Und da Lucia mir verraten hat, dass sie heute nach New York fliegen würde, um übermorgen vor dem Scheidungsrichter zu erscheinen, hab ich sie kurzerhand auf 12:30 Uhr in dieses französische Restaurant zitiert, in dem ich schon mit Harrison essen war. So ganz dezent habe ich ein paar Fotos von der Berliner Nacht mitgeschickt und kurz erwähnt, dass Harrison genau diese zu Gesicht bekommt, sollte sie nicht auftauchen. Sie wird sich in Berlin bestimmt noch mit dem alten Sack allein vergnügt haben, der da rumlungerte, und hat jetzt bestimmt Schiss, auch davon könnte ich Paparazzifotos in petto haben. Bei Geld hört der Spaß bekanntlich auf. Ihr operiertes Geschäftsnäschen wird schon wissen, was zu tun ist.

Harrison habe ich eine eindringliche Nachricht zukommen lassen, dass auch er kommen soll, um Punkt 12 Uhr, weil Lucia sich angeblich mit ihm versöhnen und ihn um Verzeihung bitten und als Beweis ihrer Liebe sogar auf jeglichen Unterhalt verzichten wolle, sollte er an der Scheidung festhalten. Diese nicht ganz korrekte Version der Ereignisse schien mir der einzige Weg, dass er sich tatsächlich hierherbewegt.

Harrison und ich treffen uns also eine halbe Stunde früher. So bleiben mir dreißig Minuten, in denen ich mit einem bis ins kleinste Detail vorbereiteten Plädoyer Harrisons Gunst zurückgewinnen und an seinen Verstand appellieren kann. Ich werde ihm schon klarmachen, dass ich nichts mit Lucia hatte, sondern mich lediglich verpflichtet sah, ihre Treue zu testen. Und falls er mir nicht glaubt, berichte ich ihm von meinen vorzeigbaren Erfolgen in anderen Scheidungsdramen, die ich zu einem vielleicht nicht glücklichen, aber wenigstens vernünftigen Ende gebracht habe. Ich denke da beispielsweise an meinen heldenhaften Einsatz als Fensterputzer im vierzehnten Stock eines Frankfurter Hochhauses, um Akten eines notorischen Ehebrechers und Erbschleichers zu fotografieren und so eine außergerichtliche Einigung zu forcieren. Auch den Ehevertrag von Harrison habe ich sorgfältig ausgedruckt und die wichtigsten Passagen markiert. Wenn alles glattläuft – und davon gehe ich aus aufgrund meines Beweismaterials –, wird Lucia klein beigeben und auf das inoffizielle Vergleichsangebot eingehen. Sonst lasse ich gerne durchblicken, dass sie gar keine kleine arme und kranke Nichte hat, wegen derer sie angeblich selbst mittellos geworden ist.

Also, in einer guten Stunde müsste der Fall hier erledigt sein, denke ich voll motiviert und richte den Kragen meines neu erstandenen Hemdes samt Sakko. Ein letzter prüfender Blick in den Spiegel, ob auch ja nichts mehr von dem übergepinselten Veilchen zu sehen ist. Dann verlasse ich die Waschräume in Richtung unseres Tisches, den mir eine überaus aparte Dame bei meiner Ankunft zugesichert hat. Schon von weitem lächelt mir dieses heiße Eisen mit Modelmaßen entgegen und erklärt, meine Gäste seien bereits eingetroffen.

Also, *let the show* – Moment mal!

Irritiert bleibe ich stehen und starre mit offenem Mund zu Harrison und Lucia, die wie zwei frisch Verliebte knutschend am Tisch sitzen.

WTF???!!!

«Es ist zum Heulen!», fluche ich leise vor mich hin und lasse meinen Blick durch den mit Hunderten Callas wunderschön dekorierten Festsaal des Hotels schweifen.

Während Sille auf ihrem Smartphone die letzte E-Mail vom Pastor liest, die ich ihr vorhin vom Hotel-Computer aus weitergeleitet habe, sieht Barney mich mit betretenem Blick an.

«Also ich finde es ganz hübsch», flüstert er mir leise ins Ohr.

Er hat zwar recht, aber leider gab es ein riesiges Missverständnis. Statt wie mit dem Blumenarrangeur abgesprochen die *Justinuskirche* zu schmücken, hat er diesen Saal so dekoriert, als würde hier der Höhepunkt des großen Tages stattfinden: die Trauung. Statt wie angedacht die zweihundertvierzig Stühle um dreißig runde Tische zu platzieren, stehen sie in langen Reihen nebeneinander und bilden einen imposanten, mit einem roten Teppich verstärkten Mittelgang zu dem ebenfalls zauberhaft arrangierten Rednerpult mit zwei Stühlen für das Brautpaar davor, die einem Thron gleichkommen. Alles sieht aus wie auf einem Märchenschloss! Und Problem Nummer zwei ist: dass die Feier hier im Saal erst am Samstag stattfindet, die Dekoration also drei Tage zu früh angeliefert wurde.

«Ich muss das leider alles wieder rückgängig machen», sage ich mit einem tiefen Seufzer und checke mit einem Blick auf die Uhr, dass es schon nach 19 Uhr ist, was die Sache nicht gerade einfacher macht. Ich scrolle in meinen Listen nach dem Saalplan. Barney bitte ich, die Telefonnummer des Blumenlieferanten zu recherchieren, da meine Kontaktliste ja noch in New York unterwegs ist.

Mein Retter Barney nickt eifrig und eilt davon.

«Das gibt's doch nicht!», meint Sille und zitiert entsetzt den Pastor: «Ich schließe mit den Worten: *Darum prüfe, wer sich ewig bindet.* Danach folgt der Segen, für Sie als Brautpaar und für die Gemeinde.»

«Ja und? Das ist doch schön, dass ihr den Segen für eure Ehe bekommt», entgegne ich und überschlage im Kopf, wie lange es wohl dauert, den Saal wieder so herzurichten, dass dort am Samstag wie geplant das Essen und die eigentliche Feier stattfinden können.

«Das hättest du mir viel früher schicken müssen!», wimmert sie und hält sich betroffen die Hand vor den Mund, so als hätte sie gerade von einem schrecklichen Unglück statt den Programmpunkten ihres ökumenischen Traugottesdienstes erfahren.

Ich kann ja nicht jede Minute mit Jos Handy online gehen und über das Web meine Mails checken, denke ich, sage aber zur Beruhigung: «Wenn du jetzt Panik bekommst, ist das ganz normal. Jede Braut bekommt früher oder später kalte Füße. Du wirst sehen, morgen auf dem Standesamt wirst du glückselig strahlen und noch mehr, wenn du Samstag in deinem Traumkleid zum Altar schreitest.»

«Nein! Ich kann das nicht!!!», wütet Sille plötzlich los. Und schon schießen ihr Tränen in die Augen.

Ach herrjemine, ein besonders schwerer Fall von Lampenfieber!?

«Natürlich kannst du», sage ich bemüht ruhig und setze mich neben sie auf einen der mit weißen Hussen verhüllten Stühle.

«Aber wer soll mich denn zum Altar führen? Ich will nicht, dass mein Schwiegervater das macht. Der ist so ...» Sille unterbricht sich, weil sie nun jämmerlich zu schluchzen beginnt.

Behutsam lege ich meinen Arm um sie, was den Tränen offenbar nur noch mehr freien Lauf lässt.

«Ich hab mir das alles anders vorgestellt», jault sie in meinen Hals.

«Moment», sage ich und wühle in meiner Handtasche nach dem stets griffbereiten Päckchen Notfalltaschentücher für emotionsgeladene Bräute, Verwandte und dauereinsame Trauzeuginnen.

Ich reiche ihr eines. «Also jetzt ganz von vorn: Was genau hast du dir anders vorgestellt?»

Sille richtet sich auf und tupft sich die verlaufene Mascara von der Wange. «Na alles! Als ich klein war, habe ich mich immer mit meinem Vater zum Altar schreiten sehen ...»

Es bricht mir das Herz.

«Ich verstehe. Aber auch das ist ganz normal. So eine Hochzeit verstärkt nun einmal alle Emotionen. Da vermissen wir unsere Lieben besonders doll, wenn sie nicht dabei sein können.»

«Aber auch das Ganze mit der Kirche ...»

Alarmbereitschaft!

«Wie meinst du das?», frage ich irritiert.

«Das ist mir alles zu ... katholisch!»

«Aber deswegen machen wir doch beides – katholisch und evangelisch. Das wird ganz toll und wunderbar romantisch. Außerdem sind vor Gott doch eh alle gleich», versuche ich die Stimmung mit einem Schmunzeln wieder zu heben.

«Aber das ist es ja gerade. Ich kann das nicht ... vor Gott. Und mit Alex' Vater an meiner Seite schon mal gar nicht!»

«Wieso, was ist denn mit deinem Schwiegervater?», hake ich vorsichtig nach, obwohl ich ihn jetzt auch nicht übermäßig sympathisch finde.

«Der ist so ... arrogant. Außerdem will er gar nicht, dass wir heiraten.»

«Aber deine Schwiegermutter! Die hängt sich richtig rein», beschwichtige ich und unterdrücke ein Augenrollen. Denn als Überraschung fürs Brautpaar hat Rosalie von Weidenfels doch tatsächlich die unvermeidliche weiße Hochzeitskutsche vor der Trauung und ein Spalier, bestehend aus der Bläsergruppe des Jagdvereines ihres Mannes, für nach der Trauung organisiert. Und davon konnte ich sie leider auch nicht abbringen, auch wenn ich mich vorhin richtig ins Zeug gelegt habe, das zu verhindern.

«Ach, der bin ich doch auch total egal. Aber viel schlimmer ist ihr Mann. Er unterstellt mir, ich heirate Alex nur wegen der Kohle», wimmert Sille und verzieht ihre bebenden Mundwinkel.

Ich halte erschrocken inne und sammle mich.

«So eine Gemeinheit!», empöre ich mich schließlich. «Wie kommt der denn bloß auf so einen Quatsch? Ich meine, zwischen euch ... das ist Liebe ... die ganz große Liebe! Das sieht man, und man fühlt es auch.» Ich kann mich kaum bremsen in meinem Redeschwall, bin mir plötzlich aber nicht mehr sicher, ob meine Argumente nicht bloß meinem überromantischen Wunschdenken entsprechen. Denn ich sehe, wie Sille sich verlegen auf die Unterlippe beißt.

«Was?», frage ich mahnend.

«Na ja, wir kennen uns ja noch nicht so lange. Und dass Alex Geld und einen Titel hat, hat die ganze Hochzeitssache vielleicht ein klitzekleines bisschen beschleunigt», sagt Sille plötzlich kleinlaut, während meine Augen ganz groß werden.

«Du heiratest gar nicht aus Liebe?», frage ich entsetzt.

«Doch schon, ich liebe halt den Luxus.»

Sille macht doch wohl hoffentlich nur einen Scherz, oder? Ich bin sprachlos.

«Ich meine», fährt sie fort, «allein der Verlobungsring muss ein Vermögen gekostet haben!»

Sie strahlt mich an, und ich könnte durchdrehen.

«Ja und jetzt?», frage ich und weiß gar nicht mehr, in welcher Rolle ich das überhaupt wissen will. Die Weddingplanerin ist panisch, die Trauzeugin pikiert und die kleine Maren total enttäuscht. Wie kann man nur aus so niederen Beweggründen einem anderen Menschen die große Liebe und ewige Treue schwören?

«Wir pfeifen auf die Kirche!», proklamiert Sille und findet offenbar tatsächlich Gefallen an der absurden Idee. Sie springt auf und lässt ihren Blick über den roten Teppich wandern. «Hier kann ich doch genauso gut mit Alex direkt zur Zeremonie schreiten.» Sie klatscht begeistert in die Hände.

Nicht dein Ernst, denke ich und sage es auch, weil mir dazu nichts anderes einfällt.

«Doch!»

«Aber da ist doch gar kein richtiger Altar», protestiere ich.

«Eben!»

Und dann hält Sille mir einen Vortrag, warum sie plötzlich fest entschlossen ist, die Kirche zu canceln und stattdessen die Trauung vom Standesbeamten hier an Ort und Stelle, und zwar am Samstag, vornehmen zu lassen.

«Dann bekomme ich auch keine Probleme mit Gott»,

erklärt sie schließlich zufrieden und zeigt absurderweise in Richtung Himmel.

Ich kann an ihrem Gesichtsausdruck nicht ablesen, ob sie tatsächlich mit ihrem Gewissen hadert.

«Und was ist mit Alex?», bohre ich weiter.

«Der steht ohnehin nicht auf Kirche. Das hätte er eh nur seiner Mutter zuliebe gemacht.»

«Okaaay», sage ich gedehnt und hole tief Luft. Und halte sie an, weil ich spüre, wie die Panik in mir hochkriecht. Die gute Nachricht ist also, wir brauchen keine Kutsche, kein Bläser-Spalier, keinen Kirchenschmuck und keinen umzudekorierenden Saal, sofern das Personal in der Lage ist, den Empfang nach der Trauung dafür zu nutzen, das Mobiliar fürs Essen umzustellen.

Die schlechte Nachricht ist: Zweihundertvierzig Gäste müssen über den neuen Treffpunkt informiert und der Standesbeamte bestochen werden, entweder, um am Wochenende zu arbeiten oder gegebenenfalls anderweitige Trautermine zu verschieben.

Ich bin geliefert!

Wie kann man sich in einer über Acht-Millionen-Stadt nur so verdammt einsam und leer fühlen? Ich hänge schon seit Stunden auf dem Flughafen ab, hab keinen

Bock mehr auf Sudokus oder Pokémons. Aber Schlaf ist auch nicht drin, obwohl es schon fast Mitternacht ist. Zeitumstellung ist nichts für einen Kurztrip! Zeitumstellung ist nur was für den Allerwertesten.

Diese wundersame Spontanversöhnung von Harrison und Lucia kratzt echt an meinem Ego. Und an meiner Ehre als Anwalt der Authentizität!

Eins steht fest, ich bezeuge die Hochzeit meines Kumpels nur unter der Bedingung, dass er vorher einen absolut wasserdichten Ehevertrag unterzeichnet. Vielleicht ist es ja ein gutes Omen unter den ansonsten dürftigen Vorzeichen, dass die Trauung verschoben wurde.

«Alter, beweg deinen Arsch hierher, sonst kriege ich Stress mit meiner Braut und du mit mir!» Das hatte er mir auf die Mailbox gequatscht, die ich zum Glück von überall auf der Welt abhören kann. «Die Trauung ist erst am Sonnabend um 15.00 Uhr.»

Was schenkt man eigentlich so als Trauzeuge, frage ich mich und kriege plötzlich ein ungutes Gefühl. Ob Alex ein bisschen mehr erwartet als einen Ehevertrag? Dabei habe ich ihm gleich gesagt, dass ich nicht der Richtige für diesen Job bin.

Na, wenn jemand weiß, wie es geht, dann ja bestimmt die Chaosbraut.

nur mal so rein hypothetisch gefragt:
was muss man als trauzeuge eigentlich
so draufhaben?

Nachdem ich die Frage ins Handy getippt habe, zögere ich. Will ich das eigentlich wirklich wissen?

Yep. Wenn ich nicht auf Lebenszeit bei Alex verschissen haben will, habe ich wohl keine andere Wahl. Ich muss da auftauchen und sollte auch was mitbringen. Also gehe ich auf «Senden» und warte ab.

Die Antwort kommt prompt:

Chaosqueen
Haben Sie nichts anderes auf Lager, um mich so früh am Morgen vom Schlafen abzuhalten? Kann das Thema gerade nicht mehr ertragen!

O, eine Braut, die schon vor der Hochzeit genervt ist. Wie sympathisch!

wolken im verzug am hochzeitshimmel?

Chaosqueen
Ja, gebe es zu. Bin ab sofort keine Romantikerin mehr.

O je. Der kleinen Prinzessin Maren oder Madelaine hat man einen Lolli geklaut ...

mein reden. heiraten ist die pest!

Chaosqueen
Spricht da ein verlassener Ehemann?

nö, eher ein experte in sachen scheidung

Chaosqueen
Sie sind geschieden?

scheidungsanwalt. ich würde niemals freiwillig heiraten.

Chaosqueen
Echt jetzt? Ich dachte, Sie seien Privatdetektiv???

das haben sie geglaubt? *lol*

Chaosqueen
Langsam glaube ich gar nichts mehr ...

Eieieieieiei, das klingt ja nach einer ernsthaften Krise.

wie kann ich helfen?

Chaosqueen
Sollte ich nicht Ihnen helfen?

Stimmt!

ja, brauche einen tipp – sie sind ja expertin in sachen hochzeit. oder sollte ich sagen *waren*?

Chaosqueen
Sind Sie Scheidungsanwalt geworden, weil Sie Spaß am Leid der Menschen haben?

das kann man so nicht sagen. ich sehe mich eher als anwalt der belogenen und betrogenen. Und ausgerechnet ich werde genötigt, den trauzeugen zu spielen und hab keinen plan, was da auf mich zukommt

Chaosqueen
Na, Sie müssen das Jawort vor dem Standesbeamten und ggf. dem Pfarrer bezeugen. Dafür müssen Sie bloß Ihren Namen schreiben können. Und Ihren Ausweis mitbringen!

prima, das kann ich!

Chaosqueen
Glückwunsch!

sonst noch was?

Chaosqueen
Na ja, die meisten Trauzeugen organisieren den Junggesellenabschied, aber da haben Sie ja gute Karten, wenn Sie sich in der Szene so gut auskennen.

was ist mit geschenk?

Chaosqueen
Dass ein persönliches Geschenk und ein Beitrag auf der Feier obligatorisch sind, muss ich Ihnen ja wohl hoffentlich nicht sagen!?

Shit! Ich habe es befürchtet ...

so was wie honeymoonsuite crashen?

Chaosqueen
Sie meinen wohl, Sie werden die Suite mit Kerzen, Rosenblättern und Champagner ausstatten für die romantischste Nacht im Leben?!!

ich dachte, sie sind keine romantikerin
mehr?

Chaosqueen
Es geht hier ja nicht um mich ...

und was ist ein persönliches geschenk
ihrer meinung nach?

Chaosqueen
Jedenfalls keine Blumenvase oder Geld.

ich bin da echt überfordert.

Chaosqueen
Eine Rede schaffen Sie aber, oder?

Ach du Scheiße!

is das nicht ein bisschen aufwendig?

Chaosqueen
Na, Sie werden ja nicht gleich morgen
auf die Hochzeit müssen.

Ups.

nee, da is noch puffer

Chaosqueen
Apropos. Wann darf ich jetzt mit Ihnen rechnen? Sie schulden mir noch mein Handy und einen Gefallen!

Ach ja, da war ja was …

ich habe für heute nacht noch einen flug gekriegt.

Chaosqueen
Das ist doch mal 'ne gute Nachricht! Kennen Sie das Casa di Roma?

si senorita!

Chaosqueen
Gut, heute Abend um 8?

geht klar!

Schlagartig bin ich hellwach. Ich habe ein Date!! Ein echtes Date, na ja, ein fast echtes. Nun ja, eigentlich ist es das Gegenteil von einem Date, aber egal. Das erste

Treffen mit einem Typen nach gefühlten hundert Jahren.

Hauptsache, Sille kommt mir nicht dazwischen mit einem Spontanzusammenbruch. Ich finde, ich habe das gestern noch alles eins A geregelt mit der Verschiebung der Trauung. Und es sind schließlich Sille und Alexander, die das Schwerste vor sich haben: Wie erkläre ich es den Eltern.

Aber das ist mir gerade herzlich egal. Wieso nur wandern meine Gedanken immer wieder zu Jo? Wo es doch eigentlich nur um den Rücktausch zweier Kommunikationselektronikgeräte geht. Vielleicht ist das Schicksal! Winke dieser Größenordnung kann man doch nicht einfach so ignorieren. Ich sollte ausnahmsweise ein Mal in meinem Leben bestens vorbereitet sein.

Okay, die Basics:

Was ziehe ich an?

Was habe ich überhaupt noch in meinem Koffer?

Wie mache ich meine Haare?

Worüber soll ich mit ihm reden?

Wieso schlage ich ein Essen vor, wenn ich keinen Bissen runterkriegen werde vor Aufregung? Ich muss ja jetzt schon Pipi.

Wie soll das erst heute Abend sein?!

Aber ... Moment! Er denkt ja, ich bin vom Markt. Das könnte natürlich ein klitzekleines Problem werden, wenn ich ihn überzeugen will, mich auf die Hochzeit zu begleiten oder später dann durch den Rest meines Lebens.

Nein, ich werde dieses Mal den Ball flach halten und alles richtig machen. Nichts ist attraktiver als eine Frau, die eigentlich nicht zu haben ist. Wenn einer diesen Ich-will-das-weibliche-Geschlecht-erobern-Kämpfergeist hat, dann ja wohl Jo.

Jo, der Anwalt!

Jo, der Anwalt, der noch an alte Werte wie die wahre Liebe glaubt, das sagen doch die Texte.

Jo, der Anwalt, der noch an alte Werte wie die wahre Liebe glaubt – und noch zu haben ist.

Wer braucht schon einen Trauschein, wenn man einen Traummann haben kann?

Ich muss doch gleich noch mal ein, zwei Blicke in sein Handy riskieren, sozusagen um mein gutes Gefühl zu untermauern. Nicht dass ich doch noch einem Kriminellen aufgesessen bin. Zumal ich ab morgen wohl keine Möglichkeit mehr haben werde, unbemerkt in sein Leben einzutauchen. Allein die jüngsten Selfies von ihm und seinem Kumpel auf einem Konzert ... Zum Anbeißen. Also nicht der Kumpel, aber Jo! Im Vergleich zu dem runden Glatzkopf ist Jo um drei Ligen attraktiver. Auch seine lässige Lederjacke über dem weißen Shirt und dieses gewitzte Blitzen in den Augen verleihen ihm einen gewissen Charme, mit dem er wohl all die Lucias, Gulias und sogar eine Neunzigjährige erfolgreich um den Finger wickelt.

Ob ich doch mal ein klein wenig in den Chats nach Anhaltspunkten für die Quantität seiner Sexualpartnerinnen suche?

Aber nein, eine Madelaine Schön hat so etwas gar nicht nötig! Wie Amal Clooney wird sie alle Konkurrentinnen der Vergangenheit durch ihre Wahnsinnsaura, ihren Intellekt und ihre naturgegebene Schönheit souverän weglächeln – in dem Bewusstsein, vom millionenfach gefragten Objekt der Begierde nicht weniger als bewundert und angehimmelt zu werden.

Maren Schulz dagegen ist voller Selbstzweifel und Verlustängste, typischerweise schon wieder weit fortgeschritten im Worst-Case-Gedankenkarussell.

Was, wenn er eine feste Freundin hat? Oder auf blond steht? Oder doch verheiratet ist, es aber nicht zugibt, weil er ein notorischer Fremdgänger ist?

Ich *muss* es wissen.

Mit pochendem Herzen greife ich nach Jos Handy. Es liegt auf meinem Nachttisch wie ein geheimnisvolles Buch, das so heilig ist, dass man es nicht berühren, geschweige denn öffnen und lesen darf.

Ganz oben auf seiner WhatsApp-Liste steht bb. Wieso speichert man eine Person als bb im Adressbuch ab? Steht das womöglich für barbusig, big boobs oder blöder Bruder?

Mal sehen, das Profilbild zeigt eindeutig einen Typen mit Trikot und Helm. Jedenfalls kenne ich keine einzige Frau, die Football spielt.

Darf ich da wirklich schnüffeln?

Nein, ich darf nicht ...

... aber ich will.

Stört ja keinen, außer mein Gewissen. Und das ist eh schon mies, weil ich allen Hochzeitsgästen vorspielen werde, ich sei in einer Beziehung mit einem wahnsinnig gutaussehenden Mann.

Aber wer weiß? Was ist romantischer als die Annäherung auf einer Hochzeit von Freunden?

Okay, vielleicht eine Hochzeit aus echter Zuneigung von echten Freunden.

Also gut, mal sehen, was bb so schreibt.

Alter, geh mir nich auf den Sack! Du schnappst dir deinen Schlitten und holst mich ab. Also, sei pünktlich. Wirst du ja wohl ausnahmsweise mal hinkriegen?!!

Was ist das denn für ein Proll? Bestimmt kein Anwaltskollege. Jedenfalls schrieb Jo zuvor:

ich weiß nicht, ob ich für den job der richtige bin, es ist das ende deiner freiheit und gut is. Du hast die kleinsten handschellen der welt ...

Was ist das denn? Vielleicht doch ein Komplize bei irgend so einem krummen Drogengeschäft? Jetzt will ich aber wissen, worauf das die Antwort war.

Ich verlass mich auf dich. Ich mach den ganzen Scheiß auch brav mit, den du ausgeheckt hast. Dafür machst du ein Mal im Leben auf gutbürgerlich!

O nee, ist Jo womöglich doch kein Anwalt? Ich meine, da passt ja eigentlich auch nichts zusammen: Welcher Jurist lebt schon in so bescheidenen und unscheinbaren Verhältnissen? Und leistet sich trotzdem einen Sportwagen? Ist er am Ende doch Privatdetektiv? Im Flieger reist er als Magnum verkleidet und hat sogar einen Bart zum Ankleben dabei. Er kennt sich auf dem Frankfurter Kiez aus, lässt sich mit brustoperierten Osteuropäerinnen und millionenschweren Menschenhändlern oder Zuhältern fotografieren, um angeblich in New York einen Harrison auf den rechten Weg zu bringen. Und in seiner Wohnung gibt es weder persönliche Fotos noch Hinweise auf irgendwelche festen Bindungen, dafür aber jede Menge Gedichte ... Was hat es damit bloß auf sich? Das ist doch alles dubios!

Was schreibt er denn mit Gulia?

Hi, werde die tage nicht reinkommen. Falls der alte fragt, sag ihm bitte, ich bin bei harrison und bringe das ding jetzt zu einem guten abschluss.

Ups, das hat wohl nicht so gut funktioniert. Denn Gulia schrieb zurück:

Lieber Johann, deine Eltern sind nicht sehr gut auf dich zu sprechen. Wäre gut, wenn du dich direkt bei ihnen meldest, ja? Liebe Grüße, Gulia

Deine Eltern? Na wenigstens scheint diese Gulia wirklich nichts mit ihm zu haben. Aber seiner Nachbarin hat er offensichtlich totalen Quatsch erzählt. Er hat keine Mutter mehr? Von wegen. Was für ein Spiel treibt der eigentlich?

Und mit wem? Ist er nun verheiratet oder nicht? Wer sind Lucia, Linda und Jeannette?

Bei Letzterer erkennt man schon am Profilbild mit Duckface, dass bestimmt kein literarischer Gesprächskreis der gemeinsame Nenner ist. In ihrer letzten Nachricht von vor drei Wochen schreibt sie:

Du beschissener Arsch!!!

Jetzt wird es interessant, denn offenbar ist das die einzig korrekte Antwort auf Jos einzige Nachricht an sie:

momentchen! Wer ist denn hier die böse in dem spiel, betrügt reihenweise und hält dabei noch die hand auf?!

Ich kann es nicht glauben, was ich da lese:

Nach dieser tollen Nacht hast du nichts Besseres zu tun, als direkt zu Michael zu gehen und ihm davon zu erzählen? Wie abgebrüht kann man sein?!!

Also doch ein notorischer Draufgänger. Bis eben dachte ich ja noch, der Typ hat eine weiche Seite. Ich habe jetzt eindeutig genug Informationen. Wir geben uns die Handys zurück, und das war's dann!

Trotzig tausche ich das Telefon gegen die Fernbedienung und zappe mich angefressen durch alle Frühstücksfernsehkanäle. Ich fühle mich wie bei *Lost in Translation*. Keiner versteht mich. Ich verstehe keinen.

Nur einen gibt es ...

Ich greife doch noch mal zum Handy, um Nick einen schönen Tag zu wünschen und bekomme folgende Abfuhr:

Moinsen! Danke, aber eigentlich willst du wieder nur wissen, ob alles okay ist zu Hause. Stimmts oder hab ich recht? ;-)

Ich schlucke. Denn natürlich hat er recht.

Genieß einfach deinen Trip, Schwesterherz, okay?!!

Okay.

Das ist natürlich geschwindelt. Wenn der wüsste! Gerade noch wähnte ich mich auf direktem Weg zu Wolke sieben und dann der Absturz. Mein Start in ein neues Leben ist gründlich gescheitert …

So, die Roulade mit Rotkohl und diese schlabberige Fruchtcreme sind verspeist. Die Passagiere um mich herum längst abgecheckt und in Schubladen gesteckt. Wäre gar nicht so übel, wenn die Chaosbraut jetzt neben mir sitzen würde, um auf den noch ausstehenden sechs Stunden Flug für ein bisschen Spaß zu sorgen.

Aber wozu habe ich ihr Spielzeug dabei?

Mal sehen, ob mir noch irgendetwas Unterhaltsames entgangen ist aus ihrem Leben als Verlobte. Wenn sich das mit der Hochzeit nicht schon erledigt hat … Klang ja ganz so, als wenn der Haussegen jetzt schon schiefhängt!

Vielleicht gibt es ja noch eine Chance, dazwischenzugrätschen?

Wenn ich mir ihre Duckface-Selfies so ansehe, würde es mich fast ein bisschen reizen, die Standfestigkeit und Treue von Rehauge mal ein bisschen auf die Probe zu stellen. Nicht, weil die Aufnahmen so sexy sind. Das sind solche Bilder doch nie. Das kapiert nur keine Frau! Nein, weil Madame so herrlich hilflos wirkt bei dem Versuch, ein erotisches Pic für ihren Lover zu machen. Wer solch einen waidwunden Blick hat, kann überhaupt nicht nach verführerischer Liebhaberin aussehen. Da bin ich eher versucht, behutsam meine Arme über diesem armen Ding auszubreiten. Ich habe selten ein Weibchen gesehen, bei dem die äußere perfekt inszenierte Hülle so gegensätzlich zum offenbar extrem labilen Innenleben erscheint. Das weckt sofort meinen Beschützerinstinkt.

Vollkommen abtörnend sind natürlich ihr Musikgeschmack und ihre Prioritäten. Egal, in welche Chats ich reinluschere, die Hochzeit scheint das einzige Thema in ihrem Leben zu sein. Hat diese Frau denn keine anderen Sorgen?

Da ist aber auch sonst nicht ein spannendes Foto auf dem Handy. Kein Konzertbesuch mit Freunden, kein Urlaubsfoto am Strand, ja nicht mal ein Katzenbabybild lässt auf irgendeinen menschlichen Zug schließen.

Lediglich die Nachrichten, die sie mit einem gewissen Nick austauscht, sind nicht von der unterkühlten Sorte wie die anderen, die ich wegen akuter Belanglosigkeit einfach bloß stichprobenartig durchsehe. Da ist ja das Telefonbuch spannender!

Wer dieser Nick wohl ist? Auf jeden Fall ein FC-Bayern-Fan, wie ich messerscharf aus seinem Profilbild schließe, weil es nur das rot-weiß-blaue Vereinswappen zeigt.

Ich mach den Großeinkauf. Und vergiss nicht die Vitamin-D-Tabletten, die ich dir neben den Kühlschrank gelegt hab!

Klingt, als wäre Nick ihr Sohn. Aber hätte sie dann nicht ein Foto von ihrem Blagen als Hintergrundbild? Er ist bestimmt auch schon Teenager, so einsilbig, wie der immer antwortet, wenn er es überhaupt tut.

Ein anderes Mal schreibt sie:

Denkst du an Papas Geburtstag? Er würde sich bestimmt freuen, wenn ihr beide mal was richtig Schönes unternehmt.

Papa? Aha, Nick ist Scheidungskind, war ja klar. Darauf hätte ich auch gleich kommen können, dass die Braut einen Kerl nach dem anderen ins eheliche Unglück stürzt.

Seltsamerweise kommt mir da Alex wieder in den Sinn. Ob ich einfach einen Song für ihn schreibe? Das ist ja wohl was Persönliches und so was Ähnliches wie eine Rede. Nur eben vertont.

Mal sehen, ob aus meinem müden Hirn noch irgendwas herauszuquetschen ist, so ohne meine Gitarre im Schlepptau ...

«Sie haben bitte was?», rufe ich hysterisch ins Telefon.

«Ich habe die Lieferung storniert», wiederholt der Typ in aller Seelenruhe.

«Und wie soll ich Ihrer Meinung nach innerhalb von zwei Tagen hundertzwanzig neue Gastgeschenke organisieren?!» Ich wüte so laut in der Lobby, dass Barney von seinem Tresen aufschaut und große Augen macht.

Ich mache eine entschuldigende Geste, weil er mit einem älteren Paar beim Einchecken beschäftigt ist. Jedenfalls nehme ich das an, weil das gebuchte Zimmerkontingent jetzt ab 14 Uhr zur Verfügung steht. Das müssen irgendwelche Verwandte von Alex sein, die den Altersdurchschnitt auf dieser Hochzeit deutlich nach oben treiben. Alles ziemliche Spießer, angereist aus aller Welt, für die der Minipräsentkorb mit Frankfurter Spezialitäten genau das Richtige ist. Oder besser gesagt: *gewesen wäre*. Denn achtundvierzig Stunden vor der Feier muss ich erfahren, dass die Lieferung nicht, wie vereinbart, rechtzeitig einen Tag vorher eintreffen wird.

«Es tut mir leid. Wir haben Sie umgehend informiert, als wir von dem Lieferengpass erfuhren.»

«Aber nur meine Mailbox und nicht mich persönlich. Verdammt!», fluche ich und weiß nicht, auf wen ich wütender bin: auf den sogenannten Kundenservice-Fuzzi am Telefon oder auf Jo, weil er mich nicht, wie wir es verabredet hatten, über eingehende Anrufe informiert hat.

«Sorry, ist ja nicht Ihre Schuld», sage ich schließlich kleinlaut ins Telefon, weil mir nichts anderes mehr einfällt. «Dann also tschüs.»

Ich lege auf und lasse mich in einen der plüschigen Sessel sinken, die eigentlich eher nach Deko als nach echten Möbeln aussehen. Vielleicht war es doch nicht die beste Idee, so ein altbackenes Hotel zu wählen, um hier ihre Hochzeitsnacht zu verbringen, die VIP-Gäste unterzubringen und ihre Feier auszurichten. Wir hätten das Trauerspiel nicht um zwei Tage, sondern komplett verschieben und doch in Silles Wunschlocation veranstalten sollen. Bis auf Barney ist hier alles gefühlt aus dem vorletzten Jahrhundert. Das kann ja alles auch charmant sein, aber vom goldenen Besteck über das geblümte Geschirr bis hin zu den Jagdbildern an den Wänden und Kordeln an den Gardinen ist alles so geschmacksbefreit, dass ich mich frage, ob das durchaus moderne Fünf-Gänge-Menü mit Thunfisch-Sashimi, Hummer und Dessertvariationen sowie dem DJ auch mit dem Drumherum kompatibel sind. Ganz zu schweigen von einer feierlichen Trauung statt kirchlicher Zeremonie.

Ob sich Alex' Trauzeuge irgendwie einbringt? Bislang haben meine Nachfragen nichts Konkretes ergeben. Sille hat nur angedeutet, dass da nicht viel zu erwarten ist, und ich wäre auch sehr froh, wenn sich nicht noch mehr böse Überraschungen ergeben würden. Denn die wichtigste Regel für Hochzeitsplaner ist Nummer 7: *Sei immer bestens gewappnet für unvorhergesehene Ereignisse!*

Ich bin fast ein bisschen stolz, dass ich die größte Programmänderung tatsächlich bewältigt habe: Die Verschiebung der eigentlichen Trauung. Gleich heute Morgen habe ich den Standesbeamten erst am Telefon und dann bei einem Besuch im Rathaus becirct, er möge die Trauung doch um zwei Tage und zwei Kilometer verschieben. Natürlich funktionierte das nur wegen der Aussicht auf eine fette Spende für die Stadtkasse, woraufhin er nur süffisant meinte, das sei auch nötig, weil die Gebührenordnung für eine Eheschließung außerhalb der Standardzeiten sowie an Wunschorten einen erheblichen Mehrpreis vorsehe.

Der Gang zum Kirchenamt dagegen war ein einziges Desaster. Ich habe mich gefühlt wie eine Sündige im Beichtstuhl, weil ich es als Trauzeugin ohne Skrupel zulasse, dass das Brautpaar der Kirche und dem Glauben abtrünnig wird und ohne den Segen Gottes den oftmals beschwerlichen Weg durchs Leben mit ungewissem Ausgang nehmen muss.

«Kann ich irgendetwas für Sie tun?» Barney ist zu mir gekommen. Weil ich wahrscheinlich wieder einmal dasitze wie ein Häufchen Elend.

Er legt seinen Kopf schief wie ein treuer Dackel, sodass ich mich am liebsten sofort an ihn kuscheln und mich trösten lassen würde.

«Haben Sie eine Idee, wie ich spontan an hundertzwanzig Gastgeschenke komme?», frage ich mit einem gequälten Lächeln. In Gedanken ergänze ich: Und kennen Sie nicht zufällig einen jungen Mann, der integer und monogam veranlagt ist und mir auf der Feier zur Seite stehen kann ...?

«Wir arbeiten bereits seit Jahrzehnten mit unserer Partner-Patisserie zusammen», erklärt Barney nicht ohne Stolz. «Die sind sicher gern bereit, kleine Päckchen zusammenzustellen. Wenn Sie mögen, kümmere ich mich gerne darum.»

Barney! Er ist es wirklich! Ich könnte ihn knutschen!

Als ich begeistert aufspringe, sieht er mich mit einem warmen Lächeln an.

«Damit würden Sie mir einen unendlich großen Gefallen tun. Ich weiß gar nicht, wie ich Ihnen danken soll», rufe ich total erleichtert und drücke ihm vor lauter Begeisterung einen Kuss auf die Wange.

Im selben Moment kündigt Jos Handy den Eingang einer WhatsApp-Nachricht an. Argwöhnisch schaue ich in Erwartung der nächsten Katastrophe aufs Display.

«Bitte keine schlechten Nachrichten mehr», flehe ich, während Barney mit einem Schmunzeln wieder zur Rezeption verschwindet.

Bestimmt will Jo für heute Abend absagen und für Samstag gleich mit. Er schreibt:

mögen sie mal 'nen blick riskieren? is das zu kitschig oder wären das passende worte eines trauzeugen?

Mein Herz macht einen Hüpfer. Irgendwie fühle ich mich geschmeichelt, dass Jo offenbar Wert auf meine Meinung legt. Dann lese ich seinen nächsten Chat-Eintrag ...

Du irrst ewig durch diese krasse Welt,
strebst nach immer mehr Spaß, Macht oder Geld.
Doch da ist dies leise Sehnen nach mehr,
wird lauter, aber du kommst nie hinterher.
Betäubst es ständig mit Sex, Drugs, Rock 'n' Roll,
bist nur unter Strom oder viel zu oft voll.
Aber innerlich, da ist es unendlich leer,
kämst du nicht plötzlich wie aus dem Urknall daher.
Als mein Fixstern mit magischer Anziehungskraft,
ein Wahnsinnswunder, ich hab's endlich geschafft.
Jetzt gibt es diesen unfassbar kostbaren Ort,
tatsächlich Liebe und Frieden finde ich dort.
All das Leiden und Streben hatte doch einen Sinn,
ahne den Wert vom Leben, weil ich bei dir bin.

Ich seufze. ... und dann trifft es mich wie der Blitz.

Ist schon ein seltsames Gefühl, auf ein Date mit einer Braut zu gehen. Ich meine, es ist ja nicht so, dass ich jede Woche eine andere hätte. Dafür sind mir Frauen viel zu anstrengend. Aber wenn ich was starte, um zum Beispiel einen Treuetest zu machen, betrügen die Damen ihre Männer für gewöhnlich *nach* der Eheschließung und nicht davor.

Na ja, es ist ja auch kein richtiges Date, aber es könnte trotzdem ein lustiger Abend werden. Irgendwie ist Maren anders als andere Bräute, so kratzbürstig und verpeilt, womit wir wieder beim Thema wären. Denn ich frage mich, wo Chaosqueen mal wieder bleibt. Da bin ich ein Mal extra pünktlich, um mir nicht schon wieder neuen Ärger einzuhandeln, und dann lässt Madame mich schon fast zwanzig Minuten warten.

Also bestelle ich erst mal was zur Erheiterung.

Ob sie Vegetarierin ist?

Oder Veganerin? So wie alle Mädels mit Gutmensch-Syndrom, die sich für die Rettung eines Katzenbabys die Hand abhacken würden? Aber dass auch sie womöglich kein so guter Mensch ist, wie sie vielleicht hofft, kann ich sicher schnell aus ihr herauskitzeln. Jedenfalls würde mich schon allein berufsbedingt interessieren, ob sie wirklich aus Liebe heiratet oder doch nicht. So richtig überzeugt schien sie zuletzt ja nicht mehr zu sein.

Immerhin hat sie einen guten Geschmack, was Restaurants angeht. Auch wenn es etwas seltsam ist, dass sie ausgerechnet das *Casa di Roma* vorgeschlagen hat, das schon früher mein zweites Wohnzimmer war.

Ich winke Luigi heran, der mich kennt, seit ich in meiner Jugend gezwungen wurde, jedes Wochenende mit meiner Stiefmutter und meinen Halbbrüdern, dem kleinen und großen Geldsack, einen auf heile Familie zu machen, und bestelle schon einmal gemischte Vorspeisen, wie immer, mit extra vielen Champignons. Als Hauptgang wähle ich das Lammkarree mit Rosmarinkartoffeln für die Dame, um sie ein bisschen aus der Reserve zu locken. Denn erstens kann ich testen, ob sie nicht doch Fleisch isst, und zweitens, wie sie auf die typisch machohafte Geste reagiert, dass ich für sie bestellt habe. Ich nehme die hausgemachten Tagliolini in Weißweinsoße mit Trüffelperlen, dazu ordere ich eine Flasche Tignanello, Jahrgang 2013, sowie zwei Gläser Prosecco zum Warm- und Lustigwerden. Luigi beglückwünscht mich wie jedes Mal zu meiner vortrefflichen Wahl, eilt dann aber auch schon davon. Er scheint im Stress zu sein, die Hütte ist auch gut voll. Jedenfalls ist er heute nicht in Plauderlaune. Ich dagegen schon! Nach der Pleite mit Harrison habe ich mir durchaus ein bisschen Spaß verdient. Ich meine, es ist ja schön, wenn er wieder *happy in love* ist. Aber meine Mission, ihn endlich vor dieser Frau zu retten, ist gründlich gescheitert, und ich weiß nicht, wie ich das meinem Dad beibiegen soll. Dafür brauche ich einen klaren Kopf. Morgen chille ich erst mal eine Extrarunde, um den Jetlag und das Schlafdefizit auszugleichen. Dann bringe ich die Hochzeit hinter mich, und Montag werde ich frisch und munter in der Kanzlei auftauchen und mir bis dahin sorgfältig überlegen, wie ich meinen Vater besänftigen kann. Aber jetzt versuche ich, das ganze Drama erst mal zu verdrängen. Ich lasse den Blick zu den anderen Gästen schweifen. Ob Maren mich vielleicht nicht gesehen und sich an einen anderen Tisch gesetzt hat? Aber nein, sie ist nirgends zu entdecken, wie ich enttäuscht feststelle. Ich schnappe mir ihr Handy, um nachzusehen, ob Madame es sich womöglich anders überlegt hat.

♀

Ich kann da nicht rein.

Er sieht einfach zu gut aus. Außerdem schreibt er Wahnsinnsgedichte, hat einen coolen Humor, einen einträglichen Job, ist im besten Alter und braucht eine Frau.

Aber was tut er da gerade? Tippt er da etwa auf meinem Handy rum?

Pling!

Ach, du Schreck. Ich hätte beinahe laut aufgeschrien.

Aber womöglich hätte er dann aufgeschaut und mich gesehen, wie ich auf der gegenüberliegenden Seite hinter einer Litfaßsäule versuche herauszufinden, was mich dadrinnen erwartet.

Ich gucke aufs Display und muss grinsen. Die Nachricht ist natürlich von ihm:

Magnum
sie haben noch zehn minuten, sonst
überlasse ich ihr handy der frankfurter
kanalisation

Eilig schreibe ich zurück:

Sorry, bin gleich da!!

Ich stecke das Handy weg. Und hole es wieder hervor, um es noch einmal zu betrachten. Irgendwie seltsam, da sehne ich mich tagelang nach meinem Telefon und jetzt, so kurz vor dem Rücktausch, würde ich am liebsten alles so belassen, wie es ist. Das heißt, noch lieber würde ich von Jo direkt erfahren, ob das Leben in seinem Handy seinem wahren Ich entspricht. Aber dazu müsste ich reingehen – und das traue ich mich nicht, so nüchtern, wie ich bin. Es steht so viel auf dem Spiel! Mein erstes Date nach einer gefühlten Ewigkeit.

Okay, vielleicht sollte ich mich da jetzt auch nicht reinsteigern. Denn eigentlich ist der Kerl ja ein ziemliches Macho-Schwein mit Prollfaktor. Aber eins mit gutem Gespür für gefühlvolle Worte.

Ach, verdammt! Es ist, als hätte ich jahrelang vergeblich Lotto gespielt. Und jetzt, wo meine Chancen auf den Jackpot besser stehen denn je, traue ich mich nicht in den Laden, um meinen Schein abzugeben.

Wie bekomme ich es bloß hin, unerreichbar zu wirken und ihm gleichzeitig zu signalisieren, ich bin trotzdem zu haben?

Was würde Giovanni mir jetzt raten?

Dass ich tief durchatmen und dann einfach reingehen soll, selbstbewusst und charmant: Wenn es knistert, dann knistert es. Wenn nicht, kannst du nichts verlieren. Verbrenne dir nur nicht die Finger, sondern genieß die wohlige Wärme!

Ach, eng an Jos trainierte Brust geschmiegt, ist genau das bestimmt zu spüren. Wenn ich es richtig erkennen kann, trägt er Jeans und kein Hawaiihemd, sondern ein weißes, das lässig aus der Hose hängt. So, wie er nun dasitzt, gehört er definitiv zu der Sorte Mann, die allein schon deswegen so anziehend wirken, weil sie sich keine größeren Gedanken zu machen scheinen, welchen Look sie tragen.

Ob er mich überhaupt wiedererkennt?

Quatsch: Unsere Begegnung ist gerade mal drei Tage her. Aber es kommt mir vor wie eine einsame Ewigkeit.

Verdammt, er glotzt immer noch auf mein Handy und tätschelt versonnen auf meinem Display rum.

Das ist ein Scheißgefühl!
Ich geh da jetzt rein.
Now or never!

Oh, là, là!

Wen haben wir denn da?

Ist sie das wirklich?

Luigi empfängt am Eingang eine brünette Schönheit mit Pferdeschwanz, so als sei sie eine alte Bekannte. Ihre knackig sitzende Jeans hat sie mit Highheels und einem Blazer kombiniert. Darunter trägt sie ein weißes Shirt, das ich mir automatisch im Wetlook vorstelle, während Luigi sie zum Tisch geleitet.

«Ey Jo, warum haste du nisch gesagt, dass du haste diese wunderschönes Fröilein eroberte?!», beschwert er sich lachend und überlässt uns unserem Schicksal.

Na, dann will ich mal nicht so sein. Ich erhebe mich und begrüße Rehauge mit einem Bussi links und rechts, weil ich weiß, dass Frauen, warum auch immer, darauf stehen, und schiebe auch, ganz der Gentleman, ihren Stuhl zurecht, als sie sich auf den Platz gegenüber setzt.

«Es tut mir leid, aber ich musste noch dringend telefonieren», entschuldigt sie sich mit Augenaufschlag. Wie süß, dass sie dabei leicht errötet.

«Na, da kann ich ja gleich mal überprüfen, ob das nicht bloß eine Ausrede ist», scherze ich und deute auf das Handy in ihrer Hand.

O Mann, ich war auch schon mal lustiger.

Ich gebe es ja nicht gern zu, aber irgendwie hat die Frau etwas an sich, dass ich mich hier doch glatt zum kleinen, schüchternen Jungen degradiere. Vielleicht ist es auch nur die Überraschung, dass das Chaosprinzesschen plötzlich eine so umwerfende Erscheinung ist.

Anstatt mir das Handy zu geben, sieht sie mich provozierend an. «Erst das Essen, dann die Ware.»

Nicht schlecht.

«Ich hatte Mordskohldampf», erkläre ich und setze mich wieder, «und habe mir erlaubt, schon mal die Bestellung aufzugeben. Für uns beide.»

Ich hoffe, das war in deinem Sinne, Madelaine. Oder Maren. Oder wie du in Wirklichkeit heißen magst.

Sie verzieht keine Miene. Respekt.

Luigi serviert den Prosecco, und ich greife zum Glas, um ihr zuzuprosten. «Auf Ihr Wohl, Maren.» Mal schauen, wie sie darauf reagiert.

Es ist eine 50:50-Chance.

Ihre hübsche Stirn kräuselt sich ein wenig, aber sie stößt bereitwillig mit mir an und trinkt das Glas zu meinem großen Erstaunen fast in einem Zug leer. Würde sie jetzt einen lauten Rülpser ausstoßen, würde ich sie glatt knutschen vor Begeisterung!

Das wäre also geklärt mit dem Namen. Mir gefällt Maren auch besser als Madelaine.

«Was haben Sie denn bestellt?», fragt sie nach einer angemessenen Pause und sucht etwas in den Untiefen ihrer Fake-Tasche.

«Kleines, süßes Lämmchen ...», sage ich mit einem süffisanten Grinsen, weil ich ahne, was jetzt kommt. «Und als Vorspeise Vitello Tonnato, vom ebenfalls extra zarten Kälbchen!»

Ihr Lächeln erstirbt tatsächlich, und sofort sehe ich diesen traurigen Glanz in ihren Augen. Ich darf es auch nicht übertreiben.

«War ein Scherz! Sie können die Pasta haben und einen guten Roten.»

Rehauge fasst sich, schweigt und platziert ihre Handtasche neben ihrem Stuhl. Dann richtet sie sich ruckartig auf und erklärt: «Fast hätte ich es vergessen: Ihr Vater hat heute mehrfach versucht, Sie zu erreichen. Ich wollte Ihnen das eigentlich längst –»

«Schon gut», unterbreche ich und winke ab. «Das kann warten.»

Mein Herz verdoppelt seine Schlagzahl. Liegt das jetzt an der Vorwarnung oder an Madames Blick?

Ihre Augen fixieren meine. Ihren Mund umspielt ein gewitztes Lächeln.

«Wollen wir es wagen?», fragt sie und schiebt mir mein Handy rüber.

Ich schiebe auch ihres ein Stückchen in ihre Richtung.

Wir messen uns weiterhin mit Blicken und müssen schließlich beide grinsen. Ich muss schon sagen, sie sieht wirklich zum Anbeißen aus und irgendwie umgibt sie etwas Geheimnisvolles. Zum Glück stehe ich ja nicht auf gemachte Titten oder angeklebte Wimpern. Und Madame hat es geschafft, ihre natürliche Schönheit mit einem dezenten Make-up perfekt zu unterstreichen.

«All in!», sage ich und schiebe ihr Handy bis zur Tischmitte.

«Dann wollen wir doch mal sehen», antwortet sie und lacht. «Auf die Plätze, fertig – los!»

Sofort schnappen wir uns beide unsere Geräte und werfen einen Blick rein.

Währenddessen tritt Luigi an den Tisch, um Brot und Olivenöl zu servieren und den Rotwein zu öffnen. Ich soll den ersten Schluck probieren, aber ich vertraue ihm und nicke, ohne wirklich aufzuschauen. Mich beschäftigt gerade viel mehr, ob mein Dad etwas auf der Mailbox hinterlassen hat. Hat er nicht. Kein gutes Zeichen! Denn dann will er wirklich direkt mit mir sprechen, und ich kann mir schon denken, warum.

Dann springt mir mit Hurry App meine geliebte Countdown-Funktion ins Auge, die mir verrät, dass ich mich inzwischen keine drei Monate mehr für die Kanzlei versklaven muss.

Mein alter Herr darf nur niemals herausfinden, dass ich durch die inoffiziellen Treuetest-Extraaufträge einiger unserer Mandanten ein nettes Zubrot erhalten habe.

Dafür, dass ich deren Angetraute, sagen wir, auf Herz und Nieren überprüft und nicht selten überführt habe. Letztere Tatsache hat sich für die Treulosen dann umgekehrt proportional zu deren vorher zu erwartendem Unterhalt ausgewirkt.

«Chaosqueen?!», holt Maren mich aus meinen Gedanken. «Das ist aber nicht gerade charmant!»

Ihre Augenbrauen verformen sich derart putzig, dass ich einfach meinen Kopf schief lege und sie angetan anstarre.

«Und was hat es eigentlich mit dieser komischen App auf sich?», will sie weiter wissen und deutet auf mein Display.

Ich erkläre bereitwillig, worum es sich dabei handelt, und versuche bei der Wahrheit zu bleiben. Also wenigstens bei der halben Wahrheit. Nämlich, dass mir mein Erbe vorenthalten wird, wenn ich nicht zusätzlich zu meinem Pflichtstudium mindestens zwölf Monate als Anwalt arbeite.

«Mein Vater hofft eben immer noch, dass mir der Job großen Spaß bringt und ich dabeibleibe», erkläre ich schulterzuckend.

«Und?», fragt sie und neigt ihren Kopf leicht zur Seite.

Erwischt! Denn wie ich in sehr praxisnahen Studien höchstpersönlich herausgefunden habe, ist das ein eindeutiges Zeichen der Paarungsbereitschaft.

«Bestimmt macht es Ihnen Spaß, glückliche Paare zur

Scheidung zu bringen, richtig?» Ihr Blick hat jetzt etwas Spöttisches.

Spaß? Da muss ich echt lachen.

«Sagen wir so, ich mach das Beste draus, aber in …», ich schaue auf die App, «… 87 Tagen, 3 Stunden und 37 Minuten ist Schluss!», erkläre ich feierlich und erhebe das Weinglas.

«Und was kommt dann?», fragt Maren und spielt mit einer Hand gedankenverloren an der Ponysträhne, die ihr samtig schimmerndes Gesicht umrahmt.

Check!

«Dann starte ich mit den Jungs eine Karriere als Musiker!», antworte ich entschlossen.

«Echt? Dann sind die Gitarren in deiner Wohnung also nicht bloß Deko?» Sie lächelt.

O, wir sind zum Du übergegangen …

«*Deko?* Die Goldstücke sind mein Leben!» Ich beuge mich vor. «Im Ernst: Ich bin einfach kein Schlipsträger, ich will auf die Bühne, und im Herbst geht's auf unsere erste Tour!»

Plötzlich schlägt sie sich an die Stirn. «O Mann, ich bin so blöd!» Die Kleine überrascht mich erneut. «Dann sind all die Texte gar keine Gedichte?»

«Nope!», sage ich stolz und dann an Siri gewandt: «Spiele *Ich seh dich*!»

Siri gehorcht sofort. So wie ich es gewohnt bin, spielt mein elektronischer Begleiter endlich wieder meine Musik:

Kaum Sterne sind zu sehen
Die nächtlichen Lichter der Stadt sind zu hell
Ich trockne deine Tränen
Und schau mit dir in des Himmels Pastell

Ein Sturm hat dich bewegt
Er traf dich hart, doch zerbrach er dich nicht
Nun, da er sich gelegt
Streich ich die Haare dir aus dem Gesicht
Trauer und Scheu in deinem Blick
Doch dahinter reines Licht

Ich seh dich
Ich seh, wie vollkommen du bist
Und sich das Dunkel verliert
Ich seh dich
Nichts mehr, was zwischen uns ist
Und unendlich viel, was zwischen uns passiert

Die Tränen sind versiegt
Schutzlos erstrahlst du so schön wie noch nie
Der Raum um uns verfliegt
Schwerelos ziehen wir durch die Galaxie

Dass es noch weitere Menschen gibt
Ist im Moment nur Theorie

Ich seh dich
Ich seh, wie vollkommen du bist
Und sich das Dunkel verliert
Ich seh dich
Nichts mehr, was zwischen uns ist
Und doch unendlich viel

Ich seh dich
Ich seh, wie vollkommen du bist
Und wie sich jedes Dunkel verliert
Ich seh dich
Nichts mehr, was zwischen uns ist
Und unendlich viel, was zwischen uns passiert *

Wow!

Ich spüre, wie ich rot anlaufe und meine coole Fassade bröckelt. Ausgerechnet heute habe ich so gut wie kein Make-up drauf, weil ich beim Schminken im viel zu dunklen Hotel-Bad Sorge hatte, am Ende wie eine Kuh mit Pigmentstörungen auszusehen.

Wo soll ich bloß hinsehen? Wenn ich weiter unkontrolliert in seine hammermäßigen Augen starre, kann ich für nichts mehr garantieren. Und ich will doch diesmal alles richtig machen. Aber was ist das Richtige?

Jetzt mit der Tür ins Haus fallen und beichten, dass ich sehr wohl noch zu haben bin, vielmehr, das werde ich ihm natürlich nicht sagen, sogar krampfhaft auf der Suche bin nach einem Mann für den Rest meines Lebens? Ein Leben, das am besten gleich morgen beginnt?

Nein, ich muss den Ball flach halten. Auch wenn es mir so vorkommt, als hätte er diesen Song nicht grundlos ausgewählt.

Zum Glück kommt in diesem Moment der Kellner zurück an unseren Tisch – mit einer riesigen Platte Antipasti.

«*Prego* e *buon appetito!* Wie der Herr gewünscht hat, mit extra viele funghi porcini.»

Ich komme aus dem Staunen nicht mehr raus. Ist das ein Zeichen? Kann es sein, dass der Kerl, der mir hier gegenübersitzt und der mich bei unserer ersten Begegnung fast zur Weißglut getrieben hat, mein absoluter Traummann ist? Auf dem Teller sind genau die eingelegten Champignons, die ich schon beim Get-together bestellt habe, weil ich sie über alles liebe.

Ich brauche mehr Alkohol!

Ich greife nach meinem Weinglas, atme das fruchtige Bouquet genüsslich durch die Nase ein und trinke einen kräftigen Schluck.

«Ist der lecker!», sage ich ehrlich begeistert und vergesse für einen Moment meine weltgewandte Zurückhaltung.

Jo sieht mich lässig. «Na, dann passt er ja zu dir ...»

Ich falle fast vom Stuhl. Meint er das ernst? Ist das ein Annäherungsversuch?

Ich lächele verlegen und senke meinen Blick, weil ich spüre, dass mir schon wieder warm wird im Gesicht. Soll das nun so den ganzen Abend weitergehen? Maren, sei einfach du selbst!

Ich nehme mich wieder zusammen, schaue ihn eine Sekunde direkt an und rede einfach drauflos, offen und interessiert stelle ich unzählige Fragen. Das kann ich! Und das gibt mir wieder Halt. Mir ist plötzlich egal, ob er mich als zu neugierig empfindet. Schließlich will ich etwas, und zwar ihn kennenlernen. Wie war das? Jetzt oder nie.

Ich will wissen, seit wann Jo Musik macht, welche Instrumente er spielt und wie realistisch es ist, dass sein Traum von einer großen Bühnenkarriere wahr wird.

Volltreffer! Beim Thema Musik ist er voll in seinem Element. Aufmerksam hänge ich an seinen Lippen – und frage mich insgeheim, wie die sich wohl beim Küssen anfühlen. Nach außen hin versuche ich aber wenigstens so zu tun, als würde ich ihm zuhören und trotz meiner schlimmen Aufregung etwas runterbekommen von dieser köstlichen Vorspeise.

Erst als Jo ohne Umschweife fragt, was ich denn eigentlich beruflich so mache, gerate ich in Panik.

Was war das denn? Ob ihr plötzlich schlecht geworden ist?

Eben sitzen wir noch entspannt zusammen und plaudern über unsere Leidenschaften und Ziele im Leben, da springt sie mitten im Gespräch auf und flüchtet aufs Klo.

Sogar Luigi schaut ihr irritiert hinterher und erkundigt sich sofort bei mir, ob alles in Ordnung sei.

«Frauen!», sage ich und hebe die Augenbrauen.

Doch Luigi schüttelt den Kopf und plötzlich bricht es aus ihm heraus. Er hält mir einen Vortrag darüber, dass man Frauen wie Maren nicht gehen lassen darf. Und dass ich nicht den gleichen Fehler machen soll wie bei so vielen anderen zuvor. Auch um meine Freunde müsse ich mich besser kümmern. Am Ende seiner Moralpredigt schimpft er mit mir, weil ich Alex im Stich gelassen hätte.

«Isch meine, wo warste du beim große Essen, he?», fragt er vorwurfsvoll. «Dein Freund will heirate und du warste nich hier!?» Kopfschüttelnd stemmt er seine fleischigen Arme in die Hüften.

«Ach», winke ich ab, «das ist 'ne lange Geschichte. Ich hatte dringende Geschäfte in New York zu erledigen ... aber jetzt bin ich doch da, rechtzeitig zur Trauung!»

Ich fühle mich ertappt. Luigi hat ja recht. Ich hätte

Alex nicht hängenlassen dürfen. Zum Glück kommt Maren in diesem Moment zurück an unseren Tisch. Sonst hätte ich mich vermutlich noch weiter rechtfertigen müssen. Luigi brät mir noch scherzhaft eins mit einer rot-weiß karierten Serviette über den Kopf, bevor er sich im Eifer des gutgehenden Geschäfts den Schweiß von seiner Stirn tupft.

«Entschuldigung», sagt Maren kleinlaut, als sie sich setzt und ihren Stuhl heranzieht. «Ich musste ... also, ich ... äh ...»

«Wahrscheinlich langweile ich dich mit meinen Bandgeschichten», versuche ich die plötzlich verkrampfte Stimmung zu lockern.

«Nein, im Gegenteil», sagt sie mit einem ehrlichen Lächeln. «Ich muss dir nur etwas beichten ...»

Was kommt denn jetzt?

«Kalte Füße?», frage ich scherzhaft. «Du willst deine Hochzeit abblasen?» Ich hoffe, ich klinge nicht zu hoffnungsvoll.

Maren macht plötzlich ein ernstes Gesicht, sodass ich gleich noch eins draufsetze.

«Also, ich könnte dir auch helfen, wenn du einen Ehevertrag brauchst. Ich meine, du hörst es vielleicht nicht gerne, aber du solltest besser vorsorgen für den Fall, dass auch all *eure* Versprechen sich in ein paar Jahren als nicht zu halten und naiv erweisen!»

Ich grinse verlegen über meinen eigentlich bloß ironischen Fluchtversuch nach vorn.

Ob ich sie damit aus der Reserve locken kann?

«Aber ...» Sie kräuselt wieder ihre Stirn, sodass ihre niedliche Nase noch stupsiger erscheint als ohnehin schon. «Heißt es nicht *In guten wie in schlechten Tagen*?»

«Aber wenn die guten ohnehin überwiegen, was sie wohl sollten in der Liebe, braucht man doch auch keinen Trauschein!», verdeutliche ich meinen Standpunkt.

Täusche ich mich oder glänzen ihre Augen wieder?

«Ich will dir nicht zu nahe treten», fahre ich fort. «Wenn du meinst, dein Don Giovanni ist der Richtige, habe ich kein Recht, dir das auszureden.»

Jetzt guckt sie wieder so verletzlich, aber auch irgendwie trotzig. Eine attraktive Mischung. Am liebsten wäre ich jetzt mit ihr allein. Irgendwo, wo wir uns ungestört näherkommen könnten.

In dem Moment taucht Luigi schon wieder auf und schimpft, dass er die bislang kaum beachteten Antipasti abräumen muss, weil der Hauptgang servierfertig ist.

Als er weg ist, fragt Maren: «Willst du denn den Rest deines Lebens allein verbringen?»

«Das nicht. Aber falls ich irgendwann die Richtige finden sollte, dann soll sie doch bitte freiwillig bei mir bleiben und nicht, weil sie es irgendwann mal versprochen hat. Oder dass sie nur noch aus Angst vor einer Scheidung bei mir ist.»

Auf diese pointierte Aussage stoße ich doch glatt noch mal an.

«Warum bist du nur so ein Hochzeitshasser geworden?», will sie nun wissen.

«Ich bin doch hier nicht auf der Anklagebank, oder?», versuche ich mich rauszureden. Das Ganze wird mir jetzt ein bisschen zu privat.

«Also *ich* glaube an die große Liebe», verkündet sie. «*Und* ans Heiraten, weil meine Eltern es mir vorgelebt haben.»

Sie richtet sich bei diesen Worten auf.

«Vorgelebt oder authentisch gelebt?», hake ich skeptisch nach, nachdem Luigi die Pasta und das Lamm serviert hat. «Und wieso Vergangenheitsform? Haben sie sich am Ende doch getrennt?» Genüsslich nehme ich einen ersten Bissen des zarten, perfekt gegarten Fleisches.

Maren hält inne und lässt ihr Pastabesteck ruhen. «Meine Mama ist vor acht Jahren gestorben. Sie und mein Bruder saßen im Auto und wurden mitten auf einer Kreuzung von einem LKW erfasst ... Der Kerl hatte rot – und ist einfach weitergebrettert ...»

Das hatte ich nicht erwartet. Ihre Worte sind wie harte Faustschläge – voll in die Magengrube.

«Das ... tut mir wahnsinnig leid ...», stottere ich. «Was ist aus deinem Bruder geworden?»

«Nick hat überlebt, aber schwerverletzt. Er war wochenlang im Krankenhaus und sitzt seitdem im Rollstuhl.»

«Ich ... weiß nicht, was ich sagen soll.»

Sie sieht mich vorsichtig lächelnd an. «Das ist mir von allen Reaktionen die liebste. Meistens reden die Leute dann irgendeinen Stuss oder zitieren Kalenderweisheiten oder so.»

Ich schlucke.

Zum Glück greift Maren wieder zum Besteck und isst langsam weiter, sodass auch ich nach einer kurzen Pause nachziehe.

Wir schweigen eine Zeitlang. Sofort wieder zu dem flapsigen Heiratsthema zurückzukehren, das geht nicht.

«Und du?», fragt sie schließlich. «Deine Nachbarin behauptet, du bist ohne Mutter aufgewachsen?»

Autsch!

Ich suche nach den richtigen Worten. Ich bin es nicht gewohnt, über dieses Thema zu sprechen. Mit wem auch?

Kurz zögere ich, aber sie sieht mich so offen an, dass ich einfach alles ungefiltert raushaue. Dass meine Mum die tollste Frau auf der Welt für mich war, dass sie mich bis heute inspiriert und dass dieser verdammte Scheißkrebs sie innerhalb von nur fünf Monaten umgebracht hat, als sie erst sechsunddreißig war. «Mein Dad und ich sind ein Stück weit mit ihr gestorben», sage ich schließlich und denke, dass es sich beinahe auch nach Kalenderspruch anhört. Aber es ist die Wahrheit. «Ich war acht Jahre alt, als es geschah. Den Rest hat mir dann die Hochzeit meines Vaters mit meiner Stiefmutter nur ein paar Jahre später gegeben.»

«Wieso? Ist sie so ein Drachen?» Maren sieht mich mit großen Augen an. «Ich wäre froh, wenn mein Vater nicht alleine alt werden müsste. Er ist nie darüber hinweggekommen, hat sich nie wieder verliebt.»

Legt sie ihre Hand extra neben ihren Teller, damit ich sie nehme?

«Ach, Charlotte ist eigentlich schon okay. Sie ist mir ... egal. Genau wie meine beiden Halbbrüder. Die sind einfach da, aber stören auch nicht weiter. Ich fand's nur krass, dass mein Vater Charlotte so schnell geheiratet hat, obwohl ich ganz genau weiß, dass er meine Mutter über alles geliebt hat. Mit ihr brauchte er das nicht.» Plötzlich komme ich mir vor wie ein kleiner eifersüchtiger Junge, jetzt wo ich es mal ausgesprochen habe.

«Die beiden waren nicht verheiratet?» Maren klingt ehrlich interessiert.

«Nein», antworte ich kopfschüttelnd, «meine Mum war ein Freigeist, und irgendwie war auch so immer klar, dass sie zusammengehören.»

«Wie schön», sagt Maren mit abwesendem Blick.

Dann lächeln wir uns an wie zwei beschämte Teenager, die gerade ein Geheimnis geteilt haben. Am liebsten würde ich jetzt ihre Hand nehmen. Stattdessen schenke ich ihr Wein nach.

Mir ist kalt und heiß gleichzeitig.

Der Wein und der Grappa auf Kosten des Hauses sausen wie wild durch meinen Körper, als Jo bei der Verabschiedung draußen am Ausgang ganz dicht vor mir steht.

«Also dann», sagt er, ohne einen Schritt zurückzuweichen.

«Also dann», sage ich und bemühe mich, nicht zu schielen.

Ich atme tief durch. Dann nehme ich all meinen Mut zusammen und grinse verschmitzt. Nun sage ich, was ich den ganzen Abend nicht sagen konnte, weil es sich nicht richtig angefühlt hätte, nachdem wir so viel miteinander geteilt haben: «Du schuldest mir noch einen Gefallen – und eine Antwort.»

«Eine Antwort? Worauf?» Er sieht mich an wie ein süßer, treudoofer Hund, der nicht will, dass Frauchen zur Arbeit geht. «Ach, du meinst die persönliche Frage, was es mit dem Text auf sich hat?»

Ich nicke und lächele verlegen.

«Erklärt sich das nicht von selbst?»

«Schon», sage ich, «ich wusste nur nicht, dass es ein Song ist. Und schon gar nicht, dass er von dir ist. Die Zeilen sind wunderschön.»

«Soll ich ihn dir mal ... vorsingen?»

Kommt es mir nur so vor, oder flüstert Jo mir diese Worte ins Ohr? Meine Knie werden weich. Alles dreht sich.

Ich nicke zaghaft. Und sehe ihm doch gleichzeitig fest in die Augen.

Und da ist es wieder dieses schelmenhafte Blitzen, als er sagt: «Dafür brauche ich aber eine Gitarre.» Er streicht mir eine Strähne aus dem Gesicht und fügt hinzu. «Willst du mit zu mir kommen?»

Mir fällt ein Stein vom Herzen. Denn ich glaube keine Sekunde länger, dass er mich für eine Braut hält, die in zwei Tagen heiratet.

Also lächele ich einfach und lehne mich an seine Schulter.

Er küsst mich auf die Stirn und legt sanft und doch irgendwie stark seinen Arm um meine Schultern.

Wir gehen so eng aneinandergeschmiegt, dass ich seinen Duft schnuppern kann. Ich fühle mich unwiderstehlich und zugleich geborgen.

Seltsam, das Leben ...

«*Das* hat die Seislinger gesagt?»

Ich krieg mich nicht mehr ein und suche nach meinem Schlüssel, was mit zwei Promille im Blut echt eine Herausforderung ist.

«Ich hab zwar nicht alles verstanden von ihrem Frankfurter Singsang. Aber sie findet es toll, dass du endlich unter der Haube bist.»

Wir müssen beide lachen.

«Ich hab jedenfalls nicht widersprochen», schiebt Maren eilig hinterher, «weil ich schließlich deinen Schlüssel brauchte.»

«Kannst dir echt was drauf einbilden, dass sie dich durchgewinkt hat. Sie ist verdammt streng.»

Im Treppenhaus hallt unser Gekicher so sehr, dass ich schon fürchte, Frau Seislinger könnte gleich mit dem Teppichklopfer auf der Matte stehen.

Ich sehe Maren an und merke plötzlich, wie aufgeregt ich bin. Ist schon eine Weile her, dass ich eine Frau mit in meine Bude genommen habe und erst recht keine Braut. Aber so abgebrüht ist dann doch keine Frau. Das mit der Hochzeit kann definitiv nicht stimmen.

«Pssst», zische ich und öffne endlich die Tür. Ich sage Maren, sie solle kurz warten. Dann trete ich ein und kicke hastig meine Dreckwäsche zu einem Haufen zusammen und gucke schnell, ob das Klo sauber ist. Im Wohnzimmer knipse ich noch das Leselicht an und bitte Maren schließlich herein. Als hätte ich es geahnt, hab ich sogar noch schnell ein bisschen aufgeräumt, als ich vom Flughafen nach Hause kam.

«Willst du noch was trinken?»

«Danke, aber ich vertrage nicht so viel von dem Zeug», wehrt sie ab und lässt sich aufs Sofa sinken.

«Ach?» Ich tue überraschst. «Und wieso hast du dich dann im Flieger betrunken? War dein Sitznachbar so eine Zumutung?» Ich grinse, ehe ich in der Küche zwei Gläser Cola für uns organisiere.

«Ich musste mir Mut antrinken. Das war mein erster Flug seit ...»

Sie unterbricht sich.

«Seit dem Unfall damals?», frage ich.

Sie nickt.

Einen Moment ist es ganz still. Dann ziehe ich Maren vom Sofa hoch – und schiebe sie zur Seite. Vorsichtig hole ich mein bestes Stück aus dem Bettkasten hervor. Ein perfektes Versteck, dort würde sie nie jemand vermuten. Behutsam hebe ich meine Paula aus dem Koffer.

«Wow, das ist eine richtig alte Gitarre, oder?» Marens Gesicht hellt sich wieder auf.

«Das ist quasi meine Lebensversicherung. Eine *Gibson Les Paul Standard* von 1959. Liebevoll Paula genannt. Ich habe sie von meinem Opa bekommen.»

Wir setzen uns wieder aufs Sofa.

«Meine Oma Gertrude hat mal erzählt, er habe sie auf seiner Amerikareise ursprünglich nur aus Jux gekauft und dann jahrzehntelang im Schrank stehen lassen. Gespielt hat er kaum. Und irgendwann hat er sie mir geschenkt. Junge, sagte er, ich wünsche dir viel Glück damit. Viel später habe ich erst gecheckt, welchen Wert diese Gitarren heute haben.»

«Musst du die extra versichern wie ein Gemälde oder so?», fragt Maren, während sie ganz sanft über den dunkelbraun glänzenden Gitarrenhals streicht, nachdem sie mit einem Blick meine Erlaubnis eingeholt hat.

«So viel wert wie ein Picasso ist sie sicher nicht, aber für ein kleines Häuschen dürfte es reichen.»

«Magst du spielen?» Maren sieht mich an wie ein kleines Kind, das verheißungsvoll an einer Eisdielentheke steht und auf seine Lieblingssorte wartet.

Ich fühle mich geschmeichelt und spiele das erste Mal jemandem den Song vor, den ich für Mum geschrieben habe.

Ich traue mich kaum, die Augen zu öffnen.

Was ist, wenn ich alles nur geträumt habe?

Aber das kann nicht sein. Die letzte Nacht war viel schöner, als ich es mir je hätte erträumen können. Das Glück um mich herum strahlt offensichtlich auch auf mich aus: Sille hat morgen den schönsten Tag ihres Lebens. Ich hatte ihn gestern.

Ich bin verknallt!

Vorsichtig blinzele ich in die Dämmerung. Ich habe Angst, Jo könnte nicht mehr da sein, oder noch schlimmer, er könnte schon wach sein und mich abschätzig anstarren mit meinen zerzausten Haaren und Augenrändern wie ein Pandabär.

Aber nein, Jo scheint noch selig zu schlummern. Langsam richte ich mich auf, um ihn zu betrachten. Er liegt auf dem Bauch, sein Kopf ist zur Seite geneigt.

Ich muss schmunzeln, weil ihm ein bisschen Sabber aufs Kopfkissen getropft ist. Aber das ist nicht schlimm. Im Gegenteil! Er wirkt wie ein kleiner Junge, voller Urvertrauen.

Schon in der Nacht waren wir so vertraut miteinander, dass ich nahezu vollkommen ich selbst sein konnte. Irgendwann habe ich aufgehört, darüber nachzudenken, was ich sage oder was ich tue. Ich war so überwältigt von Jos tollem Gesang, seiner weichen und doch männlichen Stimme, seiner lässigen Art, auf der Gitarre zu spielen. Die ganz leisen Töne, exklusiv nur für mich, wie er behauptete ...

Und dann der erste Kuss. Es war perfekt! Schon allein der Gedanke daran, lässt mein Blut wieder in meinen Unterleib schießen.

Und dieser Moment, als Jo mich einfach über seine Schultern geworfen und in sein Bett getragen hat. Dabei war er ganz sanft. Mir ist schon klar, dass er nicht ohne Grund ein solch phantastischer Liebhaber ist. Und ich will auch gar nicht wissen, wie viele weibliche Objekte er zur Übung hatte oder noch hat ...

Ich meine aber gespürt zu haben, dass diese Nacht auch für ihn nicht ganz alltäglich war.

Weil ich den Zauber seines Schlafs nicht zerstören will, steige ich still und leise aus dem warmen Bett. Es fällt mir schwer, aber heute wartet jede Menge Arbeit auf mich, die ich in dem ganzen Chaos noch nicht geschafft habe. Ich muss jetzt los.

So leise wie möglich sammele ich meine Klamotten ein, schleiche in den Flur und lehne die Schlafzimmertür an. Dann ziehe ich mich eilig an und schleiche ins Bad. Weil ich nicht mal eine Zahnbürste, dafür aber einen Lippenstift dabeihabe, beeile ich mich, ihm einen kurzen Gruß auf den Spiegel zu schreiben, ehe ich die Wohnung mit einem seligen Grinsen verlasse.

Ich seh dich … später, M.

Wieso werde ich von Magnum geweckt?

Wo bin ich?

Schlagartig fällt es mir wieder ein. Maren ist schuld! Die süße Maren.

Aber wo ist sie hin?

Ich springe aus den Federn, was ich im selben Moment bereue. Alter, habe ich einen Brummschädel!

Mein Gefühl sagt mir, dass sie nicht mehr da ist. Schade eigentlich. Aber sie sagte gestern schon, es sei vollkommen verrückt, dass sie sich betrinke, weil sie heute so früh rausmüsse und so viel zu tun hätte.

Hoffentlich hält sich ihr Kater in Grenzen. Ich hätte ihr weniger oft nachschenken sollen. Ohnehin hätten wir den Alkoholrausch gar nicht gebraucht.

Man kann eben auch ohne Promille Spaß haben, denke ich, als ich nach meinen Shorts suche.

Und Sex!

Es war ... schön. Und fühlte sich auf unspektakuläre Weise ganz natürlich an. So wie Maren. Sie ist so ... *echt*. Jede Emotion kann man eins zu eins an ihrem Gesicht ablesen.

Ob ich sie morgen einfach mit zur Hochzeit schleppen soll? So als Abschreckung. Damit sie sieht, dass sie auch alles richtig macht, wenn sie ihren vermeintlichen Verlobten endgültig in den Wind schießt. Den kann sie doch nach gestern Nacht unmöglich heiraten! Wenn sie schon bei der ersten Gelegenheit untreu wird. Falls es ihn überhaupt wirklich gibt. Jedenfalls kann dieser Typ auf den Fotos nicht ihr Lover sein. Ist vermutlich ihr Bruder. Mit dem würde ich ja gerne mal ein Bierchen trinken gehen und mehr über Maren erfahren.

Als ich ins Bad wanke, durchströmt mich ein Glücksflash. Am Spiegel prangt eine Nachricht. Von Maren!

Könnte sich da vielleicht echt was entwickeln zwischen uns? Dabei weiß ich nicht mal, wo sie wohnt. Oder was sie macht. Ich weiß nur, sie hat ihr Herz am rechten Fleck. Und sie riecht gut. Verdammt gut. Alex würde

Augen machen, wenn ich da morgen mit einer Frau wie Maren auftauche, die keine gemachten Titten hat und deren Namen ich mir sogar merken kann.

Ich setze mich an den Küchentisch und schnappe mir mein Handy.

Soll ich ihr eine Sprachnachricht schicken? Oder ihr was vorsingen? Da steht sie drauf, das hat gestern auch bestens funktioniert.

Zur Probe brumme ich ein paar Töne und lasse es gleich wieder bleiben. Keine Performance vorm ersten Kaffee! Ich brauche Koffein – und einen guten Plan.

Als ich wenig später frisch geduscht und mit einem heißen Kaffee auf dem Sofa sitze, sehe ich, dass in der Zwischenzeit jemand angerufen hat.

Bestimmt wieder mein Dad. Ob ich ihn doch besser gleich zurückrufe, um ihn irgendwie zu besänftigen?

Ich gucke aufs Display. Dort steht eine mir unbekannte Festnetznummer, jemand aus Frankfurt. Mal die Mailbox abhören:

> Madelaine, hier spricht Rosalie! Ich warte immer noch auf eine Erklärung. Alfons und ich waren absolut nicht damit einverstanden, dass du die Trauung von der Kirche ins Hotel verlegt hast, ohne uns zu fragen. Sag mir jetzt bitte wenigstens, wie wir das mit der Kutsche und dem Spalier retten können. Du willst doch auch, dass dieses Fest morgen perfekt wird, nicht wahr? Also, melde dich, dringend!

Nein!! Das darf nicht sein! Rosalie ... Alfons ... *What the fuck?*

Mir wird kotzübel ...

Maren hat ihre Hochzeitspläne gar nicht aufgegeben? Sie heiratet tatsächlich. Und zwar schon morgen. Aber keinen Giovanni.

Sie heiratet Alex, meinen ältesten Kumpel!

Ob ich Jo tatsächlich überreden kann, mich morgen zu begleiten? Ich habe mich gestern nicht mehr getraut, ihn zu fragen. Dann könnte er schon mal üben. Also nicht für unsere Hochzeit, sondern für die von seinem Kumpel demnächst. Mal abgesehen davon, dass er mir immer noch einen Gefallen schuldet, mache ich einfach ein Spiel draus. Das nächste Mal darf er mich erst wieder vernaschen, wenn er mir vorher zur Seite steht. Und ich bin sicher, es wird ein nächstes Mal geben.

Ich kann es kaum erwarten, Sille von gestern zu berichten. Dann kann sich Alex' Trauzeuge gehackt legen, wenn der überhaupt auftaucht. Eigentlich hätte er mir heute auch gut mal zur Hand gehen und zum Beispiel die Gastgeschenke mit den personalisierten Kärtchen versehen können. Aber auf solche unzuverlässigen Typen stehe ich ohnehin nicht!

Viel schlimmer ist allerdings, dass ich jetzt in die Höhle des Löwen muss. Gestern schon muss Rosalie versucht haben, mich zu erreichen, wie mir Sille erzählt hat. Und das auch nur, weil sie zu feige war, ihrer zukünftigen Schwiegermutter die Wahrheit zu sagen. Statt sich mit ihr wegen der abgesagten kirchlichen Trauung und des neuen Zeitplans auseinanderzusetzen, wie es verabredet war, hat sie offenbar einfach meine Nummer, oder besser gesagt, die von Jo, weitergegeben. Jetzt bleibt mir wohl nichts anderes übrig, als die Gemüter persönlich zu beruhigen – in der nicht ganz uneigennützigen Hoffnung, Rosalie von Weidenfels verzichtet auf ihre blöde Kutsche. Pferde sind ein genauso wenig zu kalkulierendes Risiko wie aufgebrachte Schwiegermütter.

Merke Regel Nummer 8 für professionelle Trauzeugen und Hochzeitsplaner: *Sei jederzeit bereit, zusätzliche Verantwortung auf dich zu nehmen, wenn es dem allgemeinen Frieden und einer gelungenen Feier dient.*

Gerade als ich das Hotelzimmer verlassen will, klingelt mein Handy mit der mir vertrauten Melodie. Ich fange schon an, Magnum zu vermissen, und sehe mit pochendem Herzen nach, ob es Jo ist.

Schade, es ist Sille.

«Na, bist du aufgeregt?», frage ich und versuche meine Enttäuschung zu verbergen.

Doch statt einer Antwort höre ich nur lautes Schluchzen.

Ob sie ein Gramm zugenommen hat? Es ist fies, so zu denken, also besinne ich mich und frage: «Silvana, was ist denn los? Ist irgendetwas passiert?»

«Es ... ist ... alles ... aus! Du musst die Gäste informieren!», weint sie ins Telefon.

Im Kopf gehe ich sofort alle denkbaren Szenarien durch, die ein solch überemotionales Verhalten einer Braut rechtfertigen könnten: das Kleid hat einen Fleck, die Ringe sind verschwunden, ein Pickel mitten im Gesicht ...

«Moment, Moment», versuche ich sie zu besänftigen. «Atme erst mal tief durch, und dann erzähl mir, wo der Schuh drückt.»

Sille jault deutlich hörbar auf. «Alex ...», fängt sie an, «er ... hat ... alles abgesagt!»

Mein Herz rutscht in die Hose. Das gab es bei mir noch nie, dass der Bräutigam kalte Füße kriegt.

«... er will mich nicht mehr!»

Wie in Trance lasse ich mich aufs Bett sinken.

«Süße, das muss ein Missverständnis sein. Oder ein blöder Scherz. Natürlich will er dich!»

«Nein, will er nicht. Nie mehr ... und er hat nicht mal den Arsch in der Hose, mir das persönlich zu sagen!»

Ich muss das Telefon ein Stück von meinem Ohr weghalten, so laut schluchzt die Arme.

«Das kann ich einfach nicht glauben», sage ich so behutsam wie möglich und suche nach tröstenden Worten, die Sille nicht sofort in den Wahnsinn treiben.

«Aber es ist wahr!» Ihre Stimme hat einen schrillen Ton bekommen. «Ich leite dir seine Nachricht weiter.»

Wie bei einem Horrorfilm blinzele ich zaghaft aufs Display und wappne mich für etwas sehr, sehr Schreckliches. Doch Alex' Worte übertreffen meine schlimmste Befürchtung:

Ich war so kurz davor, den größten Fehler meines Lebens zu machen und dich zu heiraten. Zum Glück wurden mir in letzter Minute die Augen geöffnet!!

Er meint es ernst. Er will nicht.

Der Super-GAU!

Die Katastrophe wird nur noch getoppt von einem Foto, das zwei goldene Ringe am Boden einer Kloschüssel zeigt.

Ich bin der letzte Arsch! Was habe ich nur getan?

Ein weiteres Mal versuche ich Alex übers Handy zu erreichen. Ich wäre jetzt echt gern für ihn da. Anderseits kann ich natürlich total verstehen, wenn er ausgerechnet mich jetzt nicht ertragen kann. Er hat das Telefonat sofort abgebrochen, nachdem ich ihm einfach geradeaus, also so schnell und schonungslos ehrlich wie möglich, gesagt habe, dass ich mit seiner Verlobten im Bett war. Zunächst dachte er, ich mache wieder einen meiner saudämlichen Scherze. Doch als ich ihm eine kurze Personenbeschreibung mit Alter, Größe, Haarlänge und leichtem Berliner Akzent gegeben habe, war die Sache klar. Er sagte noch, er habe sich auch schon gewundert, warum seine Zukünftige vor der Hochzeit lieber im Hotel übernachten würde, weil es angeblich Unglück bringe, vorher in einem Bett zu schlafen. Und nun ist das Unglück trotzdem oder erst recht eingetreten. Und was für eins!

Nur kann ich ja eigentlich gar nichts dafür! Wie hätte ich ahnen sollen, dass Maren so ein mieses Spiel treibt und ohne jede Skrupel kurz vor der Hochzeit was mit einem anderen Typen anfängt?

Ich hab noch versucht, Alex zu trösten. Ihm erklärt, dass es vielleicht nur so etwas wie Torschlusspanik war. Doch dann hat er einfach aufgelegt. Und ich kann sehr gut verstehen, dass er diese Frau nie mehr wiedersehen will. Zumal ich ja nicht blöd bin, ich weiß genau, wie sie mich angesehen hat. Nämlich voller Sehnsucht nach echten Gefühlen. Da kann mir kein noch so durchtriebenes Miststück was vormachen. Mir nicht!

Ich dachte, da ist was zwischen uns. Was Echtes.

Das heißt aber ja auch, dass da zwischen ihr und Alex nicht viel echtes Gefühl sein kann, oder?

In was für eine Scheiße habe ich mich da nur wieder geritten? Und meinen besten Freund gleich mit!

Ich habe das erste Mal in meinem Leben echte Gewissensbisse. Ich wusste zwar nicht, dass Maren zu Alex gehört, aber ich wusste, dass ich womöglich mit einer zukünftigen Braut ins Bett gehe. Ich hätte sie direkt darauf ansprechen müssen. Dann wäre es niemals so weit gekommen.

Der Einzige, dem ich eine Freude bereiten konnte, ist Alfons, den ich getroffen habe, als ich vorhin Alex suchte. Aber wie abgewichst ist das bitte? Nur weil er Maren für ein geldgeiles Stück hält und erleichtert ist, dass sein Sohn nicht den Fehler macht, sie zu heiraten, kümmert ihn das Schicksal seines Sohnes nicht? Dass Maren angeblich auch noch scharf auf seinen Adelstitel war, wollte er mir eben auch noch verklickern. Und mich glatt mit ein paar Riesen dafür belohnen, dass ich seine verlogene Schwiegertochter in spe in letzter Minute ihrer niederträchtigen Motive überführt habe.

Also quasi Geld für Sex. Als würde ich mich prostituieren! Alex muss ihm irgendwann mal gesteckt haben, dass ich meiner Musikkarriere durch professionelle *Seitensprünge* etwas auf die *Sprünge* geholfen habe. O Mann, bald hält mich das ganze Rhein-Main-Gebiet für einen notorischen Treuetester, der reihenweise Bräute flachlegt. Nun, ein wenig bin ich das ja wohl auch ...

Aber damit ist jetzt Schluss!

Bei meiner geliebten Mum schwöre ich hier und jetzt in meinem Auto: Ich werde nie, nie wieder etwas mit einer Frau anfangen, die eigentlich einem anderen gehört!

Aber wo verdammt noch mal ist Alex jetzt?

Pling!

Endlich eine Antwort:

bb
Ich musste erst mal frische Luft
schnappen.

hab dich schon überall gesucht. auch
bei deinen eltern. die wissen es ja
schon!!

bb
Klar, hab denen gleich Bescheid
gesagt, damit sie diese ganze peinliche
Nummer sofort abblasen.

und jetzt? du ertränkst dich aber nicht
im main, bitte!

bb
Nee, nur meinen Kummer. Kommst du
zu unserem Lieblingsplatz?

bin schon unterwegs!

Was ist da los? Das kann unmöglich Jo gewesen sein, den ich da gerade gesehen habe.

Doch, er war es!

Und wenn ich nicht noch vollkommen geistig umnachtet bin, hat er sich gerade von Alex' Vater ein Bündel Geldscheine geben lassen. Danach ist er in einen klapprigen roten Polo gestiegen und im Affenzahn abgerauscht, ohne dass ich überhaupt eine Chance gehabt hätte, mit ihm zu sprechen. Oder mich überhaupt nur bemerkbar zu machen, obwohl ich doch schon fast an dem großen Eingangstor der von Weidenfels war. Wäre mein Bus ins Nobelviertel Lerchenberg nur eine Minute früher gekommen, wäre ich Jo direkt in die Arme gelaufen.

«Frau Schön, was führt Sie zu uns?», werde ich von Alfons begrüßt, als er mich von weitem vor dem Tor entdeckt.

Na, der ist ja erstaunlich gutgelaunt. Dafür dass die Hochzeit seines Sohnes nun so anders verlaufen wird als geplant.

Er drückt den Summer an der Haustür, und ich betrete ehrfürchtig das riesige Grundstück. Schon beim top gepflegten Vorgarten hätte ich das Bedürfnis, mir meine Schuhe auszuziehen, um ja den Rasen nicht dreckig zu machen.

Ich nicke Alfons zu und beeile mich, über die Stufen zum breiten Eingangsportal mit den zwei weißen Säulen zu gelangen, wo er mit ausgestreckter Hand auf mich wartet.

«Sie wollen sicher zu meiner Frau und sie trösten», sagt er lachend und drückt meine Hand viel zu fest.

Seltsam. Was bedeutet das alles? Und was hatte Jo hier zu suchen? Wieso kennt er Alfons von Weidenfels?

Ich versuche mich durch die luxuriös gestaltete Eingangshalle dieser Gründerzeitvilla nicht einschüchtern zu lassen und frage so souverän wie möglich: «Kann es sein, dass Sie eben einen Bekannten von mir verabschiedet haben?»

«Sie meinen Johann?», fragt er. «Ja, der Gute hat meinen Sohn vor dem dümmsten Schritt seines Lebens bewahrt.»

«Ich hab schon gehört, dass Alex die Hochzeit absagen will. Aber was hat Jo damit zu tun?»

Ich bin vollkommen verwirrt und blicke ebenso fragend zu Rosalie, die in diesem Moment die Treppe hinuntereilt. Ihre Augen sind rot und verquollen. Sie trocknet sich die letzten Tränen und reicht mir die Hand.

«Ist es nicht furchtbar? Mein armer Alexander! Silvana muss ihm all die Zeit etwas vorgespielt haben», wimmert sie und blickt hilflos zu Alfons.

«Was ist denn überhaupt passiert?», will ich nun endlich wissen, denn Sille konnte mir absolut nichts sagen über den Grund für den Sinneswandel von Alex, und er beantwortet keinen ihrer Anrufe oder SMS. Bisher war sie zu schockiert, um persönlich vorbeizukommen. Und was heißt hier «vorgespielt»? Ich zweifele allmählich an meinem Verstand. Offenbar habe ich es nur mit Gestörten zu tun!

«Kommen Sie erst mal rein, liebe Madelaine.» Rosalie wirkt wieder etwas gefasster. «Wir haben ja so viel zu klären.» Und an ihren Mann gerichtet, fügt sie hinzu: «Alfons, führst du unseren Besuch in den Salon? Ich mache uns einen Tee.» Damit verschwindet sie hinter einer der vielen Türen, die von der Eingangshalle abgehen.

Schulterzuckend öffnet Alfons eine Glastür, die in eine Art Wohnzimmer führt. Von dort geht es weiter zu einem Wintergarten. Überall befindet sich weißer Marmor, an den Wänden hängen bordeauxrot-beige gemusterte Tapeten, die garantiert ein Vermögen gekostet haben. Aber was erwartet man anderes von einer adeligen Bankerfamilie?

«Nehmen Sie doch Platz», fordert Alfons mich auf und deutet auf einen mit dunkelrotem Samt gepolsterten Ohrensessel, von dem aus man durch die offen stehenden Terrassentüren einen beeindruckenden Blick in den parkähnlichen Garten hat.

«Danke», sage ich und überlege, wie ich ohne Umwege endlich an brauchbare Informationen komme. «Darf ich fragen, woher Sie Jo ... ich meine, Johann kennen?», höre ich mich mutig fragen, während meine Hände zittern und mein Herz wie wild pocht.

Schon allein der Name macht mich nervös.

«Alexander und Johann kennen sich schon seit ihrer Zeit im Internat», erklärt Alfons und schenkt sich einen Cognac ein. «Sie sind nach all den Jahren noch immer eng befreundet. Johann sollte sogar Trauzeuge sein. Aber das hat sich ja jetzt zum Glück erledigt.»

Wie bitte? Ich glaube es nicht! Und ich weiß gar nicht, was davon ich zuerst verdauen soll!

Jo ist der verloren geglaubte Trauzeuge!!! Er hat die ganze Zeit von Silles und Alex' Hochzeit gesprochen, als er Geschenketipps wollte! Na wenigstens kann ich mir jetzt meine Einladung nach Berlin zum ersten Hochzeitstag sparen, fällt mir dabei ein.

«Mögen Sie auch einen?» Alfons schwenkt die Flasche. Offensichtlich bin ich ganz bleich geworden.

Abwehrend hebe ich meine Hände. Allein schon beim Gedanken an Alkohol dreht sich mir der Magen um, wo ich noch nicht mal den Wein von gestern vollständig verarbeitet habe.

«Ich wusste von Anfang an, dass Silvana, oder sollte ich besser sagen *Silke*, nicht integer ist», erklärt Alfons in einem abschätzigen Ton, als er sich auf den Sessel mir gegenüber setzt und sich mit einer ziemlich arroganten Geste durch sein silbernes Haar fährt.

«Wie ... kommen Sie darauf?», frage ich bemüht unbedarft.

Er sieht mich prüfend an und beugt sich konspirativ zu mir rüber. «Aber sagen Sie meiner Frau nichts davon, ja?»

Irritiert blicke ich ihn an.

«Der Johann, der hat Erfahrung mit solchen Frauen und die Silke getestet.» Er wirkt beinahe stolz. Ich bin sprachlos. «Er hat ein gutes Gespür für leichte Mädchen, wenn Sie wissen, was ich meine. Als Scheidungsanwalt sieht der Junge so etwas sportlich.»

Sportlich??? O, mein Gott!

Alfons schmunzelt. Während mein freundliches Lächeln erstirbt.

«Kann ich ... vielleicht doch einen Cognac bekommen?», bitte ich, um diesen stechenden Schmerz in meinem Herzen zu betäuben.

Was ist hier los?

«So, meine Liebe», ruft Rosalie schon von weitem. Sie rauscht zu uns und stellt ein goldenes Tablett mit einer Kanne Tee und zwei Tassen auf dem Beistelltisch aus Edelholz ab. «Hier kommt eine Stärkung.»

Sie reicht mir einen kleinen Teller, auf dem Madeleines drapiert sind.

Ausgerechnet! Mir wird augenblicklich wieder schlecht.

Aus Höflichkeit greife ich zu, obwohl mein Magen noch schwer damit beschäftigt ist, die unfassbaren Neuigkeiten zu verdauen.

O Mann, es bricht mir das Herz, ihn dort sitzen zu sehen.

Mit hängendem Kopf kauert Alex am Ufer des Schwedler Sees, dort wo wir eigentlich immer das Leben gefeiert haben. Bislang.

Ich fühle mich wie ein Schwerverbrecher auf dem Weg zum Richter, als ich auf den Steg trete und mich ohne ein Wort neben ihn platziere.

Er schaut mich nicht mal an.

Also schweigen wir.

Und noch etwas länger, bis er endlich etwas sagt: «Da legst du meine Freundin flach – und ich muss dir auch noch dankbar sein.» Ungläubig schüttelt er mit dem Kopf und starrt aufs Wasser.

«Ich weiß, ich kann ein ziemliches Arschloch sein, was Frauen angeht», beteure ich aus tiefstem Herzen. «Aber glaub mir, wenn ich gewusst hätte, dass *sie* das ist, hätte ich die Finger von ihr gelassen. Nie und nimmer hätte ich sie auch nur angeguckt! Sie war doch dir versprochen.»

Weil er nichts erwidert, klopfe ich Alex aufmunternd auf die Schulter. «Tut mir echt leid, Mann!»

«Und das ausgerechnet von dir, dem größten Ehehasser ...», entgegnet Alex mit einem schiefen Lächeln.

Ich verziehe betreten meinen Mund und weiß nicht, was ich noch sagen soll.

«Ich war das erste Mal in meinem Leben verliebt», sagt er leise und schaut weiter aufs Wasser, wo ausgerechnet jetzt eine Schwanenfamilie mit vier kleinen Küken entlangschwimmt.

Ich kann dich verstehen, denke ich, und hab wieder Marens sanftmütigen Blick vor Augen. Wie kann man sich nur so täuschen? Aber kaum sind Hormone im Spiel, lassen wir Männer uns blenden ...

Ich suche Alex' Blick – vergebens. Erst jetzt registriere ich, was für eine seltsame Frisur er trägt. Seine sonst immer akkurat zurückgegelten lockigen Strähnen sehen heute seltsam asymmetrisch aus.

«Was ist denn mit deinen Haaren passiert, Mann?»

«Bin beim Friseur abgehauen, als du anriefst», erklärt Alex, «ich wollte sie überraschen, weil sie mich mit kurzen Haaren attraktiver findet.»

Autsch!

«Siehst du, kaum haben die Frauen dich am Wickel, wollen sie dich verändern», versuche ich einen meiner blöden Scherze. «Das ist doch scheiße.»

Er runzelt die Stirn. «Quatsch. Ist doch nichts dabei. Ich hab ihr auch immer offen gesagt, wie geil ich ihre gemachten Dinger finde.»

Gemachte Dinger?

Marens Brüste sind doch gar nicht gemacht! Wenigstens auf diesem Gebiet kann mir keine etwas vormachen ... Aber meinem Kumpel jetzt zu widersprechen, erscheint selbst mir nicht wirklich angebracht.

«Was soll's?», sagt Alex nach schwerem Durchatmen. «Am besten lösche ich sie aus meinem Leben, und die Suche beginnt von vorn.»

Er holt sein Handy hervor und guckt gequält aufs Display, das ziemlich voll aussieht angesichts der vielen Anrufe und Nachrichten, von denen er im Moment sicher nichts wissen will.

«Meine Mutter hat nur ungefähr fünfzig Mal versucht, mich zu erreichen», sagt er kopfschüttelnd.

«Und Maren?», frage ich vorsichtig.

«Wer ist Maren?» Er sieht mich traurig an.

«Alter, das ist die richtige Einstellung!» Anerkennend klopfe ich ihm erneut auf die Schulter.

«Im Ernst, ich kenne keine Maren», schiebt er beiläufig hinterher und starrt weiter auf sein Handy.

Sie ist niederträchtiger, als ich dachte. Deswegen also die zwei verschiedenen Namen ...

«Also, Madelaine, meine ich natürlich.»

«Ach so. Ihr habt euch also schon kennengelernt?»

Hä? Dreht er jetzt völlig durch?

«Ich kapier gar nicht, warum die beiden befreundet sind», sagt Alex. «Madelaine ist viel zu normal für die Frankfurter High Society. Da passt Silvana viel besser rein.»

«Wer ist denn jetzt wieder Silvana?», frage ich und verliere langsam den Überblick.

Alex sieht mich böse an. «Willst du mich verarschen? Ist echt kein guter Zeitpunkt, Mann!»

«Sorry, ich weiß wirklich nicht, wen du meinst!», entgegne ich verwirrt.

«Meine Verlobte natürlich, oder besser gesagt, meine Ex-Verlobte!»

«Zeig mir ein Bild!»

Alex schüttelt nun genervt den Kopf und scrollt sich durch seine Fotosammlung. Dann reicht er mir sein Telefon.

«Hier, unser erster gemeinsamer Urlaub. Das ist mein Lieblingsfoto, nein, es *war* mein Lieblingsfoto.»

Ich glotze aufs Display und weiß nicht, ob ich heulen oder lachen soll. Das Foto zeigt Alex und eine blonde Bohnenstange im äußerst knappen Bikini an irgendeinem Strand, der schwer nach Karibik aussieht.

Maren wäre freiwillig nie so weit geflogen, denke ich.

«Die hat ja wirklich gemachte Titten!» Ich blicke ihn erwartungsvoll an. «Im Ernst jetzt, das ist deine Verlobte?»

Und plötzlich muss ich breit grinsen. Ich springe auf, stoße Alex in die Seite und rufe begeistert: «Das ist ja phantastisch! Komm, mein Bester! Wir müssen zum Friseur.»

Schon im Taxi konnte ich meine Tränen kaum zurückhalten. Jedenfalls hat der Fahrer, Typ Langzeitstudent, ziemlich irritiert geguckt, als ich beim Aussteigen wortlos bezahlt habe.

Am liebsten würde ich sofort Omas Apfelwein schnappen, den Barney mir freundlicherweise besorgt hat, und direkt nach Hause nach Berlin fahren. Aber irgendwie werde ich das hier jetzt bis zum Ende durchstehen. Nicht zuletzt, um Nick und meinem Vater vielleicht wenigstens einen schönen Kurztrip sponsern zu können. Und der ist nur drin, wenn ich zumindest einen Teil meines vereinbarten Geldes bekomme. Ich weiß, die Haltung passt gar nicht zu mir. Ich bin schließlich alles andere als geldgeil. Aber ich sehe es als Schadensersatz für die Folter beim Fliegen und die Bruchlandung beim Verlieben. Ich muss also dafür sorgen, dass das alles bis ins letzte Detail gut abgewickelt wird.

Ich kann einfach nicht fassen, dass Sille ausgerechnet mit Jo ihren Abschied vom Junggesellinnendasein zelebriert hat. Dass sie so etwas bringt, haut mich um. Andererseits bin ich selbst zu hundert Prozent auf seinen Charme reingefallen, seinen Humor und seine Musiknummer. Es bringt mich fast um.

Es tut so weh ...

Ich hatte so ein verdammt gutes Gefühl. Es wirkte

so echt. Dabei bin ich nur ein weiterer Zähler in seiner Strichliste, die ihm sein männliches Ego poliert. Noch nie in meinem Leben wurde ich derart gedemütigt.

Während ich auf den Empfangstresen zugehe, lässt mich Barney nicht aus den Augen. Als ich vor ihm stehe, hebt er sogleich fragend seine Augenbrauen, ohne jedoch einen Kommentar zu meinem verheulten Gesicht abzugeben.

Das nenne ich Diskretion.

«Wir müssen alles canceln», sage ich und seufze schwer.

«Wie darf ich das verstehen?», fragt er höflich.

Ich bin mir sicher, nicht mal ein Erdbeben oder ein Atomkrieg würde ihn aus der Ruhe bringen.

«Die Hochzeit», erkläre ich. «Sie ist abgesagt. Ich muss so schnell wie möglich die Gäste und die Dienstleister informieren.» Geschäftig wühle ich in meiner Tasche nach dem Sitzplan mit den Namen aller Gäste. Aber weil sich meine Augen schon wieder mit Tränen füllen, kann ich kaum etwas erkennen.

«Darf ich fragen, warum?»

Weil die Liebe meines Lebens mit der Braut gepoppt hat, und das noch gegen Geld.

Am liebsten würde ich die Sache beim Namen nennen und mich bei Barney ausheulen. Aber ich sollte ihm nicht noch mehr zumuten, als ich es ohnehin schon die letzten Tage getan habe.

Also sage ich nur: «Der Bräutigam hat kalte Füße bekommen.» Das entspricht ja durchaus der Wahrheit.

Als mein Blick auf den Sitzplan fällt und ich am Tisch des Brautpaares die zwei Kürzel TZ für Trauzeugen nebeneinander entdecke, kann ich meine Gefühle allerdings nicht länger unterdrücken. Ich heule einfach drauflos. Die Tränen fließen und tropfen aufs Papier.

«Und das macht *Sie* derart traurig?», fragt Barney über den Rand seiner Lesebrille, die sonst immer an einem Band an seinem Hals hängt. Sein Blick verrät mir allerdings, dass er etwas anderes vermutet.

Mit einem Wink gibt er mir zu verstehen, dass ich ihm in sein Büro folgen soll. Er bittet die Auszubildende, die dort gerade über einem Stapel Unterlagen gebeugt steht, uns einen Moment allein zu lassen und an der Rezeption die Stellung zu halten.

Ich lasse mich auf einen Stuhl sinken und komme mir vor wie ein blöder Teenager, der sich wider besseres Wissen auf den *bad guy* der Schule eingelassen hat. Und das, obwohl Lehrer, Eltern, Mitschüler schon lange Zeit genau davor gewarnt hatten.

«Wo drückt es denn *eigentlich*?», fragt Barney und setzt sich auf den Bürostuhl mir gegenüber.

Was soll ich ihm bloß erzählen?

«Es ist eine ... riesige Katastrophe», fange ich an. Und dann erzähle ich ihm von Silke und Maren, die zu Silvana und Madelaine wurden, von einer Traumhochzeit in Weiß, von dem Designer Lorenzo Lubin, von hundertzwanzig Regenschirmen und einer echten Pferdekutsche, von Alex und seinem Trauzeugen Jo, von meiner Flugangst und den berührendsten Songtexten, die ich je gehört und gelesen habe ... Schließlich erkläre ich auch noch, wie wichtig dieser Job für mich war und wie gut ich das Geld hätte gebrauchen können, weil –

«Aber Geld ist bei dieser Sache doch nicht das Ausschlaggebende», unterbricht Barney mich endlich.

«Nein, aber ich will einfach alles tun, damit es meiner Familie gut geht», erkläre ich und sacke in mich zusammen.

Ich spüre, dass ich meinen geduldigen Zuhörer eigentlich schon längst überstrapaziert habe und seine Dienste weit über das hinausgehen, was ein Concierge oder Hotelmanager sonst so tut. Aber er sieht mich so aufmunternd und großväterlich an, dass ich einfach weiterspreche. Also berichte ich ihm auch noch von meiner Mama, die mir auch nach acht Jahren jeden Tag noch fehlt. Und von meiner Sorge, mein Vater könnte den Rest seines Lebens einsam und unglücklich bleiben, und von meiner Angst, mein kleiner Bruder werde vollkommen an seinem grausamen Schicksal zerbrechen. Ich lasse es einfach alles raus, und am Ende weiß ich gar nicht mehr, was von allem am schlimmsten ist.

Und was tut Barney? Er lächelt. Es ist ein warmes, Mut machendes Lächeln.

Nach einem Moment des Schweigens sagt er schließlich: «Sie wissen aber schon, dass letzten Endes jeder selbst für sein Glück verantwortlich ist, ganz gleich, wie schlimm einem das Schicksal auch mitgespielt hat? Sie sind nicht dafür verantwortlich, dass ihre Lieben wieder Freude am Leben haben.»

«Aber die beiden haben doch gar keine Wahl!», entgegne ich entschieden und kämpfe schon wieder mit den Tränen.

Barney greift kurzerhand an das Revers seines Jacketts und reicht mir das Ansteckfuch.

Nun muss ich lächeln angesichts dieser aufmunternden Geste und schnäuze mich.

«Ist Ihr Bruder denn wirklich so unglücklich, wie Sie denken?» Er geht jetzt vollkommen auf in seiner Rolle als Seelsorger.

«Natürlich, wer wäre das nicht?», höre ich mich sagen und merke in derselben Sekunde, wie vermessen das ist. Wann habe ich das letzte Mal wirklich ernsthaft mit Nick darüber gesprochen, wie sich sein Leben inzwischen anfühlt? Das muss Jahre her sein.

«Also ich sehe hier nur einen Menschen, der unglücklich ist», entgegnet Barney, und ich ahne, worauf er hinauswill.

Doch bevor ich etwas erwidern kann, klingelt mein Handy.

Jo.

Mein Herz sticht erneut.

«Was das Hier und Jetzt angeht, da haben Sie leider recht ...», flüstere ich und drücke den Anruf weg.

«Gibt es denn nichts, was Ihren Tag retten könnte?», bohrt Barney sanft weiter.

Ich hole tief Luft und sage entschlossen: «Doch. Aufstehen, Krone richten und weiterstolzieren. Sobald ich die Nicht-Hochzeit abgewickelt habe, nehme ich den Zug und werde auf der Heimfahrt darüber nachdenken, was Sie mir für einen klugen Rat mit auf den Weg gegeben haben.»

«*First things first*, so ist es richtig. Lassen Sie uns gleich loslegen!» Zu meinem Erstaunen holt er einen Block und einen Stift hervor. Er fordert mich auf, ihm zu diktieren, was noch zu tun ist.

Ich brauche einen Moment, um mich zu sortieren. Vor allem, weil mein Handy noch mal piepst und den Eingang einer Mailboxnachricht ankündigt. Doch ich atme einmal tief durch, dann spule ich so professionell wie möglich das Hochzeitsfeierauflösungsprogramm runter, das unverzüglich starten muss.

Barney bietet an, sich um die Küche, die Gastgeschenke, die zum Teil bereits eingecheckten Gäste und das eigens georderte Zusatzpersonal zu kümmern. Obwohl ich zunächst vehement widerspreche, bin ich doch zutiefst dankbar, dass er sich nicht abhalten lässt.

Als alles notiert ist, steht er auf und überlässt mir den Computer und den Festnetzanschluss. Ich rufe zunächst den Standesbeamten an, der nicht unerwähnt lässt, dass die kurzfristige Absage ein saftiges Ausfallhonorar kostet und die Sache überdies in diesem Fall besonders ärgerlich sei, weil er, wie mit mir vereinbart war, die Standardrede für die besondere Zeremonie deutlich überarbeitet habe. Einen ganzen Tag hätte ihn das gekostet! Ich glaube ihm das mit dem Tag natürlich nicht, entschuldige mich jedoch nochmals höflich für die wirklich unangenehmen Unannehmlichkeiten, muss mich aber merkwürdigerweise arg zusammenreißen, ihn nicht mit Details über *meinen* viel beschisseneren Tag zu behelligen.

Der nächste Anruf gilt dem DJ, der mich ebenfalls beschimpft, weil er eine angeblich viel lukrativere Anfrage abgesagt hat, kurz nachdem er diesen Auftrag angenommen hatte.

Gerade, als ich die Nummer des Fotografen recherchiere, kommt Barney zurück, und ich unterbreche mein Vorhaben.

«Ein Großteil der Verwandtschaft des Bräutigams unternimmt gerade eine spontane Stadtführung», erklärt er. «Das haben meine Recherchen ergeben.»

«Auch das noch!», sage ich genervt und halte inne, weil mein Handy wieder klingelt.

Und wieder spüre ich diesen Stich im Herzen. Denn es ist bloß Sille, deren Gejammer ich jetzt einfach nicht ertragen kann. Wie soll ich sie trösten, wenn ich selbst ein Häufchen Elend bin und sie daran nicht unbeteiligt ist? Auch wenn sie im Grunde nichts dafür kann, drücke ich sie einfach weg, um die Sache hier so schnell wie möglich hinter mich zu bringen.

Keine zehn Sekunden später klingelt das Festnetz. Ich reiche Barney das Telefon.

Seine ohnehin schon großen, runden Augen werden noch größer, als er nach seiner üblichen Begrüßungsformel gespannt seinem Gesprächspartner lauscht.

«Sind Sie sich sicher?», fragt er noch einmal höflich nach und gibt mir mit einer Geste zu verstehen, dass der Anruf wichtig ist. «Einen Moment bitte!»

Er drückt die Stummtaste und hält mir den Hörer hin. «Die Braut möchte Sie sprechen.» Amüsiert hebt er seine Augenbrauen und fügt hinzu: «Sie hat es sich offenbar anders überlegt. Die Hochzeit soll doch wie geplant stattfinden!»

«Ich glaub, jetzt hab ich ihn!»

Endlich spüre ich einen Widerstand an der improvisierten Angel, die ich aus einem dünnen Kleiderbügel gebastelt habe.

Jeannette, meine Friseurmeisterin, klatscht begeistert in die Hände. «Ich sach es eigentlich ja immer wieder, meine Azubine soll die aufgefegten Dreckshaare nicht immer ins Klo schmeißen. Aber jetzt hat es doch sein Gutes, gell? Sonst hätte ich nie dieses Sieb da reinsetzen lassen.»

Schön, dass sie sich so freut, während ich noch angestrengt über der Kloschüssel hänge. Freundlicherweise hat Jeannette mir ein Paar Plastikhandschuhe zur Verfügung gestellt, als Alex mich öffentlich vor allen Kunden dazu verdonnert hat, meinen Straftatbestand der Verleumdung unverzüglich an Ort und Stelle zu sühnen – und ganz buchstäblich den Griff ins Klo zu vollziehen, um die Ringe vor dem Untergang zu retten.

Ein Glück nur, dass sich bisher einfach niemand getraut hatte, die Toilette zu benutzen!

«Mist!», fluche ich, als ich merke, dass mir der zweite Ring wieder vom Haken gerutscht ist. Es ist wie verhext: Bei jedem Versuch, ihn hochzuziehen, rutscht mir das verdammte Ding weg.

«Vielleicht solltest du umsatteln und dein Geld nicht mehr mit untreuen Frauen verdienen, sondern mit ehrlicher Sanitärarbeit», freut sich Alex und fährt sich durch die frisch geschnittenen und geföhnten Haare.

Von wegen angeblich bester Kumpel und bb, sehr guter Witz, wirklich!

Ich werfe meinem vermeintlichen *best buddy* einen bösen Blick zu und will gerade etwas erwidern, als ich den Ring mit Brilli endlich an der Angel habe. Wie in Zeitlupe befördere ich ihn zutage, woraufhin Jeannette beide Ringe sofort in Sagrotan badet.

Endlich habe ich die Hände wieder frei und kann es noch mal bei Maren probieren. In Gedanken bin ich die ganze Zeit bei ihr.

Aber wieso geht sie nicht ans Telefon?

Schließlich übergibt Jeannette die Ringe feierlich an Alex. «Ich wünsche euch alles Glück der Welt», sagt sie und verdrückt eine Träne.

«Das werdet ihr auch brauchen», stichele ich, woraufhin Alex mir eine Spur zu fest in die Seite boxt. Ich frage Jeannette, ob sie mir auch noch ein bisschen die Haare stutzt. «Weil ich doch in vierundzwanzig Stunden als Trauzeuge auf eine Hochzeit muss.» Ich grinse Alex an. «Dann sind wir ja wohl quitt!»

Alex macht eine wegwerfende Handbewegung und widmet sich wieder seinem Handy. So geht das schon die ganze Zeit: Ständig tippt er darauf herum, um Mütter, Schwiegermütter, Verlobte, Onkel, Tanten zu beruhigen und über den neuesten Stand zu informieren.

Doch dann schaut er plötzlich auf und sagt: «Quitt sind wir noch nicht ganz, mein Lieber. Einen Gefallen schuldest du mir noch!»

Ich atme schwer durch. Allmählich artet dieser Hochzeitshorror zu sehr aus für meinen Geschmack.

«Was denn noch?», frage ich ungeduldig.

«Unser DJ ist abgesprungen», verkündet Alex. Und anstatt, dass ihn diese Nachricht um den Verstand bringt wie vermutlich den Rest des Orga-Teams, grinst er von einem Ohr zum anderen.

Ich stehe ein bisschen auf der Leitung. Aber als Alex erwartungsfroh seine Arme ausbreitet, macht es klick.

Auf dem Weg in Silles und Alex' Penthouse muss ich an Nicks aktuellen Lieblingsfilm denken: *Ich – Einfach unverbesserlich 3*. Und daran, dass man echte Einhörner vergeblich sucht.

So ähnlich fühlt es sich nämlich an. Ich dachte, ich hätte das seltene Einhorn endlich gefunden. Doch plötzlich ist daraus eine Ziege mit nur einem Horn geworden und der Traum geplatzt.

Wenigstens für Sille läuft alles wieder planmäßig. Ich werde mein Programm heute auf ihrer Hochzeit hochprofessionell abspulen und in keinster Weise meine Emotionen zeigen. Weder bei der Trauung noch beim Anblick der Kutsche und erst recht nicht, wenn ich Jo begegne. Soll er doch noch zig weitere Nachrichten schreiben. Soll Sille ihm verziehen und sich mit Alex ausgesprochen haben. Jeder macht mal Fehler, aber es ist doch wohl absolut unterirdisch, dass er gegen Geld Frauen verführt. Und was genauso schlimm ist: Was für ein Arschloch muss man bitte sein, um guten Gewissens mit der Verlobten seines besten Freundes zu poppen? Geht es noch erbärmlicher? Und für mich heißt das, dass er nur mit mir Sex hatte, weil er zu blöd war, die richtige Frau mit seinen heuchlerischen Songs zu verführen und ins Bett zu zerren.

Ich falle nicht mehr auf ihn rein!

Noch im Taxi beschließe ich, alle Nachrichten ein für alle Mal zu löschen.

Aber irgendwie bleibe ich hängen und fange an, zu lesen:

erzähl mir nicht, du hast dein handy verloren. ruf mich an!

vergiss nicht, ich hab ne spy-app installiert und weiß, dass du an mich denkst ☺

jetzt mal im ernst, was soll das? hatte ich mundgeruch oder käsefüße? irgendeinen grund muss es ja geben, warum du die eisprinzessin gibst …

Er hat den Schuss nicht gehört!

Schnell stecke ich das Handy wieder weg und konzentriere mich auf die restlichen Vorbereitungen. Als Weddingplanerin habe ich glücklicherweise die allerletzte Kontrolle über die Sitzordnung, sodass ich mich kurzerhand entscheiden konnte, mich an einen anderen Tisch zu setzen und nicht neben *ihn*. Und noch bevor das Feuerwerk als Abschlusspunkt gezündet wird, werde ich in meinem Hotelzimmer verschwunden sein.

Egal, ob Madelaine oder Maren … Ab 1 Uhr bin ich wieder ein freier Mensch und von allen Verpflichtungen entbunden. Dann will ich mit Sille und Alex und der Frankfurter High Society nichts mehr zu tun haben!

Der einzige Punkt, der mich wahnsinnig nervös macht, ist der, dass ich statt einer Fürbitte in der Kirche eine kleine Rede halten soll. Gefühlt habe ich die ganze Nacht wachgelegen deswegen und mir trotzdem bloß ein paar klischeehafte Stichworte notiert: Dass ich als Trauzeugin dem Paar immer nur Glück und Erfolg wünsche und – in ironischer Anspielung darauf, welches Chaos im Vorfeld allein schon wegen der gestrichenen Trauung in der Kirche entstanden ist – wie wichtig es ist, in einer Partnerschaft immer offen über seine Wünsche und Vorstellungen zu kommunizieren ... bla, bla, bla ...

Was mein männliches Pendant zum Gelingen der Feier beiträgt, ist mir herzlich egal. Sollte er wirklich seinen Text vortragen, werde ich mich rechtzeitig auf dem Gang zur Toilette in Sicherheit bringen. Keine Minute länger will ich Zeugin sein, wie dieser Blender die Leute reihenweise verarscht und von der Liebe redet, obwohl er gar nicht weiß, was das ist.

Ich werde das Ganze hier in Würde zu Ende bringen, das ist mein Mantra, als das Taxi zum Stehen kommt und ich noch mal tief durchatme. Mein Kleid verleiht mir zum Glück so viel Sicherheit, dass ich über mein notdürftiges Make-up und meine bloß offen hängenden Haare leicht hinwegsehen kann. In all dem Chaos habe ich es leider versäumt, mir rechtzeitig einen Termin bei einem Profi zu reservieren. Und ich will Sille ja auch nicht die Show stehlen. Schließlich ist mein Kleid aus schimmerndem roségoldenen Chiffonstoff schon ein echter Hingucker und betont mit dem tiefen, aber eleganten Rückenausschnitt eine Körperpartie, die ich ausgesprochen schön finde an mir. Und das will was heißen bei all meinen Selbstzweifeln. Aber nicht nur der Rückenausschnitt ist toll, nein, auch mein Dekolleté kommt ausnahmsweise gut zur Geltung in diesem sonst sehr schlichten und deshalb umso eleganteren Entwurf. Sogar eine nicht gefakte Clutch meiner Oma, die sie einst auf ihrer Hochzeitsreise in Norditalien erstanden hat, habe ich dabei.

«Hi, Süße!», ruft sie, als sich der Fahrstuhl direkt in ihr riesiges Loft öffnet. Anders kommt man nicht in das Apartment rein. Für mich wäre das im Alltag der Horror.

In einen weißen Bademantel gehüllt, thront sie mitten im Raum auf einem Stuhl. Obwohl es erst Mittag ist, wüten hektisch zwei junge Mädchen um sie herum. Die eine formt mit einem Glätteisen dicke Locken aus Silles Haarpracht und die andere ist offenbar zum Schminken gekommen. Silles atemberaubendes Brautkleid hängt auf einem Kleiderbügel an einer Schiebetür zum Anziehen bereit und versetzt mir einmal mehr einen Stich.

Alex macht sich bei seinen Eltern für die Hochzeit fertig. Hier und jetzt besteht also keine Gefahr, Jo zu begegnen.

«Hallo, schöne Frau!», begrüße ich Sille mit den obligatorischen Küsschen auf beide Wangen. Dann stellt sie mich Verena und Lisa vor, die kurz freundlich lächeln und dann weiter konzentriert ihren Job machen.

«Wie fühlst du dich?», frage ich Sille und habe insgeheim Sorge wegen weiterer Gefühlsausbrüche mit nicht kalkulierbaren Folgen. Es passiert schließlich nicht alle Tage, dass der Bräutigam die Hochzeit absagt, weil die Braut fremdgegangen sein soll. Das würde man Sille doch nie im Leben zutrauen, selbst wenn ihre Hochzeitsabsichten fraglich sind. Doch sie scheint Alex' falsche Unterstellung einfach abgeschüttelt zu haben. Jedenfalls lächelt sie selig, als sei nie irgendwas gewesen. Ich weiß einfach nicht, was ich davon halten soll. Vielleicht geht es wirklich bloß darum, dass sie künftig eine von Weidenfels sein wird.

«Großartig! Alles ist perfekt, und sogar die Sonne scheint», flötet sie begeistert, mindestens eine Oktave zu hoch.

«Sicher?», frage ich skeptisch und kann nicht einmal lächeln, weil es mir schwerer fällt, als ich dachte, mich auf Knopfdruck in Hochzeitsstimmung zu beamen.

«Du ahnst ja gar nicht, wie dankbar ich für dieses Katastrophenintermezzo bin», proklamiert sie und greift nach meiner Hand, um sie herzhaft zu drücken.

«Nee, das ahne ich sicher nicht», entgegne ich ungläubig.

«Wenn es dieses entsetzliche Missverständnis gestern nicht gegeben hätte, hätte ich womöglich gar nicht gemerkt, wie viel Alex mir wirklich bedeutet!»

Ach ja? Dafür brauchtest du tatsächlich das Missverständnis? Diese Erkenntnis kommt verdächtig spät, denke ich, und nicke bloß kommentarlos.

«Komm, darauf müssen wir anstoßen», befiehlt Sille, «der Schampus steht im Kühlschrank!»

Ich gehorche und gehe in Richtung der offenen Küche, die am anderen Ende des Lofts liegt und sich auf einem kleinen Podest stehend von der ersten Ebene abhebt.

Die Designküche sieht aus, wie man sich die Mitarbeiterlounge einer modernen Firma vorstellt, denke ich. Überall findet sich irgendein Technik-Schnickschnack mit großen Displays. Ich suche ziemlich lange nach Gläsern und nehme eine Flasche *Dom Pérignon* aus dem Kühlschrank mit Bildschirm, der sich glücklicherweise noch ganz normal, nämlich ohne kompliziertes Bedienen des Displays, öffnen lässt.

Als ich zu den Mädels zurückkehre, die kichernd vor sich hinplaudern, schenke ich den Champagner ein und wir stoßen an auf den schönsten Tag im Leben – von Sille.

Gedankenverloren starre ich aus der riesigen Fensterfront, die so groß ist, dass man einen gigantischen Blick auf die Frankfurter Skyline und den Main hat.

«Alles in Ordnung mit dir?», fragt sie plötzlich. «Du wirkst so niedergeschlagen.»

«Ach, es war nur etwas stressig gestern», sage ich wahrheitsgemäß. Denn wenn ich daran denke, wie viele

Telefonate ich führen musste, obwohl ich sie mir eigentlich hätte sparen können ...

«Ja, sorry. Tausend Dank noch mal, dass du dich um alles gekümmert hast», entgegnet Sille und verzieht ihren Mund so gekünstelt, als sei sie ein Peinlich-berührt-Emoji.

«Eine Orga-Sache noch: Hat Alex das mit dem DJ hinbekommen?», frage ich plötzlich alarmiert, weil Sille mich gar nicht mehr auf den neuesten Stand gebracht hat, obwohl wir gefühlt noch Hunderte Male kommuniziert haben seit dem Super-GAU.

«Ja, er hat wohl noch jemanden gefunden. Und es gibt noch eine ganz tolle Überraschung!», verkündet Sille serotoningeschwängert, bevor Lisa sie bittet, den Mund zu halten, damit sie den nudefarbenen Lippenstift auftragen kann.

Beschämt kontrolliere ich mit einem Blick in den aufgestellten Spiegel, ob ich mir im Hotel-Bad mit dem schummerigen Licht nicht womöglich doch einen Schmink-Fauxpas geleistet habe. Schließlich wollte ich nach all den Tränen ja nicht aussehen wie ein Trauerkloß.

Als Sille wieder sprechen darf, dreht sie sich freudig zu mir um und sagt ganz verzückt: «Stell dir vor, meine Schwiegermutter hat für uns eine Hochzeitskutsche organisiert! In Weiß, mit schwarzen Pferden!»

«Ach», sage ich und unterdrücke einen tiefen Seufzer. «Das ist ja toll. Wie kommt sie denn auf diese originelle Idee?»

«Vielleicht hat sie ein schlechtes Gewissen, weil ihr Mann mich so mies behandelt hat. Ich meine, ich wusste ja von Anfang an, dass er mich auf dem Kieker hat. Was ich dir gestern noch nicht gesagt habe: Der hat sogar Alex' Kumpel auf mich angesetzt!»

Mein Herz macht einen Aussetzer.

«Äh ... Wirklich?», höre ich mich scheinheilig fragen, während sich mein Magen einmal um 180 Grad dreht. Es ist echt schlimm, diese bittere Wahrheit noch einmal aus ihrem Mund zu hören. Und ich frage auch besser nicht weiter nach, wie sie dem Schwiegervater überhaupt noch begegnen kann.

«Ja, weil dieser Jo als Scheidungsanwalt mal was mit einer Klientin der Gegenseite hatte.»

«Interessant», sage ich bemüht beiläufig. «Wie ist er denn sonst so, dieser Jo?»

«Ich habe ihn bislang noch nicht kennengelernt. Ist genauso viel unterwegs wie Alex. Erfolgreicher Anwalt eben. Aber du wirst ihn sicher mögen, nach allem, was mein Schatz immer so erzählt.»

«Ach, und was erzählt er so?», frage ich argwöhnisch.

«Na ja, der ist wohl schon ein Hallodri und auch ein Chaot. Sonst wäre es wohl kaum zu diesem Missverständnis gekommen.» Sie lacht hysterisch. «Ich meine, *ich* soll was mit ihm gehabt haben? Zwei Tage vor der Hochzeit?» Sille schüttelt den Kopf. «Der Gute hat wohl ein bisschen den Überblick verloren bei seinem Frauenkonsum.»

Autsch! Ich kann es nicht mehr hören ...

«Stell dir das mal vor! Und jetzt bin ich ihm sogar dankbar.» Sille schließt die Augen, damit Lisa den Lidstrich pinseln kann, während Verena gerade behutsam das Diadem in die Haare setzt.

Ich trinke mein Glas in einem Zug leer.

«Voilà!», sagen Verena und Lisa wie aus einem Mund. Sie sind offenbar fertig mit ihrem Werk und drehen Sille in Richtung des Spiegels.

«Und, wie findest du es?», fragt Lisa.

Sille starrt mit großen Augen ihr Spiegelbild an. Dann huscht ein Strahlen über ihr Gesicht. Den Tränen nahe haucht sie etwas von «zauberhaft, ganz zauberhaft».

Ich gebe ihr recht und kämpfe ebenfalls mit den Tränen. Das war's dann mit meinem Vorsatz, cool zu bleiben. «Du bist wunderschön!»

Unsere Blicke treffen sich im Spiegel.

«Wahnsinn, wie gerührt du bist, Süße!» Sie steht auf und drückt mich an sich. «Wie sieht es denn aus? Wir haben doch noch Zeit, um dich noch etwas aufzuhübschen? Dein schönes Kleid braucht doch noch etwas *Untermalung*!»

Schon wieder weiß ich nicht, ob ich lachen oder weinen soll. Und ehe ich mich's versehe, sitze ich auf Silles Platz und werde ungefragt zur Selbstoptimierung gezwungen. Obwohl ich null Komma null in Hochzeitsstimmung bin. Noch eine Stunde und zwanzig Minuten, dann werde ich Jo gegenüberstehen.

Es klingelt an der Tür.

Das kann nur sie sein ... Denn ich erwarte niemanden. Na endlich!

Ich drücke den Summer und werfe noch schnell einen Blick in den Spiegel, ob ich in meinem Smoking auch immer noch so gut aussehe wie zuletzt zur Hochzeit meines Halbbruders. Ich muss schon sagen, er sitzt tadellos. Eigentlich bin ich ja nicht so der Anzugträger. Aber es gibt Tage, da zelebriere ich das gerne mal.

Trotzdem: Wenn ich als Frau die Wahl zwischen James Bond und Magnum hätte, müsste ich jedenfalls nicht lange überlegen.

Deshalb freue ich mich auch schon auf den Überraschungseffekt, wenn ich nachher die Krawatte, das Hemd und das Jackett gegen meine Lederjacke eintausche und die Bühne rocke. Am meisten gespannt bin ich natürlich auf Marens Blick. Wenn sie nur halb so verzückt sein wird wie vorletzte Nacht, hab ich trotz meines Riesenfauxpas ein Mal im Leben alles richtig gemacht.

Es klopft.

Krass, ich bin aufgeregt. Und das ist definitiv kein Lampenfieber! Also: Kragen richten und Tür öffnen.

«Du?», frage ich.

Noch nie habe ich mich weniger gefreut, meinen Vater zu sehen als jetzt.

«Hallo Johann. Hey, du siehst aber gut aus!», sagt er und nickt anerkennend, als ich ihn ins Wohnzimmer durchwinke.

«Heute ist Alex' Hochzeit. War ein bisschen stressig im Vorfeld. Deswegen habe ich mich noch nicht gemeldet», sage ich und verschwinde schnell in der Küche, um etwas Zeit zu gewinnen.

Ich weiß schließlich, was er hier will. Er wird mir den Kopf abreißen, wenn ich mir nicht schnell eine gute Argumentationskette überlege, die plausibel macht, warum das mit Harrison komplett anders verlaufen ist als geplant und unserer Kanzlei dadurch ein saftiges Honorar entgeht.

«Hast du denn noch einen Moment?», ruft er vom Wohnzimmer aus rüber.

Ich gucke argwöhnisch um die Ecke und sehe, wie eindringlich er meine Akustikgitarre betrachtet.

«Ach, für einen schnellen Kaffee reicht es noch», schwindele ich mit einem hektischen Blick auf die Uhr. Es ist besser, das hier gleich hinter mich zu bringen.

Ich gebe das Wasser aus dem Kocher in die beiden Becher, in die ich zuvor jeweils einen Löffel Instantkaffee getan habe. Dann noch einen Schluck Milch drauf. Mehr ist jetzt nicht drin. Mit den Tassen in der Hand trotte ich zurück ins Wohnzimmer und fühle mich wie vor einer Verhandlung. Bloß dass ich diesmal der Angeklagte bin und garantiert nicht mit einer Bewährungsstrafe davonkomme.

«Hier», sage ich, gebe meinem Dad seinen Becher und setze mich neben ihn aufs Sofa.

Zur Auflockerung versuche ich, ihn mit Smalltalk bei Laune zu halten.

«Wir haben heute vertauschte Rollen, was?» Ich deute auf sein Flanellhemd, das er locker über einer Jeans trägt. Ich weiß gar nicht, wann ich ihn überhaupt das letzte Mal in normalen Klamotten gesehen habe.

«Und du spielst heute auf der Hochzeit?», fragt er und deutet auf den Gitarrenkoffer, der bereits an der Wohnungstür steht, damit ich das gute Stück auch ja nicht vergesse. Um den Rest kümmern sich die Jungs.

«Ja, ich ... äh, also die Band und ich ... wir springen ein», erkläre ich und fühle mich gleich doppelt schuldig. «Also, was Harrison angeht ...», wage ich mich schließlich vor, «da kann ich –»

«Ich hatte ein langes Telefonat mit ihm», unterbricht mich mein Vater.

Ich halte die Luft an und sage dann betreten: «Ja, tut mir leid, wie das gelaufen ist.»

«Nein, *mir* tut es leid», entgegnet er.

Irritiert gucke ich ihn an.

«Deswegen bin ich hier. Ich will mich in aller Form bei dir entschuldigen.» Er sieht mir fest in die Augen.

Ich kapiere gar nichts.

«Entschuldigen? Warum denn?»

«Ich hätte dich niemals so unter Druck setzen dürfen. Du wolltest von Anfang an was mit Musik machen. Aber ich hab dich gezwungen, in meine Fußstapfen zu treten. Das ist nicht fair.»

Mir bleibt der Mund offen stehen. Aber dann winke ich ab und sage: «Quatsch, Papa. Irgendwas Anständiges in petto zu haben, ist ja nicht falsch. Auch wenn ich das nie zugegeben habe.»

«Trotzdem ... Deine Mutter hätte das nicht gewollt.» Betreten guckt er zu Boden.

Das stimmt wohl ...

Wir schweigen einen Moment. Und ich muss an diesen magischen Moment auf dem Empire State Building denken.

«Darf ich dich mal was fragen?»

«Klar.»

«Wieso hast du Charlotte eigentlich geheiratet? Sogar Leo und Max denken, dass ihr irgendwie nicht richtig zusammenpasst. Ich meine, musste es gleich eine Heirat sein?»

Jetzt kräuselt Papa seine faltige Stirn.

«Es hat schon gepasst. Ich hab damals gedacht, dass ich jemanden brauche, der dir ein neues Zuhause gibt», sagt er und lächelt mich warm an.

«Du hast ja wohl bitte nicht bloß meinetwegen geheiratet?!»

Er zuckt mit den Schultern. «Selbst wenn – was wäre daran so verkehrt? Wäre doch ein guter Grund.»

Ich kann es nicht fassen. Und obwohl ich es nicht will, kriege ich feuchte Augen.

«Der Tod deiner Mutter», fährt er fort, «hat uns beide schwer getroffen. Viel schlimmer aber, als meine große Liebe zu verlieren, war damals für mich, die Mutter meines Sohnes zu verlieren. Es hat mir das Herz gebrochen, dich so leiden zu sehen. Und keiner weiß besser als ich, dass sie durch niemanden zu ersetzen war. Trotzdem wollte ich dir neben dem Internat ein geregeltes Leben bieten, in dem du wieder Halt findest und Geborgenheit.»

Ungläubig starre ich ihn an. Obwohl ich weiß, dass er es ehrlich meint.

«Und es ist ja nicht so, dass Charlotte mir gar nichts bedeutet», schiebt er zum Glück noch hinterher.

«Okaaay», sage ich gedehnt und suche nach passenden Worten. Wie kann ich ausdrücken, was ich fühle. «Eigentlich wusste ich immer, dass du es nur gut meinst. Dass du ein guter Vater sein wolltest. Und mir ist klar, dass ich immer extra einen auf Rebell gemacht habe.»

Plötzlich hellt sich sein Gesicht auf. «Trotzdem bist du im Herzen nun mal ein Rocker und kein Anwalt. Das hat Harrison mir mehr als deutlich gemacht.»

«Und was wird jetzt mit den beiden, ihm und Lucia?», frage ich.

«Also, er ist happy, und dann bin ich es auch. Er findet, er schuldet dir einen großen Gefallen. Dafür, dass du die beiden wieder an einen Tisch gebracht hast. Er würde dich gerne nach Florida einladen. Auch um sich bei dir zu entschuldigen. Ich habe gehört, es ging zeitweise auch handgreiflich zu.» Er grinst nur. «Außerdem hat er dort ein Haus und ...»

«Was?» Ungeduldig haue ich meinem Dad aufs Knie.

«... und er kennt ein paar Musikproduzenten. Ihr sollt einfach mal vorbeikommen, du und deine Jungs.»

Ich weiß nicht, was ich sagen soll.

Aber bevor ich meine Gedanken sortieren kann, beugt sich mein Dad zu mir rüber und schließt mich in die Arme.

Ich komme mir vor wie im Wagen der Queen. Fehlt nur noch, dass das Volk an der Straße jubelt und wir ihm zuwinken. Klar, es gucken ein paar Passanten und grüßen das Brautpaar freundlich. Und Sille und Alex, nein Silvana Estelle und Alexander Friedrich Alfons von Weidefels grüßen freudestrahlend zurück.

Ich bin derweil damit beschäftigt, mich aus Angst um mein Leben auf der Sitzbank des nicht wirklich Vertrauen einflößenden Kutschers und seiner beiden Friesenhengste festzukrallen. Ich war davon ausgegangen, dass diese Idee von Rosalie sich erledigt hatte. Das hätte man mir ja auch mal sagen können. Ein Albtraum jeder Eventmanagerin!

Beide Brautleute hätten von ihrem jeweiligen Trauzeugen abgeholt werden und sich vor dem Hotel treffen sollen, um dann gemeinsam zum Altar zu schreiten.

Doch nun bringt die Kutsche beide zusammen zum Hotel, aber trotzdem dürfe ich Sille anscheinend heute keinen Meter von der Seite weichen, wie sie mehrfach betonte, als die Kutsche vorfuhr. Notgedrungen half ich ihr mit dem Kleid beim Einsteigen.

Beim Ankleiden waren wir die wichtigsten Utensilien einer Braut noch mal durchgegangen, die ihr laut dem berühmten englischen Reim lebenslanges Glück in der Ehe bescheren sollen: *Something Old, Something New, Something Borrowed, Something Blue.*

Die Perlenohrringe von Silles Oma sind das Alte, das Kleid das Neue und das Blaue ein Strumpfband. Und etwas Geliehenes habe ich ihr gegeben: nämlich ein besticktes Taschentuch meiner Mutter, weil die vor ihrer Heirat die gleichen Initialen hatte wie Silles Vater. Sie war total gerührt deswegen, was mich wiederum sehr gefreut hat.

Endlich biegen wir um die letzte Ecke zum Hotel, wo Barney bereits auf uns wartet – und mit ihm die angedrohte Bläsergruppe in Lodentrachten.

Sogar die Presse ist da, was ich bis zuletzt kaum glauben konnte. Aber sobald ein Adelsspross, dazu noch einer von einer alteingesessenen Privatbank, heiratet, ist es wohl üblich, dass zumindest die regionalen Zeitungen und Sender berichten.

Also schlage ich Sille und Alex vor, als Erste auszusteigen sobald der Kutscher vor dem Eingangsportal zum Hotel hält, damit die Meute auch ja Fotos allein vom Brautpaar bekommt.

Gerade will ich den ersten Fuß auf die Leiter setzen, da biegt ein roter Polo im Affenzahn um die Ecke und kommt mit quietschenden Reifen direkt neben uns zum Stehen. Die beiden riesigen Friesen geraten in Panik, sodass die Kutsche einen großen Satz nach vorne macht und ich unsanft auf dem Asphalt lande.

Für einen kurzen Moment bleibt mir das Herz stehen und ich denke ans Sterben. Dann aber spüre ich einen stechenden Schmerz an meiner linken Schulter, der mich beinahe ohnmächtig macht. Erst als ein mir bekanntes Gesicht über mir auftaucht, Jo mir die Hand reicht und mir auf die Beine helfen will, finde ich die Kraft, mich blitzschnell aufzurichten.

«Nein danke», zische ich und werfe ihm einen Blick zu, der, wie ich hoffe, töten könnte. Dann flüchte ich so schnell es geht in die Lobby und auf die Toilette.

Was für ein fataler Auftritt!

Ich blicke in den Spiegel und könnte heulen. Zwar haben Silles Mädels wirklich das Beste aus mir rausgeholt. Ich trage das erste Mal in meinem Leben eine richtige Hochsteckfrisur und ein perfektes Make-up, das mich mindestens fünf Jahre jünger macht. Und auch in dem roségoldenen Kleid sehe ich sexy aus wie noch nie.

Trotzdem bin ich auch so unglücklich wie noch nie.

Wieso verliebe ich mich grundsätzlich immer in den Falschen?

Nicht nur, dass Jo Geschäfte mit dem Unglück anderer Leute macht und Frauen im Allgemeinen und Bräute im Speziellen für seine Trophäensammlung missbraucht – nein, beinahe umgebracht hätte er mich eben mit seiner Karre!

Ich kontrolliere mit schmerzverzerrtem Gesicht, ob das Kleid auch ja keinen Schaden genommen hat, und merke, dass ich immer noch zittere vor Schreck.

Mit wackeligen Beinen betrete ich wieder die Lobby. Barney kommt auf mich zugeeilt und erkundigt sich besorgt, ob alles in Ordnung sei.

Ich schaue ihm fest in die Augen und plötzlich finde ich nicht nur zurück zu meinem Vorhaben, stark zu bleiben, sondern unter Barneys mitfühlendem Blick wird mir etwas viel Wichtigeres klar: Ja, es ist alles in Ordnung. Ich hatte zwar einen Unfall, aber es ist nichts wirklich Schlimmes passiert. Im Gegensatz zu Nicks Unfall damals. Mir geht es gut, ich bin gesund, und die Welt dreht sich weiter. Ich habe eine tolle Familie und sollte aufhören, nicht nur mich, sondern auch meinen Vater und meinen Bruder immerzu mit meinen Ängsten zu belasten. Geschweige denn mir anzumaßen, über ihr Leben zu urteilen und ihnen zu unterstellen, bestimmte Dinge zu fühlen oder chronisch unglücklich zu sein.

«Ja, danke, gern», sage ich, als Barney anbietet, mich

zu meinem Platz zu führen. «Und von Herzen danke! Für alles!»

Barney schaut etwas verlegen, aber scheint sich zu freuen.

Eingehakt betreten wir den fast vollständig gefüllten Festsaal, und ich bin überwältigt von der rundum gelungenen Kulisse. Anders als bei meinem letzten Kontrollgang am Morgen kommt jetzt das atemberaubende Blumenmeer erst richtig zur Geltung. All die noblen Garderoben der Gäste fügen sich zudem perfekt in das überaus hübsch anzusehende Bild mit den hellrosa Schleifen auf den weißen Hussen.

Aber uns bleibt gar keine Zeit, den Saal zu bewundern. Jetzt heißt es Beeilung! In wenigen Momenten beginnt die Zeremonie. Wenn nur die Musik stimmt! Denn in meiner Vorstellung passt eine Bläserkapelle rein gar nicht zum Einzug der Braut.

Aber das ist momentan meine zweitgrößte Sorge.

Mein größter Anlass für Bauchschmerzen sitzt wie ich auf dem äußersten Platz am Mittelgang in der ersten Reihe, zum Glück auf der Seite des Bräutigams. Es ist Ironie des Schicksals, dass die beiden Plätze neben uns jeweils leer bleiben, weil sie auf meiner Seite mit dem Schild *Begleitung der Trauzeugin* und auf der anderen mit *Begleitung des Trauzeugen* versehen sind. Barney entfernt sich wieder, und ich setze mich.

Als eine Trompete den Hochzeitsmarsch anspielt, erheben sich alles Gäste. Jos und meine Blicke treffen sich.

Schnell wende ich mich dem Brautpaar zu, das jetzt durch den langen, von hunderten Callas gesäumten Gang auf uns zukommt.

Sille sieht wirklich wunderschön aus. Wie eine Prinzessin. Ein bisschen stolz bin ich auf meine Idee, Swarovskisteine mit in den ebenfalls hellrosa-weißen Brautstrauß zu integrieren, sodass er mit dem Kleid eine wundervoll harmonisch funkelnde Einheit bildet. Auch das Paar selbst scheint mir jetzt und hier das erste Mal ein echtes Team zu sein. Alex sieht einfach umwerfend aus in seinem dunklen Frack mit tief ausgeschnittener Piqué-Weste und dem passenden Hemd im gleichen Ivory-Ton wie Silles Kleid.

Als die beiden vorne an dem ebenfalls hübsch dekorierten Tisch ankommen, werden sie kurz vom Standesbeamten begrüßt. Die Ausstrahlung des Mannes ist genauso schlicht wie sein hellgrauer Anzug. Dann verstummt die überraschend stimmige Musik, die Sille ausgesucht hat, der Standesbeamte begrüßt die Gäste und nennt namentlich die Eltern des Brautpaares und uns, die Trauzeugen. Ich spüre, dass Jo mich ansieht, als mein Name fällt, aber ich schaue demonstrativ nach vorn und versuche, mir meine wachsende Nervosität nicht anmerken zu lassen.

Etwa fünfundvierzig Minuten sind angesetzt für die einleitenden Worte und die Trauzeremonie als solche.

Gleich danach folgt mein Einsatz. Schon jetzt wird mein Mund trocken, und mein Herz rast. Dann plötzlich macht es in meiner Clutch «Pling». Zum Glück leise, aber doch laut genug, um mehrere Blicke auf mich zu ziehen.

Mist!

In all der Aufregung habe ich vergessen, mein Handy lautlos zu stellen. So unauffällig wie möglich hole ich es aus der Clutch hervor und schalte es auf stumm. Als ich sehe, wer mir eine WhatsApp geschickt hat, trifft mich der Schlag: Jo!

wie kann eine so hübsche trauzeugin bloß so garstig sein?

Unglaublich!

Aus einem Reflex heraus, schaue ich bitterböse zu ihm rüber. Aber er hat seinen Blick nur grinsend nach vorne gerichtet, wo der Standesbeamte endlich zum spannenden Teil kommt.

«Wie heißt es doch so schön?», fragt er wie im Film. «Drum prüfe, wer sich ewig bindet.» Er räuspert sich. «Sollte also irgendeiner der Anwesenden hier einen Grund wissen, warum Silvana und Alexander nicht den Bund der Ehe eingehen sollten, der möge jetzt sprechen oder für immer schweigen.»

Einen fürchterlichen Moment lang habe ich das dringende Bedürfnis, aufzuspringen und laut zu sagen, was ich denke. Dass es in der Liebe Wichtigeres gibt als eine pompöse Hochzeit, dass man vor allem ehrlich miteinander sein muss, dass es ein großes Glück ist, wenn man überhaupt die große Liebe trifft, dass das Leben viel zu schnell vorbei sein kann. Und dass es sehr wohl Einhörner gibt. Man muss nur an sie glauben.

Ich fühle mich wie ein Luftballon, der kurz vorm Platzen ist, so angespannt bin ich. Aber ich schweige, und auch niemand anders erhebt das Wort.

Endlich darf sich das frischgebackene Ehepaar küssen. Und die Spannung entlädt sich im Applaus der Gäste. Sille und Alex unterschreiben die Formulare. Dann bittet der Standesbeamte Jo und mich nach vorne, um das Gleiche zu tun. Wir messen uns mit Blicken. Er lässt mir den Vortritt. Wir unterschreiben und gratulieren dem strahlenden Brautpaar. Dann kündigt der Standesbeamte an, dass nun die Trauzeugin das Wort habe.

Ich kann mich kaum auf den Beinen halten vor Aufregung und hoffe, niemand bemerkt, dass meine Hände zittern. Ich stecke das Mikrophon in den bereitgestellten Ständer und blicke in unzählige gespannte Gesichter.

«Liebes Brautpaar, liebe Gäste! Ich bin stolz und glücklich, heute die Ehe von Silvana und Alexander zeugen ... äh, *be*zeugen zu dürfen ... Es ist –»

Ich unterbreche mich, weil ich merke, dass sich meine auswendig gelernten Worte einfach nur falsch und leer anfühlen. Mein Blick wandert zu Sille, die sich mit dem Taschentuch meiner Mama die Freudentränen trocknet, und dann unwillkürlich weiter zu Jo. Ich schaue ihm einen Moment zu lange in die Augen. Ich kann nicht anders. Es muss raus. Also hole ich mein Handy hervor und sage: «Anstatt eine Rede zu halten, möchte ich gerne einen sehr talentierten Künstler zitieren.»

Ich lege all meine Gefühle in die Worte:

Ich seh dich
Ich seh, wie vollkommen du bist
Und sich das Dunkel verliert
Ich seh dich
Nichts mehr, was zwischen uns ist
Und unendlich viel, was zwischen uns passiert

Die Tränen sind versiegt
Schutzlos erstrahlst du so schön wie noch nie
Der Raum um uns verfliegt
Schwerelos ziehen wir durch die Galaxie

Dass es noch weitere Menschen gibt
Ist im Moment nur Theorie

Ich seh dich
Ich seh, wie vollkommen du bist
Und wie sich jedes Dunkel verliert
Ich seh dich
Nichts mehr, was zwischen uns ist

*Und unendlich viel, was zwischen uns passiert**

Im Saal ist es so still, dass ich Angst habe, alle könnten hören, wie sehr mein Herz pocht. Doch dann brandet Applaus auf. Ich sehe zu Jo, der mich mit einem warmen Lächeln ansieht. Es zerreißt mir das Herz. Zum Glück kommt Sille auf mich zugestürmt, um mir zu danken.

Dann tritt Alfons nach vorne und sagt irgendetwas über alte Werte, dem ich nicht folgen kann, weil mir noch eine ganze Zeit lang eine Überdosis Adrenalin durch den Körper rauscht.

Als die Zeremonie beendet ist, bitte ich die Gäste nach draußen zum Empfang, damit das Hotelpersonal mit dem Umbau für das Essen beginnen kann.

Ich wachse über mich hinaus, begrüße all die Verwandten und Freunde persönlich, die ich inzwischen mit Namen kenne, drücke Regina ganz fest und beglückwünsche Alex' Eltern, so wie es sich gehört. Zum Glück ist von Jo in diesem Gewusel keine Spur.

Draußen strahlt die Sonne mit Sille um die Wette.

Es hätte der perfekte Tag werden können.

Zum Glück ist dieses öde Essen endlich vorbei, bei dem man stundenlang still sitzen muss, obwohl innerlich alles brodelt. Aber dass mir Madame jetzt konsequent aus dem Weg geht, ist schon wieder süß und hält meinen Eroberungsehrgeiz wach. Und für die Gemeinheit, dass sie mich am Tisch von Alex' Eltern platziert hat, werde ich mich schon noch zu gegebener Zeit revanchieren.

Aber jetzt endlich heißt es raus aus den Spießerklamotten – und die Bühne rocken!

Mein Puls hat schon die passende Geschwindigkeit, als ich zu Tom und Franki auf das Podest trete und zum Mikro greife, um für die Gäste endlich den entspannten Teil des Abends einzuläuten. Ich bitte das Brautpaar für den Eröffnungstanz in die Mitte des Saals und die Gäste, sich drum herum zu platzieren. Dann spielen wir eine Coverversion von John Legends *All of me*, so wie Alex es sich gewünscht hat.

Die Stimmung ist super, die Leute gehen mit. Nur eine steht wie unbeteiligt im Hintergrund.

Das wird sich jetzt ändern!

Ich kündige das nächste Stück an: «Und jetzt dürfen alle auf die Tanzfläche. Der nächste Song ist einer Dame gewidmet, die ich Chaosqueen nenne und die auch mein Leben ziemlich durcheinandergebracht hat.»

Du irrst ewig durch die krasse Welt,
strebst nach immer mehr Spaß, Macht oder Geld.
Doch da ist dies leise Sehnen nach mehr,
wird lauter, aber du kommst nie hinterher.

Jetzt, jetzt oder nie,
lad ich dich ein zu einer Wolkenpartie.
Jetzt, jetzt oder nie,
zeig ich dir meine Sternenklängemagie
Jetzt, verzeihe mir jetzt, ich zeig mich nur dies eine
Mal hier verletzt, weich, sanft und fast scheu
verzauberst du mich und entdeckst mich so neu.

Betäubst alles mit Sex, Drugs, Rock 'n' Roll,
bist nur unter Strom oder viel zu oft voll.
Aber innerlich, da ist es unendlich leer,
kämst du nicht plötzlich wie aus dem Urknall daher.
Jetzt, jetzt oder nie,
lad ich dich ein zu einer Wolkenpartie.
Jetzt, jetzt oder nie,
zeig ich dir meine Sternenklängemagie
Jetzt, verzeihe mir jetzt, ich zeig mich nur dies eine
Mal hier verletzt, weich, sanft und fast scheu
verzauberst du mich und entdeckst mich so neu.

Als mein Fixstern mit magischer Anziehungskraft,
ein Wahnsinnswunder, ich hab's endlich geschafft.
Jetzt gibt es diesen unfassbar kostbaren Ort,
tatsächlich Liebe und Frieden finde ich dort.
All das Leiden und Streben hatte doch einen Sinn,
ahne den Wert vom Leben, weil ich bei dir bin.

Jetzt, jetzt oder nie,
lad ich dich ein zu einer Wolkenpartie.
Jetzt, jetzt oder nie,
zeig ich dir meine Sternenklängemagie
Jetzt, verzeihe mir jetzt, ich zeig mich nur dies eine
Mal hier verletzt, weich, sanft und fast scheu
verzauberst du mich und entdeckst mich so neu.

♥ ♥

Das ist zu viel für mich. Wie soll man denn da cool bleiben? Ich muss hier raus! Was für eine Unverschämtheit, mich ... einfach so ... so anzusingen?! Unauffällig verlasse ich den Saal. Ich wollte ja sowieso noch die Hochzeitssuite von Sille und Alex dekorieren. Das ist ein guter Zeitpunkt, um unbemerkt abzuhauen. Also beeile ich mich und gehe wie zuvor vereinbart zu Barney an die Rezeption und lasse mir von ihm Rosenblätter, LED-Teelichter, Pralinees von seiner Partner-Patisserie, vorgekühlten Champagner, jede Menge Herzluftballons sowie den Zimmerschlüssel aushändigen.

Als die Musik verstummt und Jo ankündigt, dass in der nun folgenden Pause bis zum nächsten Liveact Musikwünsche der Gäste gespielt werden, gerate ich in Panik und bitte Barney, sich zu beeilen.

«So eilig wird es das Brautpaar schon nicht haben», versucht er mich schmunzelnd zu beruhigen.

«Das Brautpaar vielleicht nicht», sage ich, schnappe mir den Korb mit den Sachen und eile davon. Aus den Augenwinkeln kann ich sehen, dass mir jemand folgt. Also überwinde ich meine Fahrstuhlpanik und springe hinein, weil er zum Glück gerade offen steht. Ich drücke den Knopf zur dritten Etage, in der sich die Suite befindet, und warte.

In letzter Sekunde, bevor sich die Türen endlich schließen, schiebt sich jedoch ein schwarzer, eleganter Lacklederschuh dazwischen.

Ich würdige den eintretenden Träger keines Blickes, sondern schaue zu Boden und drücke erneut den Knopf. Die Türen schließen. Dann gibt es einen heftigen Ruck, der mir einen Riesenschrecken einjagt. Womöglich ist der Fahrstuhl nur genauso alt wie so mancher Einrichtungsgegenstand in diesem Haus, versuche ich mich gedanklich zu beruhigen. Vielleicht beginnt die Fahrt immer so ruckartig, wenn man ihn benutzt?

Nach wenigen Momenten ist die Fahrt jedoch schon wieder vorbei. Es kommt mir zwar extrem kurz vor, aber ich atme erleichtert auf.

Doch die Tür öffnet sich nicht.

Wir stecken fest, irgendwo zwischen dem 2. und dem 3. Stock.

«Bitte nicht!», stöhne ich und drücke wie wild auf sämtliche Knöpfe, ohne dass sich etwas tut.

Dann drehe ich mich um und blicke meinem Gegenüber ins Gesicht.

«Fällt dir irgendwas Schönes ein, wie wir die Zeit hier sinnvoll nutzen könnten?» Jo baut sich vor mir auf und grinst.

Ich entziehe mich ihm und drücke panisch den Notfallknopf. Doch es tut sich nichts.

Hilfe!

«Ich fürchte, hier gibt es kein Entkommen.» Jo stellt sich grinsend in eine Ecke und verschränkt die Arme, so als würde ihn die Situation überhaupt nichts angehen.

«Das gibt es doch gar nicht!», fluche ich und drücke ein paar weitere Male den roten Knopf – ohne dass etwas geschieht.

«Na, immerhin müssen wir hier nicht verhungern», erklärt er und deutet auf den Korb.

Ich beschließe, Jo zu ignorieren und mir meine Panik nicht anmerken zu lassen. Irgendwann muss ja jemand merken, dass der Fahrstuhl nicht funktioniert.

«Mit dir wird es wirklich nicht langweilig, Chaosqueen!»

Ich werfe ihm einen strafenden Blick zu. «Du hast kein Recht dazu, mich so zu nennen. Und schon gar nicht in aller Öffentlichkeit. Außerdem hab ich mein Leben bestimmt besser im Griff als du!»

«Ach ja?», fragt Jo und grinst blöd. «Was hab ich denn nicht im Griff deiner Meinung nach?»

Ich zucke mit den Schultern. «Deine Statistik bezüglich der von dir flachgelegten Bräute und Ehefrauen vielleicht», erkläre ich und drücke noch mal alle Knöpfe, die in diesem bloß etwa zwei mal zwei Meter großen Raum zu finden sind.

«Ich habe noch nie einen Ehebruch begangen!»

«Aber Geld dafür nimmst du schon?!»

«Was soll das nun wieder heißen?»

Jetzt platzt mir endgültig der Kragen. «Dass ich mit eigenen Augen gesehen habe, wie Alfons dir Geld zugesteckt hat.»

Jetzt schweigt er. Wenn das also kein Eingeständnis ist!

«Ja, das hat er», gibt er zu. «Aber ich hab es natürlich nicht angenommen. Ich hatte nie vor, Alex' Freundin zu testen. Alfons meinte das wohl eher als so eine Art bescheuerte Belohnung, dass ich seinen Sohn vor einer vermeintlichen Betrügerin gerettet hab.»

Faule Ausrede.

«Also alles gar nicht so schlimm, meinst du? Und mit mir hast du auch nur geschlafen, weil du eine weitere Brauttrophäe haben wolltest? Nur schade, das ich keine echte Braut war, sondern eine falsche.»

«Und was wäre, wenn es nicht die Falsche war?», fragt Jo, und plötzlich klingt er ganz sanft.

Ich blicke wieder zu Boden, damit er nicht sehen kann, dass ich feuchte Augen bekomme. Wenn ich eines nicht will, dann vor Jo in Tränen auszubrechen. Diesen Triumph gönne ich ihm nicht!

«Was, wenn es sogar die Richtige gewesen ist?», bohrt er weiter.

Es schmerzt, und ich weiß nicht, was ich sagen soll.

Wir schweigen einen kurzen Moment. Dann nehme ich all meinen Mut zusammen und stelle die Gegenfrage: «Woher weiß man denn, dass es die Richtige ist?»

Jo macht einen Schritt auf mich zu und flüstert: «Man kann es fühlen. Hier drin!»

Er greift nach meiner Hand und legt sie auf sein Herz. «Es hat sich verliebt!»

Ein wohliger Schauer durchfährt mich. Dann beugt er sich vor und küsst mich auf die Nasenspitze. Sein Mund wandert etwas tiefer. Und gerade als sich unsere Lippen berühren, gibt es einen weiteren kräftigen Ruck.

Ich schreie auf vor Schreck, aber Jo hält mich fest in seinen Armen.

Dann öffnet sich plötzlich die Tür, und Barney steht vor uns. «3. Stock, die Hochzeitssuite?» Er unterdrückt ein schelmisches Grinsen.

Ich nicke.

Dann drückt Jo den Knopf, durch den sich die Tür wieder schließt, und küsst mich endlich richtig ...

Weitere Titel von Sofie Cramer

All deine Zeilen

Der Himmel kann warten

Der Himmel über der Heide

iLove

SMS für dich

Was ich dir noch sagen will

Titel von Sofie Cramer und Sven Ulrich

Ein Tag und eine Nacht

Herz an Herz

Sofie Cramer
SMS für dich

Was ich dir noch sagen will …

Nach einem heftigen Streit verschwindet Claras Freund ohne ein Wort. Kurz darauf erfährt sie, dass Ben auf tragische Weise ums Leben gekommen ist. Dabei hatte er ihr erst vor wenigen Wochen einen Heiratsantrag gemacht! Clara ist am Boden zerstört. Wie soll sie allein weiterleben? Erst als sie vor Sehnsucht beginnt, Ben täglich eine SMS zu schreiben, findet sie allmählich wieder Halt.
Was Clara nicht weiß: Bens Nummer wurde inzwischen neu vergeben. Die Nachrichten landen bei Sven, und sie berühren den jungen Journalisten so sehr, dass er sich auf die Suche nach der geheimnisvollen Absenderin macht …

256 Seiten

Ro 510/1

MIX
Papier aus verantwortungsvollen Quellen
FSC® C083411

Das für dieses Buch verwendete Papier ist FSC®-zertifiziert.